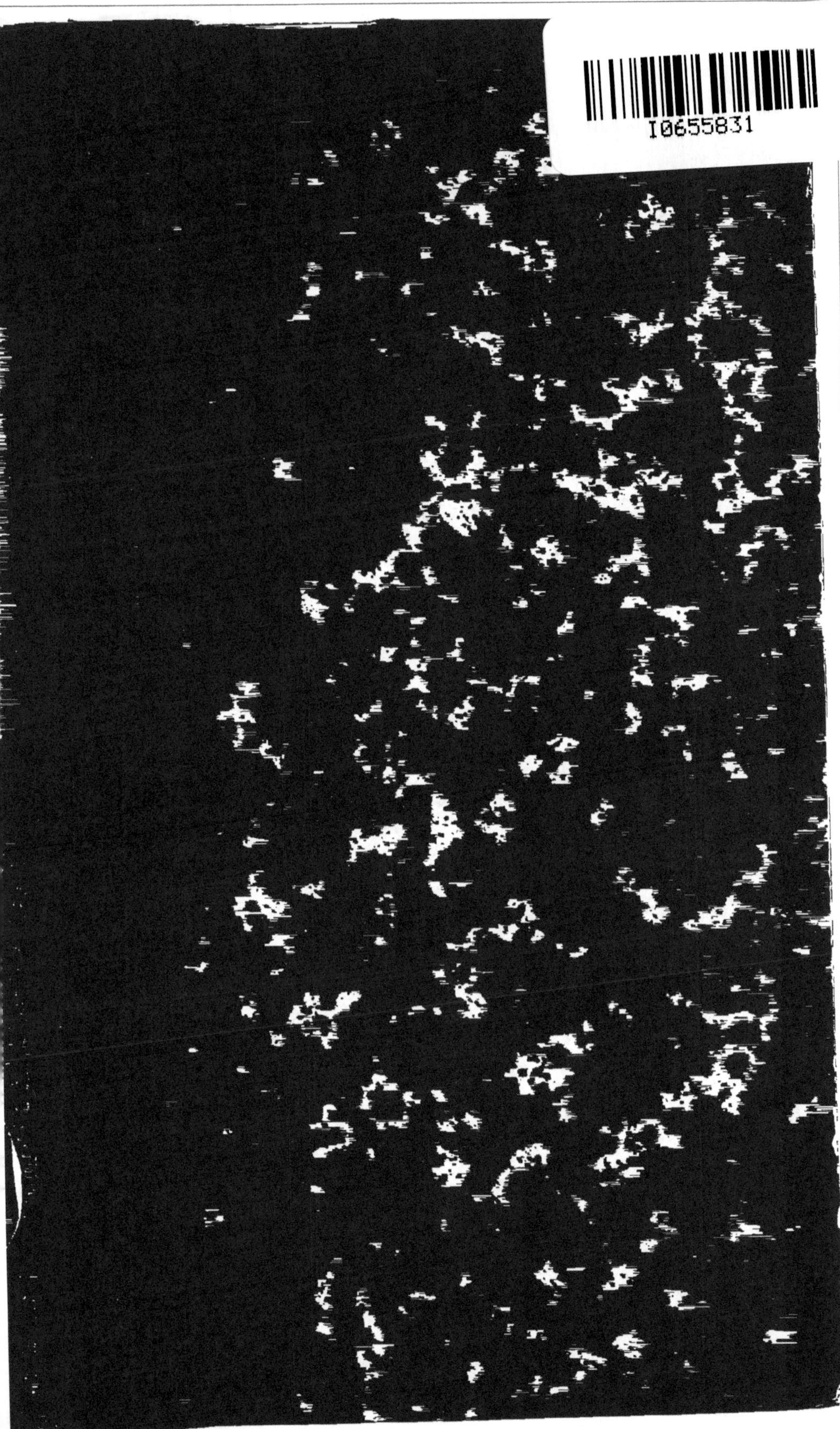

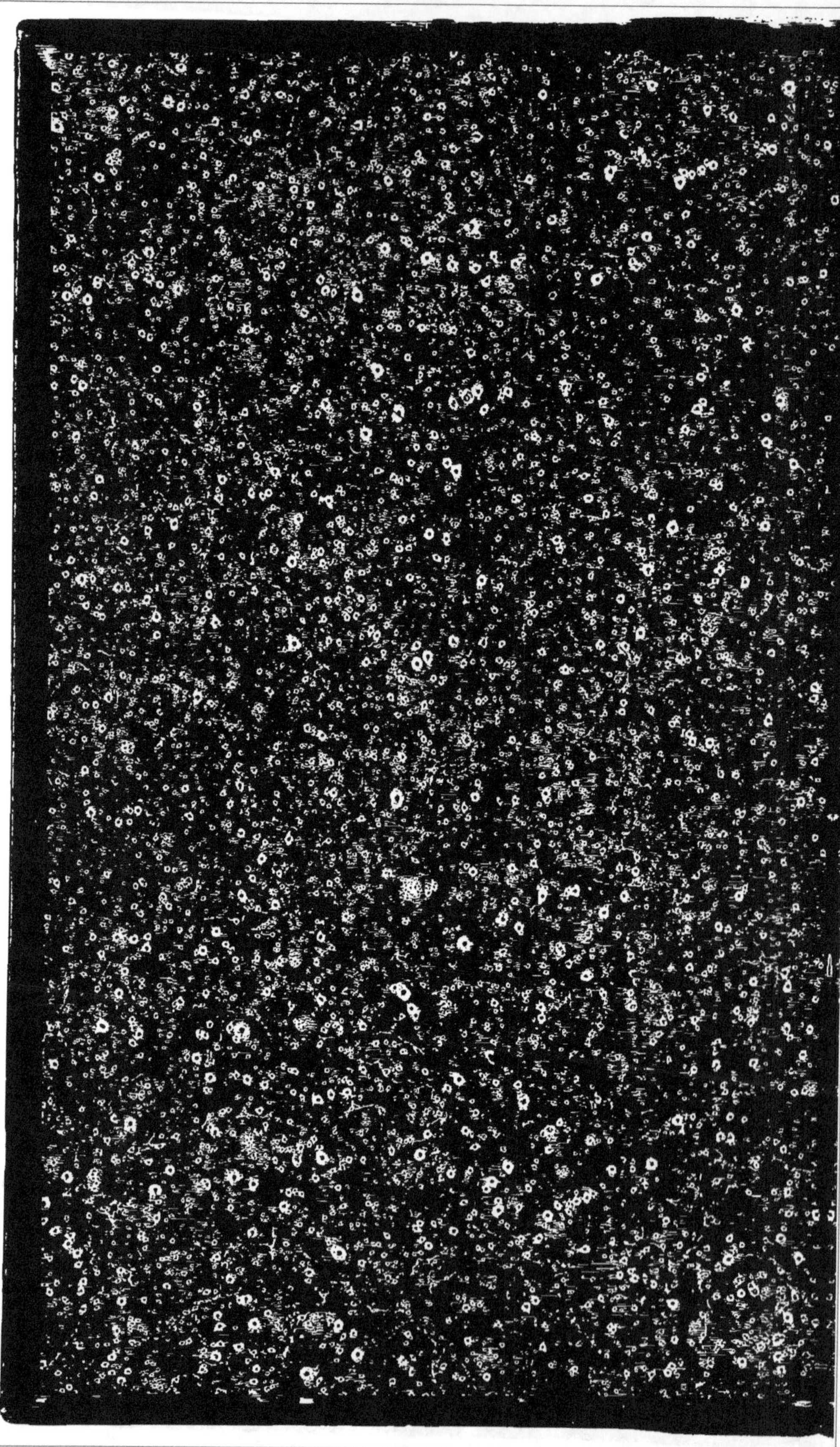

PARIS,

VERSAILLES ET LES PROVINCES,

AU DIX-HUITIEME SIECLE.

II.

DE L'IMPRIMERIE D'A. ÉGRON,
Rue des Noyers, n° 37.

PARIS,

VERSAILLES ET LES PROVINCES,

AU DIX-HUITIÈME SIÈCLE.

ANECDOTES sur la vie privée de plusieurs Ministres, Evêques, Magistrats célèbres, Hommes de Lettres, et autres Personnages connus sous les règnes de Louis XV et Louis XVI.

PAR UN ANCIEN OFFICIER AUX GARDES-FRANÇAISES.

.... Ce champ ne se peut tellement moissonner,
Que les derniers venus n'y trouvent à glaner.
LA FONTAINE.

QUATRIÈME ÉDITION, REVUE, CORRIGÉE ET AUGMENTÉE.

TOME SECOND.

PARIS,

H. NICOLLE, LIBRAIRE, rue de Seine, N° 12;
A. EGRON, IMPRIMEUR-LIBRAIRE,
rue des Noyers, N° 37.

1817.

PARIS,

VERSAILLES ET LES PROVINCES,

AU DIX-HUITIÈME SIÈCLE.

Avant la suppression des droits féodaux, il existait à Autun, en Bourgogne, une cérémonie annuelle bien singulière, dont l'origine inconnue à ceux-mêmes qui en profitaient, et qui, par état, auraient dû en être instruits, paraissait remonter à quelque époque mémorable des siècles de la chevalerie, ou plus vraisemblablement à quelque fait extraordinaire, passé en l'an 1562, temps où les protestants furent forcés d'abandonner cette ville, et d'y laisser triompher la religion catholique.

Le 29 juillet, jour de la fête patronale de ce diocèse, sous le vocable de Saint-Lazare, après les offices solennels, les chanoines de la cathédrale, revêtus de leurs soutanes, de leurs surplis, avec leurs aumusses, et un grand bouquet au côté, montaient à cheval, accompagnés du bas chœur et d'une grande troupe de bourgeois armés de fusils. Cette cavalcade était précédée par un cavalier armé de toutes pièces, selon l'usage de l'ancien temps; et tenant une lance à la main. Le Chapitre faisait ainsi processionnellement le tour de la ville en dehors, rentrait par la porte par laquelle il était sorti, déposait le cavalier armé sur le perron de l'Hôtel-de-Ville, où l'on montait à la faveur d'une double rampe, et tout le cortége se dispersait ensuite.

De ce moment, commençait, sur la grande place de l'Hôtel-de-Ville, dite de Saint-Lazare, et sous les yeux de l'homme armé, un simulacre de combat ou de siége. Une partie des bourgeois attaquait un fort construit de fascines et gabions, sur cette même place, et défendu par une autre partie de bourgeois qui semblaient y être retranchés. On se tirait force coups de fusils chargés à poudre, on montait à l'assaut, on était repoussé; et l'on pense bien qu'avec de mauvaises armes, et beaucoup de gens ivres, tout cela ne se passait pas sans accidents. Cependant, à sept heures du soir, les défenseurs arboraient le drapeau blanc, et et étaient sensés se rendre. Les assaillants entraient par une brêche qu'on avait eu soin de pratiquer ; le fort était démoli, et les débris étaient employés à un grand feu de joie.

A l'instant de la reddition du fort, le Chapitre devenait seigneur de la ville pendant trois jours, et percevait, dans cette courte époque, tous les droits seigneuriaux, avantage d'autant plus considérable, qu'on remettait à ce moment-là toutes les ventes convenues d'avance, pour tirer un meilleur parti des lots sur lesquels les acquéreurs avaient la certitude d'être traités favorablement.

Cette cérémonie attirait tous les ans à Autun un concours immense de curieux. Deux jeunes officiers d'artillerie passant par cette ville en 1769, et voyant les préparatifs que l'on faisait, en demandèrent le sujet. On le leur expliqua dans le plus grand détail. Ce récit excita leur gaîté, et les détermina à s'arrêter, pour participer activement à la fête. Ils allèrent en effet se mêler parmi les ouvriers, et leur distribuant de l'argent et du vin, ils les engagèrent à mettre plus de régularité dans la construction du fort, et à faire des ouvrages avancés pour sa défense. Le grand jour de l'attaque arrivé, ils entrèrent dans la citadelle, et furent d'autant plus volontiers choisis pour chefs par la garnison bourgeoise, qu'ils y apportèrent force provisions de bouche. Ils disposèrent en conséquence leurs troupes dans les redoutes, ainsi qu'autour des remparts, établirent des postes en avant, avec ordre d'annoncer l'arrivée de l'ennemi, et de se replier sur le fort après un léger combat, et se firent promettre obéissance absolue par tous ces nouveaux soldats, enchantés de donner au public un spectacle vraiment militaire.

Le combat commença, selon l'usage, immédiatement après la procession. On opposa une faible résistance dans les ouvrages avancés, qui furent emportés par les assaillants, ainsi qu'on en etait convenu, et les troupes qui les défendaient se retirèrent en bon ordre dans la citadelle, d'où l'on continua à se fusiller de part et d'autre. On fit des sorties, elles furent repoussées, et l'on donna vraiment l'image d'un siége en règle.

Cependant après sept heures, et même huit heures sonnées, le fort ne se rendait point; les assaillants crurent devoir envoyer un parlementaire aux chefs, pour leur représenter qu'ils ne devaient pas tenir plus long-temps, et qu'il fallait arborer le drapeau blanc en signe de reddition. Les officiers firent entrer l'envoyé, lui montrèrent les munitions de toute espèce qu'ils avaient en abondance, lui déclarant qu'avec d'aussi braves troupes ils étaient résolus de se défendre jusqu'à l'extrémité, et le firent reconduire par une députation chargée de porter cent bouteilles de vin au général ennemi, pour être distribuées à ses troupes. On accueillit très-bien la plaisanterie, et le combat se ranima avec beaucoup de gaîté. Mais la nuit commençant à paraître, les assaillants se lassèrent de ce badinage, et se retirèrent peu à peu. Le feu ayant cessé, on envoya de la place des patrouilles qui ramenèrent quelques prisonniers ; et lorsqu'il fut décidé que le siége était levé, les officiers firent tirer dans le fort un très-joli feu d'artifice en signe de réjouissance, et ils repartirent le lendemain.

Cependant cet amusement, très-innocent en lui-même, et qui avait beaucoup diverti les spectateurs, n'ayant pu se passer sans quelques petits désordres, suite inséparable des cohues populaires, il n'en fallût pas davantage pour déconcerter la gravité des principaux magistrats, qui, dans leur mauvaise humeur, crurent y voir une infraction à l'ordre public. Ils cherchèrent à exaspérer le peuple, dressèrent des procès-verbaux, qui ne pouvaient que constater la gaîté des jeunes militaires qui s'étaient mis à la tête de cette plaisanterie, et ne voyant pas de motifs suffisants pour les traduire en justice, ils imaginèrent de faire passer leurs plaintes au ministre de la guerre. M. le duc de Choiseul, chargé alors de ce département, ne fit qu'en rire. Il amusa beaucoup le Roi du récit de ce petit événement, et de la grande colère des magistrats qui voulaient en faire une affaire sérieuse. Ils ne reçurent point de réponse, et l'on fit seulement ordonner aux deux officiers d'artillerie, pour leur propre sûreté, de ne pas passer par Autun à leur retour.

La bizarre cérémonie dont je viens de parler, et dont je n'ai pu découvrir l'origine, paraît cependant avoir eu pour fondement quelque fait historique, dont la mémoire s'est perdue dans la nuit des temps. Mais il en était d'autres qui, par leur absurdité, dégradaient la religion. Telles sont les processions de l'Ane en Italie, la fête des Fous à Marseille; on pouvait même dire les mascarades des pénitents blancs, noirs, bleus, etc., et j'y ajouterai la coutume aussi ridicule de l'*alleluia*.

Dans plusieurs diocèses de France on était en usage *d'enterrer l'alleluia* ou de *fouetter l'alleluia*. Ces cérémonies se pratiquaient le samedi, veille du dimanche de la Septuagésime. Entre nones et vêpres, les enfants de chœur officiaient et portaient une espèce de bière qui représentait *alleluia* décédé, ce mot-là était écrit en gros caractères au-dessus. Le cercueil était accompagné de croix, de torches, de l'eau bénite et de l'encens; mais il fallait que ces enfants imitassent, par des cris et des larmes, la véritable douleur, en accompagnant le prétendu défunt jusqu'au cloître, où la fosse était préparée pour l'inhumation. Le public suivait le cortége, et l'enterrement se faisait avec gravité, comme s'il s'était agi d'un fidèle à mettre au tombeau.

Le même jour, dans d'autres endroits, les enfants de chœur portaient à l'église une toupie, autour de laquelle était écrit *alleluia*, en belles lettres d'or; et le moment étant venu de lui donner congé, un enfant, le fouet à la main, faisait aller la toupie le long du pavé de l'église, jusqu'à ce qu'elle fût tout-à-fait dehors : cela s'appelait fouetter *l'alleluia*.

Nous n'apercevons dans ce qui existe habituellement sous nos yeux que les modifications naturelles que peut amener la succession des temps, et elles sont, en général, si insensibles, qu'à peine y faisons-nous quelque attention. Mais lorsque, franchissant en idée, et sans intermédiaire, l'espace des siècles, nous faisons le rapprochement de l'existence actuelle d'un objet intéressant qui a subi de grandes variations, avec son existence ancienne, telle que les monuments historiques nous l'ont présentée, il est impossible d'échapper aux réflexions morales qu'entraîne nécessairement la comparaison des contrastes les plus extraordinaires.

Vizille, terre située en Dauphiné, et appartenant anciennement au célèbre connétable Bonne de Lesdiguières, qui y avait un superbe domicile, après avoir passé, par succession, à la maison de Villeroi, est acquise, deux siècles après, par un riche banquier de Grenoble, M. Perrier, qui prête avec complaisance ce magnifique château aux Etats de la province, pour y tenir les assemblées primaires des Etats-Généraux de 1789; et ces mêmes salles où le connétable présidait aux conseils tenus par la fidélité, aux discussions agitées par les plus illustres chevaliers du temps, pour la défense du royaume, devenues, sous nos yeux, le théâtre des passions les plus orageuses, ont été le berceau de la révolution qui a renversé momentanément l'antique édifice de la monarchie française.

Après la mort du connétable, son cœur fut déposé à Valence, où il était décédé; son corps fut transporté dans sa terre de Lesdiguières, située dans les plus âpres montagnes du Dauphiné, et placé dans un sépulcre que lui-même y avait fait construire, sous la direction de Jacob Richier, célèbre sculpteur de ce temps-là. Le mausolée de ce grand homme, tel qu'on le voyait encore en 1791, dans la chapelle du château, présentait un piédestal de marbre noir, enrichi de quatre basses-tailles de marbre blanc, sur chacune desquelles étaient sculptées en relief les principales actions du héros : la prise de Grenoble, la bataille de Pontcharra, le combat des Molettes, et la prise du fort Barreau. Au-dessus était élevé un vase de marbre noir, où reposait l'effigie du connétable, en même marbre, couchée et armée de toutes pièces, selon l'usage du temps. Aux deux côtés, deux anges, en marbre blanc, soutenaient une table de marbre noir pour l'épitaphe. Au plus haut paraissaient les armoiries en marbre blanc, entourées de trophées; le tout enrichi de moulures, corniches, pointes de diamants et autres ornements curieux. L'armure personnelle du connétable, son casque, sa cuirasse, son épée, et autres objets accessoires, surmontaient ce monument, qui était l'objet de la curiosité et de la vénération publique.

Dans le même caveau, au-dessous de ce mausolée, étaient des cercueils en plomb, où reposaient les cendres du connétable, du maréchal de Créqui son gendre, de la maréchale sa fille, et de plusieurs autres de ses parents. On ne pouvait y descendre sans un frémissement religieux, qui semblait annoncer la présence de ces êtres privilégiés par le ciel et la nature. Mais est-il quelque asile sacré contre la férocité spoliatrice des monstres qui n'ont pas même respecté les autels ? On a profané ces tombeaux ; la cupidité s'est emparée des couvercles des cercueils ; mais elle a tremblé au moment de déplacer les corps, et les a laissés intacts, exposés aux injures de l'air. Ils ont demeuré ainsi plusieurs années, jusqu'au moment où le retour de la tranquillité publique a permis de songer à recueillir ces restes précieux. On s'est alors occupé de les rassembler avec soin, et de les remettre dans le plus grand ordre. Mais le corps du connétable s'est trouvé le plus corrompu, et le crâne en était séparé. On l'a cherché avec la plus grande sollicitude, et on a enfin découvert qu'il était dans un coin du caveau, et que, par une vicissitude sans doute naturelle, mais bien extraordinaire, cette tête, qui fit si souvent trembler les ennemis de la France, qui fut si long-temps le plus ferme appui du trône, cette tête, dans laquelle reposaient les secrets de l'Etat et les intérêts de l'Europe, servait de nid à des rats qui y avaient établi leur domicile.

Ces cendres respectables ont été transportées, depuis quelques années, ainsi que le mausolée, quoique fort mutilé, dans la ville de Gap. Mais déjà, en 1791, le superbe château de Lesdiguières, composé autrefois de six grosses tours, renfermant deux grands corps-de-logis, environnés de fossés revêtus de pont-levis, ne présentait plus qu'un monceau de ruines, au milieu desquelles subsistaient seulement la chapelle et les monuments funèbres, que le voyageur sensible allait admirer avec intérêt.

La chaîne d'or de Bayard, du Chevalier sans peur et sans reproche, avait passé par héritage à des descendants collatéraux de cette illustre maison, et devait sans doute en être le trésor le plus précieux. Celui qui en était le possesseur en 1789, follement enthousiasmé du jeu du comédien Larive, dans la tragédie qui porte le nom de ce héros (Gaston et Bayard), en fit présent à cet acteur, et crut ainsi rendre hommage à la mémoire de son ancêtre. Larive la donna peu après au marquis de La Fayette.

Cette famille possédait aussi le cor d'ivoire, ou cornet du paladin Roland, dont elle prouvait sa glorieuse descendance. Elle l'avait déposé aux archives du chapitre de Lyon, où il était conservé avec soin à l'Ile-Barbe. La révolution a confondu ce monument précieux avec tous les objets de sa fureur ; et on l'a vu depuis entre les mains d'un pâtre qui s'en servait pour rappeler ses troupeaux.

Le château de Bayard à Pontcharra, dans lequel les dignes héritiers de ce grand homme (d'un autre nom et d'une autre branche que celle dont on vient de parler) avaient conservé avec un respect religieux son armure, et jusqu'à l'ameublement de sa chambre, après avoir passé, par l'effet de la révolution, entre les mains de différents possesseurs, est à présent occupé par un ouvrier de Grenoble ; et la famille de Noinville n'a pu recouvrer, sur un héritage aussi précieux, que quelques fonds épars, dont les communes s'étaient emparées illégalement, et que l'autorité des lois les a forcées de restituer.

L'évêque de ***, connu par son avidité, revenant de son séminaire où il avait passé quelque temps, parlait avec emphase du désintéressement de tous ses ecclésiastiques qui ne faisaient aucun cas ni des bénéfices ni des richesses, et qui même s'en moquaient. « Ils « s'en moquent, dit le Roi, et vous, vous « vous moquez d'eux. »

Le comte de Talaru de Chalmazel, premier maître-d'hôtel de la Reine, décoré de l'ordre du Saint-Esprit, était un grand homme, bien sec, bien grave, parlant toujours dogmatiquement, et appuyant sur toutes ses paroles. Il se présente un soir chez le maréchal de Biron, où

se trouvaient quelques jeunes officiers aux Gardes, faisant leur cour à leur colonel. Après les compliments d'usage, il lui dit qu'il était venu pour le prier d'accorder un emploi dans son corps à un jeune homme son parent, ayant assez de fortune pour s'y soutenir, et qui était page de la reine. « M. le comte, interrompit « le maréchal, dès qu'il a l'honneur d'être « votre parent, qu'il est page de la reine, et « qu'il a de la fortune, il est bien fait......
« — Bien fait, M. le maréchal, interrompit « brusquement le comte ; il est fait à peindre. » On juge de l'éclat de rire des jeunes gens à ce *quiproquo*, et de la peine qu'eut le maréchal à se contenir lui-même.

Le même comte de Chalmazel est rencontré sur l'escalier de Versailles par quelques personnes de sa connaissance, qui lui demandent où il va : « A l'Œil-de-Bœuf, répond-il, « — Il n'y a personne, et nous pouvons vous « l'assurer, car nous en sortons. — C'est égal ; « j'entendrai toujours ce qu'on y dit. »

Le marquis de Bagueville, officier général, si connu à Paris par la folle idée qu'il eut de se construire des ailes à ressorts, avec lesquelles il prétendait traverser la Seine, et qui ne servirent qu'à lui faire casser la cuisse, par sa chute sur un bateau de blanchisseuses, a donné depuis des marques d'aliénation bien évidentes. Il s'était persuadé qu'il serait possible de vivre sans manger. Mais, avant de s'assujétir lui-même à ce nouveau régime, il voulut en faire l'expérience sur ses chevaux. Il leur fit diminuer peu à peu le foin, la paille, l'avoine, et parvint à les laisser deux jours sans nourriture. Le troisième, on vint lui annoncer que les pauvres animaux étaient morts. « C'est dommage, dit-il; ils y étaient pres-« que accoutumés. »

Cette manie fut remplacée par celle de croire que les chevaux étaient susceptibles de civilisation. L'un des siens ayant donné un coup de pied à un palfrenier, le marquis de Bagueville instruisit son procès en règle, et le fit pendre à la porte de son écurie, où il ordonna qu'il resterait exposé pour l'exemple des autres. Peu de jours après, ce fut une puanteur insupportable dans l'hôtel, et la présidente de T***, qui y demeurait, lui porta ses plaintes. « Dites à madame la présidente, « répondit-il, qu'il y a douze ans qu'elle in-

« fecte mon hôtel, et que je ne ferai ôter mon « cheval que lorqu'il aura été décidé par ex- « perts qu'il pue autant qu'elle. » Il fallut recourir à l'autorité de la police pour faire enlever le cheval.

Il se promenait au Palais-Royal, au milieu de la foule, avec un habit de grosse bure, garni en boutons de diamants fins; et les filous, dont ces lieux publics abondent, n'imaginèrent jamais de le dépouiller: ce vêtement ne paraissait à leurs yeux que celui d'un campagnard ridicule qui croyait se parer avec des pierres fausses.

Dans les derniers temps de sa vie, ses manies se tournèrent en avarice, et sa grande fortune le mettait à même de satisfaire cette infâme passion. Propriétaire d'un très-bel hôtel, quai Mazarin, il se tenait constamment renfermé dans un petit appartement composé de trois chambres, où ses domestiques mêmes n'avaient pas la liberté d'entrer. Là, avec un marteau, une truelle et du mortier, il s'occupait à faire des trous dans ses murs, à y enfouir son or, et à le recouvrir proprement. Un soir, pendant qu'il était à l'Opéra, ayant dans sa poche les clefs de cet appartement secret, on vint l'avertir que le feu avait pris à son hôtel. Il attendit tranquillement la fin du spectacle, et se rendit ensuite chez lui; mais ce fut pour s'enfermer sous clefs et verrous à la garde de son trésor. Cependant le feu faisait des progrès effrayants, et le comte de Bagueville, fils aîné du marquis, se hâte d'y venir. Il apprend que son père est renfermé dans ses cabinets; il frappe inutilement, se décide à faire enfoncer les portes, et l'aperçoit vis-à-vis de lui, assis contre une table, un pistolet à la main, et menaçant de brûler la cervelle à quiconque ferait un pas en avant. Mais en ce moment le plancher s'écroula au milieu des flammes, où le marquis de Bagueville fut englouti. L'hôtel fut entièrement consumé, et dans les démolitions on trouva une quantité prodigieuse d'or et d'argent, qu'il avait enterrée dans ses murs et sous ses parquets.

Christine, reine de Suède, étant en France, alla voir l'abbaye du Lys, entre Melun et Fontainebleau. En entrant, elle fut frappée de voir une énorme grille toute hérissée de pointes de fer. L'abbesse vint au parloir, suivie de toute la communauté, pour faire compliment à la reine, et la remercier de l'honneur insigne qu'elle faisait au couvent. « Permettez-moi « une question, lui dit la reine : n'avez-vous « pas fait des vœux de clôture? — Oui, ma- « dame, répondit l'abbesse. — Eh! quelle folie! « reprit Christine en éclatant de rire : si vous « avez fait des vœux, pourquoi des grilles? et « si vous avez des grilles, pourquoi des vœux? »

Je n'ai parlé du marquis de l'Etorrière, le plus bel homme qui ait existé à Paris, que relativement à une petite escroquerie dont un peu de vanité le rendit victime. Mais la brillante réputation dont il a joui pendant plusieurs années dans la capitale, semble exiger quelques détails plus particuliers sur son compte.

Aux avantages de la naissance et de la fortune, à ceux de la figure d'Adonis sur la taille d'Hercule, et à toutes les grâces qu'aurait enviées la plus jolie femme, il joignait un esprit cultivé par l'éducation, une douceur, une simplicité et un éloignement absolu de toute espèce de prétentions, qui le faisaient également chérir de ses camarades dans le régiment des Gardes-Françaises, et de son respectable chef, le maréchal duc de Biron. Mais une trop grande facilité de caractère, un goût ardent pour la dissipation, le portèrent à abuser tellement de ces avantages, qu'il finit par perdre la considération que tout s'accordait à lui procurer. Quelques étourderies de jeunesse, pardonnées avec trop d'indulgence, furent peut-être la première cause des erreurs graves qui le privèrent par la suite de l'estime de son corps et de celle de son colonel.

Etant de garde à Versailles, il fit demander au maréchal de Biron, sous prétexte d'une indisposition subite, la permission de retourner à Paris. Le maréchal, qui savait que madame la comtesse de Sassenage y donnait ce soir-là un bal et une fête très-brillante, ne crut point à cette indisposition, et lui fit répondre qu'il y avait d'aussi bons médecins à Versailles qu'à Paris. M. de l'Etorrière se fait saigner, et réitère sa demande qui n'est pas mieux accueillie; enfin, il se fait saigner jusqu'à trois fois dans le même jour. A cette nouvelle, le maréchal, qui avait pour lui une tendresse vraiment paternelle, s'empresse de lui envoyer sa propre voiture, vient lui-même l'y placer avec tous les soins de la plus vive inquiétude, et le fait mener très-diligemment à Paris. A peine arrivé, le marquis de l'Etorrière s'habille élégamment : l'idée du plaisir lui rend les couleurs que lui avait ôtées la violence du remède dont il avait usé, et à minuit il est chez madame de Sassenage. La première personne qu'il rencontre dans un des salons, c'est le maréchal de Biron. Il le salue, en se couvrant la figure du mieux qu'il peut, passe dans une autre pièce, et se cache dans la foule jusqu'au moment où la retraite de son colonel lui permet de se montrer. Le lendemain, il reçoit le billet suivant : « Des gens « dignes de foi m'ont assuré, monsieur, vous « avoir vu cette nuit au bal de madame de « Sassenage ; je me plais à douter d'une im- « prudence qui vous ferait le plus grand tort, « en compromettant votre véracité comme « gentilhomme, ou votre zèle, comme mili- « taire, pour le service du Roi. »

Signé le maréchal duc DE BIRON.

Quelque temps après, M. de l'Etorrière étant au bal de l'Opéra, en masque et en domino, mais reconnu de tout le monde à l'élégance de sa taille, causait d'en bas avec une dame placée dans une loge. Le désir de se rapprocher d'elle, sans avoir l'embarras de pénétrer la foule dans la salle, et de faire le tour des corridors, l'engage à franchir d'un saut jusque dans la loge, ce qui était expressément défendu. Le sergent-major du régiment des Gardes, chargé de la police du spectacle, aperçoit cette étourderie ; mais reconnaissant son officier, il ferme les yeux, et fait semblant de dormir. Cependant la rumeur publique ne lui permet pas de soutenir longtemps une inattention volontaire, dont on affectait de se plaindre hautement. Forcé par les propos qu'on tenait auprès de lui de se rendre à la loge : « Monsieur le marquis, dit-il « en particulier à M. de l'Etorrière, je vous « ai reconnu au moment où, contre l'ordre « précis de ma consigne, que vous ne pouvez « ignorer, vous avez sauté dans cette loge ; « j'ai fait semblant de ne pas vous voir, espé- « rant pouvoir vous épargner le petit désagré- « ment que les plaintes du public m'obligent « à présent de vous donner. Je vous prie de « lui accorder la satisfaction qu'il est en droit « d'attendre, et qu'exige mon devoir, en sor- « tant avec moi, et ne rentrant dans la salle

« qu'après avoir changé quelque chose à votre « déguisement. » M. de l'Etorrière, piqué d'être obligé de quitter la femme aimable à laquelle il faisait sa cour, et plus encore peut-être de se voir l'objet de la curiosité qui avait attiré auprès de lui beaucoup de monde, envoya promener le sergent-major, et refusa nettement de se rendre à son invitation; celui-ci insista avec toute l'honnêteté possible, et finit par dire qu'il serait obligé d'appeler des fusiliers pour faire exécuter les ordres qui lui étaient confiés. Nouveaux refus, nouvelles insultes; et, à un signal, deux fusiliers paraissent à la porte de la loge. M. de l'Etorrière sentit alors qu'il n'était plus possible de résister : il voulut capituler, pour que les soldats fussent renvoyés; mais trop de témoins étaient à attendre l'événement, pour que le sergent-major pût avoir cette indulgence, et M. de l'Etorrière sortit entre les deux fusiliers, qui, après avoir fermé la porte de la loge, lui rendirent sa liberté.

Cependant l'officier-major des mousquetaires, qui s'était trouvé présent au commencement de cette scène, et qui n'en connaissait ni le motif ni les acteurs, n'y voyant qu'un masque qui insultait grièvement un chevalier de Saint-Louis, qu'il ne savait pas être le sergent-major du régiment des Gardes, crut devoir envoyer à l'un et à l'autre des gardes des maréchaux de France, pour s'opposer à toutes voies de fait. Le maréchal de Biron, instruit dès le lendemain, et dans les plus grands détails, de tout ce qui s'était passé, ayant chez lui un grand nombre d'officiers de son régiment, leur fit le récit de ce scandaleux événement, et parut d'autant plus irrité contre le marquis de l'Etorrière, que jusqu'alors il l'avait comblé de bontés. Il ne parlait pas de moins que de prendre les ordres du Roi pour le faire casser, lorsque le coupable se présente lui-même dans le salon, avec l'air le plus humilié, fait publiquement l'aveu de sa faute, sans chercher aucun prétexte pour l'excuser, et prie M. le maréchal de lui ordonner la punition la plus sévère, à laquelle il est prêt à se soumettre. « Messieurs, dit le maréchal, en « s'adressant aux officiers aux Gardes, vous « êtes ses camarades et ses amis; punissez-le, « si vous le pouvez, pour moi je n'en ai pas la « force : la sincérité de son repentir me dé- « sarme. » A ces mots, M. de l'Etorrière lève les yeux, aperçoit le sergent-major qu'il avait insulté la veille, et qui se tenait modestement à l'écart. Il va précipitamment à lui, se jette entre ses bras, et lui fait hautement réparation avec autant de grâce que de franchise. Les gardes des maréchaux de France furent renvoyés, et le jeune officier promit, en présence de tous ses camarades, et sans doute de bonne foi, de ne plus abuser de la bonté de son digne chef. Mais il est rare qu'une telle résolution se soutienne long-temps, lorsqu'elle est attaquée par toutes les illusions de la jeunesse.

Le marquis de l'Etorrière dissipa, en folles dépenses, la plus grande partie de sa fortune, et obtint un congé pour aller mettre quelque ordre à ses affaires. Pendant son absence, il vaqua un emploi aux grenadiers : c'était une place que le maréchal n'accordait ordinairement qu'à la plus grande faveur, méritée par une excellente conduite. Les principaux chefs du corps vinrent la solliciter pour M. de l'Etorrière ; elle fut refusée, sous prétexte de son dérangement. On insista ; on chercha à pallier des fautes qui, disait-on, étaient entièrement réparées. Alors le maréchal annonça que le jeune homme pour lequel on s'intéressait si mal à propos, était tellement dérangé, qu'il n'avait pas même payé les dettes les plus criardes, puisqu'un malheureux tailleur, auquel il devait mille écus, venait de lui adresser un placet pour le prier d'ordonner la retenue de cette somme sur ses appointements. « Ah! M. le maréchal, s'écria le comte de La « Tour, capitaine aux Gardes, c'est moi seul « qui ai tort en cette occasion. Mon jeune ca« marade m'avait laissé cette somme pour « payer son tailleur; j'ai égaré l'adresse de « cet homme, et ne savais plus où le trouver; « mais je vous prie de l'envoyer chez moi, il « sera acquitté tout de suite. » M. le maréchal ne résista plus, et le subterfuge de l'amitié l'emporta sur la juste sévérité du chef, qui ne douta pas d'une assertion aussi positive.

M. de l'Etorrière se fit bientôt aimer de ses grenadiers comme il l'était de ses camarades. En revenant de l'armée, le corps passait par Péronne, et, à cette barrière si rigide pour la contrebande, on visitait très-strictement les havresacs des soldats. Ceux-ci, bien sûrs que leur officier serait à l'abri de cette désagréable cérémonie, le prièrent de vouloir bien se charger de beaucoup de bouts de tabac qu'ils avaient achetés. Il y consentit volontiers, et, placé sur un cheval fort tranquille, il se laissa ficeler du haut en bas de carottes de tabac, qui furent ensuite recouvertes de son manteau. Malheureusement, au moment de la visite, une de ces carottes se détache et va tomber aux pieds d'un commis. M. de l'Etorrière tire un pistolet de son arçon, et le baissant, dit au commis : « Monsieur, voulez-vous bien « ramasser cela, et me le rendre ? » Le commis, à ce signe, n'hésita pas, et remplit très-respectueusement l'ordre qui lui était donné.

Le maréchal de Biron excusait facilement les étourderies de jeunesse, mais il était, avec raison, inexorable sur celles qui blessaient l'honneur et la délicatesse, et M. de l'Etorrière eut le malheur de tomber dans un écart de ce genre, qui le priva à jamais de l'estime et de l'attachement de son chef.

Coraline, actrice de la Comédie Italienne, célèbre par sa beauté, s'était éprise pour lui de la plus violente passion, et il y répondait, plus par habitude que par inclination. S'apercevant que depuis quelques jours il n'avait point sa gaieté ordinaire, elle lui demanda la cause de ses distractions, de sa tristesse; et M. de l'Etorrière lui répondit très-franchement qu'il était amoureux de mademoiselle Dubois, actrice du Théâtre-Français; qu'il aurait honte d'aller faire le Céladon à ses pieds, et qu'il n'avait point d'argent à lui offrir. « Eh bien,

« lui dit Coraline, je vous aime assez pour vous « passer cette fantaisie, et même pour la fa- « voriser. Voilà mon écrin, présentez-le lui : « elle ne vous refusera pas. » Il accepte cette offre, va chez la Dubois, qui rejette avec l'air de dignité son cadeau, et reçoit avec tendresse son hommage. Mais, en sortant de chez elle, il a l'indigne faiblesse de vendre à son profit les diamants qu'il n'aurait jamais dû accepter de Coraline, mais qui devaient au moins lui être rendus, et de s'en vanter comme d'une jolie espiéglerie. Cependant il garde ses deux maîtresses, qui, l'une et l'autre lui étant également attachées, l'accablaient de présents, et aux dépens desquelles il vivait avec beaucoup de faste. Le maréchal de Biron, instruit de cette conduite dans tous ses détails, en conçut la plus grande indignation. Il ne voulut pas s'abaisser jusqu'à paraître avoir connaissance de ces faits ; mais il saisit la première occasion d'un très-léger manquement au service, pour envoyer le marquis de l'Etorrière en prison, et lui fit dire, au bout de trois mois, qu'il n'en sortirait pas qu'il n'eût donné sa démission, ne lui cachant pas le véritable motif de sa sévérité. M. de l'Etorrière, se voyant alors également abandonné de ses camarades et de son respectable chef, des bontés duquel il avait tant abusé, obéit sans murmurer, et demanda, pour toute grâce, que le Roi ne fût pas instruit de ses imprudences. Il comptait encore, en effet, sur les bontés de Louis XV, dont il était aimé, et auquel il tenait plus particulièrement par une alliance de sa famille avec celle de la reine Marie Leckzinska. Il ne se trompa pas. Le Roi, persuadé que le seul défaut de fortune l'avait forcé de quitter le régiment des Gardes-Françaises, le nomma colonel à la suite du régiment Royal-Corse, et le rapprocha de sa personne par une place à la cour, qui lui procurait de forts appointements. Sa reconnaissance fut, peu d'années après, la cause de sa mort. Il prit la petite vérole au chevet du lit de son souverain, qu'il servait avec le plus grand zèle dans son affreuse et dernière maladie, et succomba à l'âge de trente-trois ans, lorsque, revenu depuis quelque temps de ses erreurs, il ne s'occupait plus qu'à réparer, par une excellente conduite, les torts trop graves d'une jeunesse effervescente.

M. de P*** fut mené, par un de ses amis,

chez un peintre de paysage dont la femme était fort jolie. Au bout de huit jours, il y retourna tout seul; mais le mari s'y trouva. Huit jours après, nouvelle visite de sa part, et toujours le mari présent. « Parbleu, monsieur, « lui dit-il à lui-même, pour un peintre de « paysage, vous n'allez pas souvent à la cam- « pagne. »

Le comte de Tissard de Rouvres, officier aux Gardes-Françaises, était un jeune homme aimable, paraissant livré à toute la gaîté, à toute la dissipation de son âge, mais cachant sous ces apparences de légèreté une présence d'esprit qui lui a été fort utile dans des occasions importantes, et des qualités solides qui lui assuraient l'estime et l'attachement de ceux qui le connaissaient plus particulièrement.

Etant dans une petite ville de province, il eut le malheur d'exciter, quoique bien involontairement, la jalousie d'un mari, dont la femme, avec d'excellentes mœurs, était cependant très-vive et fort imprudente. Piqué de ce que l'accès de cette maison lui était interdit par l'ombrageux époux, et sachant que la jeune femme, qui rassemblait tous les soirs sa société, aimait autant à veiller que son mari à dormir, il lui prit fantaisie de s'introduire, après souper, au milieu de ce cercle, à la faveur d'une échelle qu'il dressa contre un balcon dont la fenêtre était ouverte. Parvenu aux derniers échelons, il se trouve en face du mari, qui le reconnaît et s'écrie : « Eh bien! « monsieur, que faites-vous là? — Monsieur, « répondit-il, fort embarrassé..... je me pro- « mène. » Il n'en fallait pas tant pour jeter l'alarme dans l'esprit de cet homme, qui eut bien de la peine à se persuader que sa chère moitié ne fût pas complice de cette promenade nocturne.

Cependant cette même femme, qui, sans être attachée plus intimement à M. de Tissard qu'à tout autre, trouvait sa société agréable, et la désirait peut-être d'autant plus qu'on la lui défendait davantage, eut l'étourderie de l'engager à souper avec quelques personnes, un jour que son mari était absent, et n'avait annoncé son retour que pour le lendemain; mais ses affaires ayant été terminées plus tôt qu'il ne le comptait, il arriva ce même soir à neuf heures, au moment où l'on venait de se mettre à table. En entendant sa voix, il fallut songer à cacher M. de Tissard, qu'i aurait trouvé fort mauvais de rencontrer chez lui, et que la disposition des appartements ne permettait pas de faire évader. L'un des convives le pousse promptement dans une grande boîte à pendule, que sa taille, quoique très-mince, remplissait entièrement, et on ferme la porte sur lui. Le mari entre, accueille fort bien la société, annonce qu'il a grand appétit, et qu'il prendra volontiers part au souper. Il demande quelle heure il est, et si la pendule va bien. « Oui, oui, dit la femme « en frappant deux petits coups sur la boîte, « qui se trouvait auprès d'elle. » M. de Tissard saisit le sens de cet avertissement, et, d'une voix sourde et égale faisant tec... toc... tec... toc..., il imita le bruit du balancier pendant près d'une mortelle heure que l'ennuyeux époux resta à table, et ne fut délivré que lorsque la société se retira dans le salon.

(*) M. de Tissard jouait au reversi dans une maison où il était fort lié, et à un prix très-modéré. La fortune lui avait été constamment contraire. Le quinola lui ayant été gorgé, ou forcé pour la vingtième fois, il se lève avec l'air du dépit, prie un des spectateurs de tenir un moment son jeu, et sort. Les dames s'inquiètent de ne pas le voir revenir : on sonne ; un laquais raconte qu'il est entré dans un cabinet d'aisance avec un marteau et un grand clou qu'on lui a donnés sur sa demande. Dans l'instant le bruit d'un coup de pistolet se fait entendre de ce côté. L'on court, et la porte ouverte, on voit le joueur le pistolet à la main, assis, la tête penchée sur sa poitrine. Un grand soupir annonce qu'il n'a pas encore perdu la vie ; on veut le secourir : « Ah ! laissez-moi, dit-il, laissez ma « rage s'assouvir ; ne m'arrachez pas au seul « spectacle qui puisse la justifier, » en disant ces mots, il montre le quinola qu'il a cloué au mur. On frémissait d'horreur, et l'on ne pouvait se refuser à la pitié qu'inspirait un tel délire. « Je suis vengé, j'ai brûlé la cervelle à « quinola ! » On regarde, on voit en effet la tête du valet de cœur emportée d'une balle qui s'était enfoncée dans le mur. M. Tissard se relève brusquement, part d'un grand éclat de rire, qui fut partagé par les assistants ; et à l'aide de sa gaîté et de l'alkali volatil, rappela les esprits des dames qui avaient eu de la peine à se remettre de leur effroi. (*)

Le mariage de M. de Tissard fut une des aventures les plus extraordinaires, et sans contredit les plus heureuses de sa vie. Il de-

vait faire un voyage qui l'obligeait de passer par Bourges. Le marquis de Rivière, son camarade et son ami intime, le pria de voir dans cette ville son procureur, et de s'informer dans quel état étaient des affaires d'intérêt fort importantes qu'il lui avait confiées, et dont il lui fit une notice détaillée. Le comte de Tissard remplit cette commission avec tout le zèle de l'amitié, et étonna le procureur par la facilité et la justesse avec lesquelles il s'exprima sur des objets contentieux qui paraissaient si éloignés de son état et de son caractère. Il conclut par le prier de faire terminer au plutôt une discussion dont son ami attendait avec impatience la décision. « Mon-
« sieur, lui dit l'honnête procureur, je suis
« fâché de ne pouvoir vous promettre toute la
« célérité que vous désirez ; mais je le serais
« encore plus de vous tromper. Tous mes mo-
« ments sont consacrés au moins pour six se-
« maines aux intérêts d'une charmante demoi-
« selle de dix-huit ans, fille de condition,
« fort riche, aimée et considérée par toutes les
« personnes honnêtes de notre ville. En très-
« peu de temps elle a eu le malheur de perdre
« sa mère, une grande partie de sa famille, est
« devenue fille unique, et n'a plus pour sou-

« tien que son respectable père, ancien mili-
« taire, chevalier de Saint-Louis, qui, se mé-
« fiant de sa capacité en affaires, m'a donné
« toute sa confiance pour liquider les droits de
« sa fille. — Monsieur, répondit le comte de
« Tissard, voilà le canevas d'un roman qui
« doit devenir intéressant; et si l'on veut me
« permettre de coopérer au dénoûment,
« mettez-moi sur la liste de ceux qui se pré-
« senteront pour obtenir la main de cette
« aimable demoiselle. — Volontiers, mon-
« sieur; veuillez me laisser votre nom et votre
« adresse, qui me seront d'ailleurs nécessaires
« pour correspondre avec vous sur les affaires
« de votre ami. » M. de Tissard mit effectivement en écrit son adresse; et remontant dans sa chaise de poste, sans mettre aucune importance à une plaisanterie qu'il ne crut pas susceptible d'avoir de la suite, il continua son voyage. A son retour, il racontait gaiement à son oncle, le président de Gourgues, l'idée qu'il avait eue de traiter un mariage en poste, tandis que tout le monde délibère si mûrement sur un acte de cette nature. Le président riait de la folie de son neveu, lorsque celui-ci reçut une lettre du procureur de Bourges, qui lui mandait : « Je n'ai pas manqué de faire part

« à M. de Senneville du motif qui m'a pro-
« curé l'honneur de vous voir, de la conver-
« sation que nous avons eue ensemble, et du
« désir que vous m'avez témoigné de devenir
« son gendre. Après les informations exactes
« que la prudence et la tendresse paternelle
« rendaient indispensables, et qui ne pouvaient
« manquer d'être à votre avantage, il m'a
« chargé de vous écrire, que si vous persistiez
« dans les mêmes sentiments, il se ferait hon-
« neur de vous donner la préférence sur tout
« autre prétendant, ne doutant pas que celui
« qui sait remplir avec autant de zèle les de-
« voirs de l'amitié, ne se montre en toute occa-
« sion excellent fils, tendre époux et bon père.
« La fortune de mademoiselle sa fille est en-
« tièrement liquidée, etc. »

M. de Tissard communiqua tout de suite cette lettre à son oncle, qui, s'étant bientôt procuré les renseignements les plus positifs sur la naissance et la fortune de mademoiselle de Senneville, et sachant que tout le monde était d'accord sur son esprit et son excellent caractère, engagea son neveu à conclure promptement. C'est ainsi que peu de temps après, M. de Tissard devint l'heureux époux de la plus aimable femme. Mais il ne jouit pas long-temps de cette félicité. Son mariage ne précéda que de bien peu l'époque des troubles de la France, qui l'obligèrent de se réfugier en Allemagne, où il servit avec le plus grand zèle les intérêts des Princes dont il avait mérité la confiance. Chargé par eux d'une commission importante qui le sépara du corps de l'armée, il eut le malheur d'être pris, et tomba entre les mains d'un officier, qui, après l'avoir traité fort durement en paroles devant sa troupe, lui avoir pris ses papiers, et lui avoir arraché tous les boutons de son habit, sur lesquels étaient des fleurs de lis, lui dit à l'oreille : « On n'a « plus de preuves contre vous ; sachez vous « défendre et je vous soutiendrai. » M. de Tissard ne manqua pas dès lors de crier à l'injustice avec laquelle, en déchirant ses papiers qui prouvaient qu'il était marchand, voyageant pour ses affaires de commerce, on lui avait ôté tous ses moyens de défense. L'officier français, jouant toujours le même rôle, le conduisit à la première municipalité qu'il put rencontrer. Là, il convint que les papiers qu'il avait pris sur le voyageur, et qu'il avait déchirés, parce que dans le premier moment ils lui avaient paru frauduleux, annonçaient en effet l'état dont il se prévalait ; mais il ajouta que l'ayant trouvé très-près de l'armée, où il ne semblait pas que ses affaires eussent dû le conduire, il avait cru devoir l'arrêter comme suspect, et conclut à ce que, comme tel, il fût déporté au delà des frontières : ce qui fut prononcé comme mesure de sûreté publique, et exécuté tout de suite à la grande satisfaction du prisonnier.

Après la campagne de 1792, M. de Tissard se retira à Londres où sa femme l'attendait, et y mourut de la petite vérole, laissant après lui une veuve aussi intéressante par ses vertus que par sa figure et son esprit, et deux enfants en bas âge.

Le poète Roy, auteur du *Ballet des Eléments*, étant tombé dangereusement malade, prit la résolution d'abandonner le culte des Muses pour embrasser celui de Dieu. Lany, maître des ballets, qui ne savait rien de ces saintes dispositions, alla le voir dans son lit, et le pria de lui donner quelques lumières sur chacun des divertissements de ses actes. « Ah! que me « demandez-vous, Monsieur? interrompit le « poète converti. Vous voulez que je songe à

« mon ballet, quand je ne dois m'occuper que « de mon salut. Allez, allez, monsieur ; mes « *Eléments* sont assez bons : ils réussiront sans « aucun secours étranger. — Cela est vrai, « monsieur ; mais c'est que dans le prologue, « on me dit que les entrées doivent être dis- « tribuées de telle et telle façon. — Au nom « de Dieu, ne me parlez plus de cela, je ne « dois plus m'en mêler ; ce sont des bêtes et « des ignorants qui vous font de pareils contes. « Monsieur, voilà comme le ballet était disposé « quand le Roi y dansa. » (Et là-dessus les plus grands détails pour expliquer l'arrangement de toutes les danses.) — « Mais, monsieur, je « ne dois plus avoir que Dieu en vue : puis-je « m'occuper actuellement de choses dont je « ne dois que gémir? C'est un ouvrage immortel « que ces *Eléments*, monsieur ; que l'on y « danse bien ou mal, cela n'y fera rien, on « ira toujours. J'en suis désesperé ; je serai « peut-être dix ans de plus en purgatoire pour « en être l'auteur. — Mille pardons, monsieur ; « mais je voudrais encore savoir la disposition « de vos entrées dans l'acte de Vertumne, car « celui des Vestales est tout ordinaire. — Eh ! « non pas, morbleu ! cela n'est pas ordinaire ; « il faut faire d'abord danser dans l'entrée des

« Vestales un pas de trois à mademoiselle.....
« Mais je me rappelle qu'elle est grosse : on
« n'aura qu'à donner le rôle à la petite B...
« Au reste, monsieur, faites comme vous vou-
« drez ; qu'ai-je à faire de tout cela, moi ?
« J'ai bien d'autres idées plus sérieuses. »
Lany contredisait, et aussitôt l'auteur d'entrer dans des détails qui instruisaient pleinement le danseur de ce qu'il voulait savoir. Roy, de son côté, s'apercevant que machinalement il lui disait tout, en l'assurant qu'il ne voulait rien lui dire, s'interrompait de temps en temps par des retours et des gémissements sur lui-même ; enfin, conjurant Lany de le laisser tranquille : « Permettez, monsieur, lui dit-il,
« que je me livre entièrement à mes idées sur
« la religion, qui doivent actuellement me
« remplir tout entier. Adieu, monsieur, je ne
« dois plus penser qu'au Sauveur qui est mort
« pour nous sur l'arbre d'une croix que vous
« voyez là, » en lui montrant la croix de chevalier de Saint-Michel.

(*) M. DE LA ROCHE, gentilhomme ordinaire du Roi, et jouet habituel de la cour, à cause de sa grande loquacité, de sa naïveté et de la familiarité originale qu'il affectait même auprès du souverain, essuya une aventure piquante, et qui ne fit qu'apprêter davantage à rire à ses dépens. Allant de Paris à Versailles pour son service, il se trouve dans une voiture publique à deux places, à côté d'un homme bien mis, qui en chemin lui propose du tabac. « Je n'en « prends jamais, répondit-il; j'ai cependant « une assez belle boîte, comme vous le voyez : « c'est un présent du feu roi. » En disant cela, il montre une superbe tabatière, où était le portrait de Louis XV entouré de diamants. Le compagnon de voyage prend la boîte, l'admire, et la rend au propriétaire, qui la remet dans sa poche. Arrivé au château, il descend de voiture (son compagnon l'avait quitté à l'entrée de l'avenue). Il croit sentir que sa poche est légère; il y fouille, et n'y trouve qu'un mauvais morceau de papier, sur lequel étaient écrits ces mots au crayon : « Quand on « ne prend pas de tabac, on n'a pas besoin de « tabatière. » (*)

M. De...., connu par sa piété, avait besoin

d'un cocher. Il s'en présente un qui est accepté. Après lui avoir donné les instructions nécessaires, M. De.... lui dit : « Vous assisterez tous « les soirs à la prière avec le reste de mes gens. « — A la prière, monsieur ! reprit le domesti-« que étonné. — Quoi ! répondit M. De...., est-« ce que vous ne priez point ? — Je n'ai jamais « demeuré chez des gens qui fissent leur prière. « — Mais enfin, avez-vous quelque répugnance « pour ce que j'exige de vous ? — Non, mon-« sieur, point du tout ; mais j'espère que vous « aurez égard à cela par rapport à mes gages. »

Dans le temps de l'exil des parlements, sous le chancelier Maupeou, M. de Montbelin, l'un des plus anciens et des plus respectables magistrats de celui de Paris, fut traité d'autant plus sévèrement, que son influence avait beaucoup contribué à la fermeté qu'on opposait aux innovations projetées par le ministère. Une lettre de cachet le relégua à l'Ile-Dieu, petite île aride au delà des Sables d'Olonne, où il ne trouva qu'un chétif village composé de cabanes de pêcheurs, et pour le seul logement habitable le presbytère, où il se rendit pour demander provisoirement l'hospitalité, sans dire quel était le motif qui l'amenait en ce lieu. Il fut accueilli avec beaucoup d'égards par le curé, qui lui fit, avec autant d'honnêteté que d'aisance, les honneurs d'un frugal repas, et lui parut, par son esprit et son instruction, fort au-dessus du très-médiocre poste dans lequel il remplissait ses fonctions. De son côté, le pasteur était bien curieux de savoir quel était son hôte, qui annonçait le plus grand mérite avec l'érudition la plus profonde, et par quel hasard il paraissait vouloir faire choix, pour son habitation, d'un lieu qui présentait aussi peu de ressources. A la première question sur cet objet, le magistrat ne se fit point presser. « Ce n'est « point, répondit-il, par fantaisie, mais par « obéissance à des ordres supérieurs, que je me « suis rendu ici. Conseiller au parlement de « Paris, je suis membre d'un corps, qui, en « remplissant ses devoirs, a eu le malheur de « déplaire au Roi..... Mais, à mon tour, mon- « sieur le curé, permettez-moi de vous de- « mander comment il est possible qu'avec les « lumières que vous possédez, avec l'usage du « monde qui vous distinguerait partout, vous « vous soyez confiné dans un lieu aussi peu

« fait pour vous ? — Monsieur, répondit le « curé, ce n'est point par choix, mais par né« cessité : comme Jésuite, je suis membre d'un « corps, qui, en remplissant ses devoirs, a eu « le malheur de déplaire aux parlements. »

A cette époque de l'exil des parlements, M. de D...., président à celui de Dijon, s'étant trouvé absent lors de la délibération qui irrita si fort le chancelier, ne participa pas, dans le premier moment, à la punition infligée à ses collègues ; mais sa délicatesse ne pouvant souffrir cette distinction sur un fait qui devait intéresser également tous les magistrats, il parvint non seulement à la faire cesser, mais encore à être traité plus sévèrement, en écrivant au chancelier que, quoique son nom ne fût pas au bas de la délibération, par la circonstance de son éloignement momentané, il n'en adhérait pas moins de cœur et d'âme à tout ce qu'avaient arrêté ses confrères, dont il avait connu et partagé les dispositions. Une telle déclaration était bien faite pour exciter toute la rigueur du chef de la magistrature : aussi y répondit-il, peu de jours après, par une lettre de cachet, portant ordre au président de se rendre incessamment, et jusqu'à nouvel ordre, à *Montbrisson*. Celui-ci étudia bien vite la carte pour connaître le lieu de son exil et la route qu'il avait à tenir. Ce ne fut pas sans peine qu'il ne trouva de ce nom qu'un petit village dans le Bigorre, au milieu des montagnes des Pyrénées ; d'où il conclut que ce séjour devait être fort déplaisant. Alors il ne balança pas à croire, ou à faire semblant de croire que l'intention du Roi était qu'il allât à *Montbrison*, fort jolie petite ville, capitale du Forez, dont le nom, dans l'ancienne orthographe, s'écrivait en effet avec deux *s*. Il partit donc très-précipitamment pour ce dernier lieu, afin de n'avoir pas le temps de recevoir une explication qu'il se garda bien de demander, de peur que le résultat n'en fût fâcheux. Au moment de son arrivée, après avoir couru jour et nuit, son premier soin fut de constater sa prompte obéissance ; et, vêtu en voyageur, avec une redingote pleine de poussière, il se présenta à huit heures du matin chez M. de la Ch...., procureur du Roi au bailliage de Montbrison, qui, étant en ce moment entre les mains de son perruquier, fit fort peu d'attention à un homme si mal mis, et sans se déranger, lui demanda assez busquement ce qu'il voulait. Le président, qui ne manquait jamais l'occasion de mettre de la gaîté dans les choses les plus sérieuses, piqué d'ailleurs de cet accueil, fut bien aise de l'en punir, en lui donnant un moment d'inquiétude; et prenant un ton de voix rauque, lui répondit : « Mon« sieur, je viens ici de la part du Roi. » A ce mot prononcé hautement, dans un temps où il n'était question que de lettres de cachet, d'exils, d'emprisonnements, le magistrat se troubla, pâlit, renvoya aussitôt son perruquier, et demanda en tremblant de quoi il était question. Le président, dont la bonté est si connue, fut fâché de l'effet subit qu'avait produit sa petite malice. « Ne vous effrayez pas, mon« sieur, lui dit-il en souriant, c'est de moi seul « qu'il s'agit; » et se nommant, il ajouta : « Le « Roi m'exile dans cette ville; je viens vous « prier de dresser procès-verbal de mon arri« vée, de le faire passer tout de suite au « ministre, et de m'accorder vos bons offices « pendant le séjour que je serai obligé de faire « ici. » M. de la Ch...., aussi rassuré alors qu'il avait été inquiet auparavant, se hâta d'exécuter ce qu'on lui demandait, s'empressa d'offrir un logement à M. de D...., de le présenter dans toutes les maisons honnêtes de la ville, et se liant plus particulièrement avec lui, il parvint à lui rendre le temps de son exil fort doux, par tous les agréments qu'il lui procura, et que le président, aussi aimable en société, qu'ami solide et magistrat éclairé, n'aurait pas manqué d'obtenir par lui-même, dès qu'il aurait été connu.

Le marquis de V***, connu par ses singularités, vantait à la Reine un remède dont lui seul avait le secret, et qu'il avait fait prendre à un de ses amis réduit à l'extrémité. « L'a-t-il guéri »? demanda la reine. — « Madame, dès le « lendemain, j'allai pour le voir, il était sorti. « — Comment sorti? — Oui, madame; il était « allé se faire enterrer à Saint-Sulpice. »

Le baron d'Holbach voulait absolument passer pour connaisseur en toutes sortes d'arts, en toute espèce de science, et il lui fut aisé d'acquérir ou d'usurper cette réputation, soit par le soin qu'il eut d'attirer chez lui une foule de gens à talents, soit par les bienfaits dont il les combla.

(*) Il reçut d'un port de mer de l'Amérique une lettre d'un de ses amis qui lui mandait : « J'ai fait la traversée fort heureusement, et « sans autre événement que celui-ci, qui me « paraît digne de votre attention. Un mousse « est tombé du mât sur le pont, et s'est cassé « une jambe. On la lui a liée fortement avec une « ficelle enduite de résine et d'eau-de-vie, et « le moment d'après, il a pu s'en servir comme « avant l'accident. Tout l'équipage a été té- « moin de cette opération, et l'on ne sait ce « qu'on doit admirer le plus, de l'adresse de « celui qui l'a faite, ou de son entier succès. »

Le baron ne manqua pas de communiquer cette nouvelle à l'Académie de chirurgie, en certifiant la véracité de son correspondant; et les suppôts de Saint-Côme s'escrimèrent à chercher les causes et les moyens d'une cure aussi merveilleuse. On assure même que l'un d'eux allait faire imprimer une savante dissertation pour établir et prouver, par des raisonnements physiques, la manière dont elle avait dû s'opérer, lorsque le baron reçut une seconde lettre de son ami, où était la phrase suivante : « J'ai oublié une petite circonstance dans le

« récit de l'événement dont je vous ai fait part « dernièrement : la jambe que le mousse en « question s'est cassée, était de bois » (*).

Un jour que madame Geoffrin querellait fortement un homme de lettres auquel elle s'intéressait, et qui se justifiait avec la même vivacité et la même chaleur sur l'étourderie qu'elle lui reprochait, M. d'Holbach, qui les écoutait en silence, s'approche d'eux, et leur demande en souriant : « Par hasard, seriez-« vous mariés secrètement? »

Un célèbre médecin hollandais, établi à Londres depuis longues années, le docteur Vanslebten, passant sur la place appelée *Grovenor-Squarre*, s'arrêta à considérer un charlatan qui, dans une superbe calèche à quatre chevaux, avec plusieurs domestiques magnifiquement vêtus, attirait une foule immense, et faisait une énorme distribution de ses drogues. Informé de sa demeure, il le fait prier de passer le lendemain matin chez lui. Le charlatan s'y rend. « Monsieur, lui dit le docteur, je vous « entendis annoncer hier publiquement que « vous aviez d'excellents remèdes pour toutes

« sortes de maladies : en auriez-vous pour la
« curiosité? En vous regardant attentivement,
« j'ai cru vous reconnaître, et je ne peux me
« rappeler où nous nous sommes vus. — Mon-
« sieur, il me sera très-aisé de vous satisfaire.
« J'ai servi plusieurs années chez milady Wal-
« ler, où vous veniez assidûment; j'étais son
« premier laquais, et je l'ai quittée depuis trois
« ans pour exercer le métier dans lequel vous
« me voyez. — Vous excitez de plus en plus
« ma curiosité. Comment est-il possible que
« des talents, acquis en trois ans, vous aient
« procuré les moyens d'entretenir l'état bril-
« lant que vous me paraissez avoir, tandis
« qu'exerçant ma profession depuis quarante
« ans, avec la plus grande application, et j'ose
« dire avec quelque célébrité, je peux à peine
« entretenir mon petit ménage? — Monsieur,
« pour que je puisse répondre directement à
« votre question, me permettrez-vous de vous
« en faire quelques-unes? — Volontiers. —
« Vous demeurez dans une des rues les plus
« fréquentées de cette ville. Combien croyez-
« vous qu'il y passe de monde par jour? —
« Cela serait difficile à compter; mais, à es-
« timation arbitraire, à peu près dix mille. —
« J'accepte ce calcul comme juste. Et combien

« pensez-vous que dans ces dix mille il y ait « de gens de bons sens ?..... je ne dis pas d'es- « prit, car tout le monde en fourmille. — Ah ! « vous m'embarrassez en distinguant l'esprit « du bon sens ; et si, sur les dix mille, il y en « a cent de cette dernière espèce, c'est beau- « coup. — Eh bien, monsieur, vous avez ré- « pondu vous-même à votre question. Les « cent personnes de bon sens sont vos prati- « ques, et les neuf mille neuf cent sont les « miennes. »

On sait que Richelet a enrichi chaque article de son Dictionnaire, de phrases qui marquent l'usage propre ou figuré des mots, et qu'en général elles sont relatives aux actions des personnes connues. Le prince de ***, qui avait fait le siége de Dôle et de Pontarlier, et n'avait pu prendre ces deux villes, se faisait apporter les feuilles du Dictionnaire de Richelet, à mesure qu'on les imprimait, pour s'amuser de ses bons mots et des épigrammes quelquefois piquantes qui s'y rencontraient. Il en était à la lettre *Z*; et, n'ayant rien trouvé jusque-là qui le concernât : « Il a fort bien fait, dit-il, de ne rien « se permettre sur mon compte ; car je l'aurais « fait régaler d'importance. » Enfin, on lui apporta la dernière feuille ; il ne pensait pas qu'il y eût rien à dire sur la lettre *Z*, très-peu de mots commençant par cette lettre en français ; mais en la parcourant, il trouve : *Zeste, petit bois qui sépare l'amande d'une noix.* Ensuite on lisait ces mots : « Ce terme s'emploie aussi au figuré ; exemple : « *Il prendra Pontarlier,* « zeste, *comme il a pris Dôle.* » Le prince ne put s'empêcher de rire de l'exemple, et, au lieu de punir l'auteur, il l'envoya chercher, et il souscrivit pour un grand nombre d'exemplaires.

Madame de R. de P. avait un fils et une fille, et marquait autant de prédilection pour le premier que de sévérité et même de dureté pour l'autre, qui cependant intéressait tout le monde par ses grâces, la sensibilité et l'esprit de son âge. La mère étant enceinte pour la troisième fois, et parlant de son état devant plusieurs personnes, la charmante petite enfant, alors âgée au plus de cinq ans, se jette entre ses bras ; et, l'embrassant tendrement : « Maman, « je t'en prie, lui dit-elle, fais-moi un petit « frère. — Eh ! pourquoi préférez-vous un frère « à une sœur ? — Maman, c'est que tu n'aimes « pas les petites filles ». La mère, à ce mot, qui fut pour elle une cruelle leçon, versa des larmes d'attendrissement, et n'a pas cessé de rendre à sa fille les caresses qu'elle lui avait trop refusées dans son enfance.

M. L'ABBÉ DE CORNAC, prêchant un jour devant la reine, comme il descendait de la chaire, le cardinal Mazarin alla à sa rencontre, et lui dit : « Monsieur, après un si beau sermon, vous nommer archevêque de Valence, « c'est ce qui s'appelle recevoir le bâton de « maréchal sur la brèche; remerciez le Roi de « cet important bénéfice. » A peine eut-il fait ses remercîmens, qu'il alla chez M. l'archevêque de Paris, à qui il demanda la prêtrise, que ce prélat lui accorda sans peine. « Ce n'est « pas tout, continua M. de Valence, c'est qu'en « même temps je vous supplie de me faire « *diacre*. — Volontiers, lui dit l'archevêque « de Paris. — Vous n'en serez pas quitte pour « ces deux grâces, monseigneur, reprit M. de « Cornac; car, outre la prêtrise et le diaconat, « je vous demande le sous-diaconat. — Au « nom de Dieu, interrompit brusquement l'ar« chevêque de Paris, dépêchez-vous de m'as-

« surer que vous êtes tonsuré, de peur que « vous ne remontiez, dans cette disette de sa- « crements, jusqu'à la nécessité du baptême. »

Le comte d'Osmond, attaché à la cour de Louis, duc d'Orléans, aimait passionnément le gros jeu, et était le plus insupportable joueur par son humeur et ses impatiences, dès qu'il n'était pas heureux. Se trouvant debout, et perdant un très-beau coup, il se retourna avec fureur, et frappa avec sa main de telle force contre la boiserie, que, faisant sauter un nœud du bois, son doigt s'enfonça dans le trou, et s'enfla tellement à l'instant, qu'il lui fut impossible de le retirer. Les éclats de rire de la société ne permettant pas de lui donner un prompt secours, il resta assez long-temps dans cette cruelle position, et n'en fut délivré que par l'assistance d'un menuisier, qui, avec ses instruments, cerna la boiserie et le dégagea de son entrave.

Le duc d'Orléans, qui voulait s'amuser de son humeur, et savoir jusqu'où il pouvait la porter, lui proposa de faire la partie d'un soi-disant grand seigneur allemand, qu'il dit lui avoir été présenté, et qui jouait fort gros jeu. On les met tête à tête à un piquet, et le comte d'Osmond, qui le jouait parfaitement, fut fort étonné de se trouver presque tous les coups repic et capot : il perdit bientôt des sommes énormes ; mais la présence du prince le retint dans les bornes de l'honnêteté, autant du moins que sa vivacité put le lui permettre. La partie terminée, il se leva, et se disposait à payer, lorsque son adversaire lui annonça modestement qu'il ne pouvait recevoir son argent, et lui dit : « Monsieur le comte, vous « avez cru changer de cartes tous les coups, « et vous n'avez jamais joué qu'avec ce jeu « (en lui en montrant un qu'il fit sortir de sa « manche) : vous n'en douterez pas quand je « vous avouerai que je suis Comus. » C'était en effet ce célèbre escamoteur, que le duc d'Orléans avait mandé pour se divertir aux dépens du comte.

Le marquis de Cremeaux d'Entragues, grand-fauconnier de France, l'un des plus beaux hommes et des plus élégants de la cour, était si généralement aimé et estimé que, quoique comblé des faveurs du Roi, il n'avait jamais excité l'envie, et que tout ce qu'il y avait de plus distingué à Paris et à Versailles cherchait à le prendre pour modèle. Un de ses amis lui demandait comment, devant être, par ses succès dans tous les genres, l'objet de la jalousie de son sexe, il était parvenu à s'en faire chérir aussi unanimement. « C'est que « j'ai toujours eu pour principe, répondit-il, « de ne point entrer dans les intrigues, de ne « heurter aucune ambition, d'employer beau- « coup de coquetterie auprès des hommes, et « d'être sans prétentions avec les femmes. »

Il avait cependant celle de s'établir en toute occasion le défenseur du beau sexe ; mais c'était toujours avec une aménité qui ne pouvait blesser ceux-mêmes auxquels il semblait faire une leçon sévère. Se trouvant souvent dans le cas d'entendre en société dénigrer l'honnêteté de quelques femmes, en leur attribuant comme amants favorisés les hommes qu'elles recevaient le plus habituellement chez elles, il ne manquait pas de demander à celui qui tenait cet imprudent propos : « Monsieur, « l'avez-vous vu ? — Non.... mais.... — En ce « cas-là vous nous mettez bien à notre aise,

« en nous permettant de croire que ceux qui « vous l'ont dit s'en sont rapportés, comme « cela arrive trop fréquemment, à de fausses « apparences, ou ont eu quelque intérêt à « vous tromper sur un objet aussi essentiel à « la réputation de cette femme. » Un jeune homme, qui avait déjà essuyé quelquefois cette petite réprimande, crut l'embarrasser, en lui répondant : « Oui, monsieur, je l'ai vu. — « En ce cas, répliqua le marquis d'Entragues, « elle a dû compter sur la discrétion d'un « homme honnête, et je vous remercie d'avoir « la même confiance en la nôtre. »

La Princesse de Poix jouant au billard avec lui : « Il faut, dit-elle, que je sois bien mala- « droite : je ne peux pas toucher une bille. « — Princesse, répondit le marquis, c'est « qu'une bille n'est pas un cœur ».

Dans une société, composée sans doute en partie de maris jaloux et peu délicats, on lui demanda si, étant marié et pouvant avoir quelque soupçon sur la conduite de sa femme, il ne se croirait pas autorisé à intercepter et lire les lettres qui lui seraient adressées. « Non, « certainement, répondit-il ; pourquoi don- « nerai-je à celle que je dois honorer et aimer

« la préférence d'un procédé que je n'oserais « me permettre vis-à-vis un étranger? »

On croit que le marquis d'Entragues eut, pour une femme très-connue par son esprit et sa beauté, madame de Caze, un attachement dont la médisance même respecta l'honnêteté et la constance. Ayant eu le malheur de perdre cette amie, à laquelle il donna les plus tendres soins jusqu'à ses derniers moments, il tomba dans une sombre mélancolie, et ne lui survécut que peu de temps.

L'impératrice de Russie avait envoyé à Voltaire une boîte d'ivoire qu'elle avait faite au tour. Cette boîte donna à ce célèbre écrivain l'idée d'une plaisanterie. Après avoir pris quelques leçons de sa nièce, il envoya à Catherine, en retour de son cadeau, le commencement d'une paire de bas de soie blancs tricotés de sa main, et accompagnés d'une épître dans laquelle il mandait à l'impératrice qu'ayant reçu d'elle un ouvrage d'homme travaillé par une femme, il priait sa majesté d'accepter un ouvrage de femme sorti des mains d'un homme. On tient cette anecdote, très-peu connue, d'une personne qui, se trouvant à Ferney à cette époque, eut le plaisir de voir tricoter Voltaire.

Un Anglais était venu voir Voltaire à Ferney; le patriarche lui demanda d'où il venait; le voyageur lui répondit qu'il avait passé quelque temps avec M. de Halles. — C'est un grand homme que M. de Halles, s'écrie aussitôt Voltaire, il est tout à la fois un grand poète, grand naturaliste, grand philosophe; c'est un homme presque universel. — Ce que vous dites là, monsieur, est d'autant plus beau que M. de Halles ne vous rend pas la même justice. — Hélas! répliqua Voltaire, nous nous trompons peut-être tous deux.

M. Turgot alla voir un jour Voltaire chez M. le marquis de Villette. Ah! vous voilà M. Turgot, lui dit Voltaire: comment vous portez-vous? — J'ai beaucoup de peine à marcher, répondit le ministre; la goutte me tourmente. — Ah! messieurs, s'écria Voltaire, en s'adressant à ceux qui étaient présents, toutes les fois que je vois M. Turgot, je crois voir Nabuchodonosor. — Oui, les pieds d'argile, répondit le ministre. — Et la tête d'or, répliqua Voltaire.

Monsieur le prince de Ligne raconte qu'étant au château de Ferney, un marchand de chapeaux et de souliers gris, entre tout d'un coup dans le salon. M. de Voltaire, qui se méfiait beaucoup des visites, se sauve dans son cabinet. Ce marchand le suit en lui disant: Monsieur, monsieur, je suis le fils d'une femme pour qui vous avez fait des vers. — *Oh! je le crois, j'ai tant fait de vers pour tant de femmes! bon jour, monsieur.* — C'est madame de Fontaine-Martel. — *Ah! ah! monsieur, elle était bien belle: je suis votre serviteur* (et il était près de rentrer dans son cabinet). — Monsieur, où avez-vous pris ce bon goût que l'on remarque dans ce salon? Votre château, par exemple, est charmant: est-il bien de vous? (Alors Voltaire revint.)

Oh! oui, monsieur, de moi; j'ai donné tous les dessins. Voyez ce dégagement et cet escalier. Eh bien! — Monsieur, ce qui m'a attiré en Suisse, c'est le plaisir de voir M. de Haller (M. de Voltaire rentrait dans son cabinet). Monsieur, monsieur, cela doit vous avoir beaucoup coûté. Quel jardin charmant! *Oh! par exemple, disait M. de Voltaire*, (en revenant), *mon jardinier est une bête; c'est moi, monsieur, qui ai tout fait.* — Je le crois; ce monsieur de Haller, monsieur, est un grand homme (M. de Voltaire rentrait). — Combien de temps faut-il, monsieur, pour bâtir un château à-peu-près aussi beau que celui-ci? (M. de Voltaire revenait dans le salon). Sans le faire exprès, continue le prince de Ligne, ils me jouèrent la plus jolie scène du monde, et M. de Voltaire m'en donna de bien plus comiques encore par ses vivacités, ses humeurs, ses repentirs. Tantôt homme de lettres, et puis seigneur de la cour de Louis XIV, et puis l'homme de la meilleure compagnie.

Il était comique lorsqu'il faisait le seigneur de village. Il parlait à ses manants comme à des ambassadeurs romains ou des princes de la guerre de Troie. Il ennoblissait tout. Voulant demander pourquoi on ne lui donnait jamais de civet à dîner, au lieu de s'en informer tout uniment, il dit à un vieux garde : *Mon ami, ne se fait-il plus d'émigrations d'animaux de ma terre de Tourney à ma terre de Ferney ?*

Il était toujours en souliers gris, bas gris de fer roulés, grande veste de bazin, longue jusqu'aux genoux, grande et longue perruque et petit bonnet de velours noir. Le dimanche, il mettait quelquefois un bel habit mordoré uni, veste et culotte de même, mais la veste à grandes basques et galonnée en or à la bourgogne, galons festonnés et à lames, avec de grandes manchettes à dentelles jusqu'au bout des doigts; *car avec cela,* disait-il, *on a l'air noble.*

Quoiqu'en secret Voltaire ne pût s'empêcher d'être flatté des visites que sa réputation lui attirait de toutes les parties de l'Europe, cependant tous ceux qui tentaient le pèlerinage de Ferney, n'étaient point sûrs de voir le Dieu, ou s'il accordait une audience, on n'était pas tenté d'en demander une seconde. L'abbé Coyer avait entrepris le voyage de Ferney, et quoique non invité, il avait fait tous ses préparatifs pour y passer quelques mois. On sent combien peu ce projet devait être du goût de Voltaire, qui connaissait l'abbé Coyer, comme l'homme le plus lourd et le plus pédantesque de son siècle. Il soutint cependant la première journée d'assez bonne grâce ; mais le lendemain lorsque l'abbé Coyer vint le voir : « Savez-vous, lui dit-il, M. l'abbé, la diffé- « rence qu'il y a entre don Quichotte et vous? « C'est que don Quichotte prenait toutes les « auberges pour des châteaux, et que vous pre- « nez tous les châteaux pour des auberges. ». M. l'abbé Coyer, désappointé par cette brusque question, fit son paquet et repartit dans les vingt quatre heures. Le lendemain Voltaire ne le voyant point reparaître, demanda de ses nouvelles. On lui annonça qu'il était parti : « Ce bon abbé, il nous a quitté bien vite ! »

M. de Massiac, lieutenant-général de la marine, fut nommé secrétaire d'Etat à ce département, sous le règne de Louis XV. Mais comme c'était un homme simple, honnête, et n'ayant pour lui que sa sévère probité et son amour pour le travail, avec un esprit juste et des connaissances acquises en cette partie, au bout de quelques mois, les intrigues des courtisans parvinrent à le faire remercier.

M. de Saint-Florentin (depuis duc de la Vrillière) fut chargé, selon l'usage, de lui demander le portefeuille. Il se présenta chez lui, le trouva à son bureau, et lui fit part des ordres de Sa Majesté. Le ministre repondit qu'il ne pouvait rendre en ce moment le portefeuille, étant occupé d'un travail utile au département, et que dans deux heures il le lui donnerait. M. de Saint-Florentin fut étonné d'un renvoi auquel il ne s'attendait pas; il alla d'un air extrêmement troublé en rendre compte au Roi, qui lui dit froidement : « Eh bien! retournez-y dans deux heures. » Il y alla en effet à l'heure prescrite, reçut le portefeuille, et crut devoir insinuer à M. de Massiac, qu'il était d'usage que les ministres renvoyés ne se présentassent pas devant Sa Majesté. — « Monsieur, répondit celui-ci avec « le sang-froid d'une conscience sans repro- « che; comme vous ne me dites point être « chargé de la part du Roi de me donner cet « ordre, je verrai ce que j'aurai à faire; » et il l'accompagna. C'était le jour de son audience. Il se revêtit de son grand uniforme; et les officiers de la marine s'étant rendus chez lui : « Messieurs, leur dit-il, je n'ai plus l'hon- « neur d'être chargé du ministere, mais j'ai

« toujours celui d'être votre camarade, votre « ami et votre chef. En cette dernière qualité, « si vous voulez venir avec moi, je vous pré- « senterai chez mon successeur. » Il alla en effet, à la tête de son corps, chez celui qui le remplaçait. De là il se rendit chez le Roi : « Sire, lui dit-il, en présence de tous les cour- « tisans fort surpris de le voir là, j'ai reçu avec « reconnaissance la confiance dont Votre Ma- « jesté m'a honoré, sans que je l'eusse sollicitée: « je me suis soumis avec respect au malheur « d'en être privé; mais me flattant de n'avoir « jamais démérité par mes anciens services, « j'ose en demander à Votre Majesté la re- « compense la plus précieuse, dans la permis- « sion de continuer à lui faire ma cour. — Oui, « Massiac, répondit le Roi ; je vous verrai « toujours avec plaisir ; je n'ai point oublié « vos bons services, et je veux vous le prou- « ver en vous accordant en ce moment la « grande croix de l'ordre de Saint-Louis. »

M. de Massiac obtint quelque temps après une retraite aussi honorable qu'avantageuse, et vécut philosophiquement dans une campagne peu éloignée de Versailles, allant de temps en temps faire sa cour au Roi, qui le recevait avec la plus grande bonté, et le consultait souvent en particulier sur les améliorations à faire dans la marine.

M. DE VERGENNES travailla long-temps sous M. Chavigny, son oncle, fut nommé son secrétaire de légation en Portugal, et désigné par ce célèbre négociateur pour l'ambassade de la Porte, à laquelle il fut envoyé sous le ministère de M. Rouillé. M. de Choiseul, qui avait succédé à ce dernier dans le département des affaires étrangères, chargea M. de Vergennes d'une négociation très-importante auprès de la cour ottomane, et lui manda de ne point épargner l'argent pour le succès, lui annonçant que toutes les lettres de change, qu'il tirerait sur la France, seraient acquittées sur-le-champ.

L'ambassadeur, dont l'honnêteté et le zèle pour l'économie du bien public répugnaient à ce genre de séduction, chercha d'autres moyens pour traiter l'affaire, et parvint à réussir complétement. Cependant le ministre, auquel on ne demandait pas d'argent, et qui, d'après son caractère de prodigalité, n'imaginait pas qu'on pût terminer sans cette ressource, se plaignait amèrement du négociateur, et lui envoya un ordre de rappel au moment où celui-ci lui adressait la nouvelle de l'heureux succès qu'il se félicitait d'avoir obtenu, sans qu'il en eût rien coûté à l'Etat. Les deux lettres se croisèrent, et M. de Vergennes revint à la cour, où il fut accueilli très-froidement par le ministre, qui ne voulut pas paraître avoir tort, et qui craignit peut-être la présence d'un homme économe et trop franc, pour ne pas exposer sa conduite au grand jour, s'il était interrogé. M. de Vergennes, se reposant sur une conscience sans reproche, se retira volontairement dans ses terres; il y vivait modestement au sein de sa famille, lorsque M. le duc d'Aiguillon, devenu ministre des affaires étrangères, et fort jaloux d'employer de préférence ceux qui avaient à se plaindre de son prédécesseur, le tira de sa retraite pour le faire passer à l'ambassade de Suède. Là, il fut assez heureux pour être de la plus grande utilité à Gustave dans la révolution que ce prince opéra à Stockholm, et dont il rejeta en partie la gloire sur cet ambassadeur, ne cessant de publier son amitié pour lui et sa reconnaissance, dans le voyage qu'il fit en France, quelques années après ce mémorable événement.

L'incorruptible probité de M. le comte de Vergennes, son assiduité constante au travail, et ses grands talents pour embrasser d'un coup d'œil tous les détails des affaires les plus importantes, et les traiter avec sagesse et économie, le firent choisir par Louis XVI pour son ministre des affaires étrangères; et le Monarque lui donna, avec d'autant plus d'abandon, toute sa confiance, que personne n'était plus que lui attaché, par la solidité de ses principes, à l'honneur du trône et à l'intégrité de l'autorité royale.

Ses ennemis, que ses vertus publiques et privées avaient condamnés au silence, ou à la honte de la calomnie, pendant sa vie, ne balancèrent pas à poursuivre sa mémoire dans l'asile du tombeau. On lui reprocha d'avoir acquis une fortune immense, et l'inventaire qu'on en fit prouva que, non seulement elle était peu considérable, vu les grandes places qu'il avait exercées, mais que, composée des bienfaits du Roi, des présents immenses qu'avec la permission de son souverain, il avait reçus de différentes puissances étrangères, et, jointe à ses biens patrimoniaux, qui en formaient la plus grande partie, ainsi qu'aux épargnes que son économie domestique l'avait mis à même de faire, elle n'allait pas à soixante-dix mille livres de rentes fixes.

Une politique jalouse l'avait déjà inculpé plus grièvement sur le traité de commerce qu'il avait conclu avec l'Angleterre. Mais ceux qui, en semant des bruits injurieux contre une opération aussi avantageuse, alimentaient la crédulité publique, toujours avide de blâme, se gardaient bien de dévoiler le véritable but d'un traité qui, en faisant refluer en Angleterre, avec franchise de droits, la plus grande partie des vins français et les productions du sol, attirait nécessairement en France, sous le même appât, l'industrie anglaise, dont on n'avait jamais pu atteindre la perfection sur le continent, et devait la naturaliser insensiblement vers la source des matières premières, par l'espoir certain d'un grand lucre, en les mettant en œuvre à peu de frais. Ainsi, on opposait, avec tout l'art de la perfidie, le cacul de quelques sacrifices apparents et momentanés, qu'on avait grand soin d'exagérer, aux avantages inappréciables qui devaient être le résultat permanent d'une opération aussi bien combinée. Ce qui ne laisse aucun doute à cet égard, c'est que la nation anglaise, plus éclairée sur ses véritables intérêts, ne se trompa pas sur l'étendue et les suites de ce vaste projet, et que la Chambre des Communes s'éleva vivement contre le ministère qui y avait adhéré.

Le seul défaut qu'on pût reprocher, avec quelque apparence de justice, à M. de Vergennes, et qui tenait beaucoup à la rigidité de ses mœurs, c'était une ténacité, peut-être trop absolue, dans ses préventions. La prudence de son caractère ne lui permettait pas de se livrer, sans motif ou sans examen, aux premières impressions; mais dès qu'il les avait adoptées, elles devenaient chez lui principes invariables. Ainsi celui qui avait mérité son estime et sa confiance, était assuré du crédit du ministre pour tout ce qu'il pouvait demander d'analogue à ses talents; mais il ne revenait jamais en faveur de ceux qu'il savait avoir manqué à cette délicatesse qui était sa première loi; et si, par les circonstances, il se trouvait obligé d'employer ces derniers, quelque irréprochable que fût leur conduite, ils étaient sûrs d'avoir en lui le plus rigide censeur.

C'est d'après cette sévérité qu'il était devenu

l'ennemi personnel de M. Necker, dont il avait jugé, dès le principe, les vues ambitieuses, et approfondi les intentions. Cependant il se contenta d'éclairer le Roi sur les projets ultérieurs de ce ministre, et n'entra jamais dans ces cabales de cour, que la dignité de son caractère ne pouvait lui permettre de seconder, même par une approbation tacite.

Il disait à ses plus intimes amis, qu'il avait toujours regardé la discrétion comme une vertu, et la dissimulation comme un vice inutile, s'il n'était même dangereux pour celui qui, en l'employant, se créait à lui-même un labyrinthe dont il lui était difficile de sortir; que son grand art en politique, celui qui lui avait procuré constamment des succès, était de ne jamais tromper sur le but auquel il aspirait, lorsqu'il était de son intérêt ou de son devoir de le découvrir, parce qu'alors les plus fins négociateurs lui supposant, d'après leurs idées machiavéliques, des vues fort éloignées de celles qu'il avait annoncées, le laissaient suivre sa route sans obstacles, et ne manquaient pas de porter tous leurs moyens de défense sur plusieurs voies détournées, auxquelles il n'avait jamais pensé.

Avec un crédit tout-puissant sur l'esprit du

Monarque, avec de grandes vertus et de légers défauts, qui tenaient même à l'excès de ses vertus, M. de Vergennes dut avoir pour ennemis tous ceux qui, depuis long-temps, méditaient la ruine de l'autel et du trône, objets de l'attachement invariable du ministre. Mais ils n'osaient se mettre à découvert, et il leur fallait un événement imprévu pour écarter le défenseur intrépide qui jusqu'alors avait déjoué toutes leurs trames. Sa mort, en 1787, fut en effet le présage des malheurs de la France, que sa sagesse et sa fermeté eussent certainement prévenus; et si l'on veut bien examiner toutes les circonstances de sa courte maladie, les symptômes violents qui l'ont accompagnée, et l'époque de son décès, on ne doutera pas qu'il n'ait été l'un des crimes avant-coureurs de ceux de la révolution.

(*) La destinée de M. le comte de Saint-Germain, ministre de la guerre dans les commencements du règne de Louis XVI, a été bien extraordinaire. Il fut d'abord Jésuite; il débuta ensuite dans la carrière militaire par être lieutenant de milice. De là il passa au service de l'électeur Palatin, et puis à celui de l'empereur Charles VII, où il obtint le grade de général-major. A la mort de ce prince, il rentra au service de France en qualité de maréchal de camp, fut fait lieutenant-général en 1748, commandant en Flandre pendant la paix; et sur quelques brouilleries qu'il eut avec le maréchal de Broglie, en 1760, il se détermina à passer en Danemarck, où le roi le nomma feld-maréchal et commandant-général de ses troupes. A l'avénement du nouveau monarque, il fut forcé de quitter tous ses emplois, et vint s'établir dans une petite maison de campagne, près de Colmar en Alsace, où il vécut d'autant plus modestement, qu'il venait d'éprouver une banqueroute considérable, relativement à sa fortune.

Quelque temps après, M. le comte de Muy mourut, et Louis XVI, obsédé de toutes les intrigues qui se croisaient pour obtenir le ministère de la guerre, fit part de son embarras à M. de Malesherbes, qui, le jour même, d'un air d'indifférence affectée, mit la conversation sur cet objet, en causant avec M. Dubois, commandant du Guet. « A la place du Roi, « répondit celui-ci, je confondrais bientôt tous « les intrigants, en choisissant un homme de

« mérite et vertueux, fait pour honorer la con« fiance de Sa Majesté, et qui, retiré dans le « fond de sa province, ne songe certainement « pas à se mettre sur les rangs. — Qui donc ? « — Le comte de Saint-Germain. » Ce mot fut un trait de lumière pour le ministre. Il se rendit aussitôt chez M. de Maurepas, qui approuva ce choix, et tous les deux allèrent ensemble chez le Roi, qui n'hésita pas à accéder à une proposition aussi sage. On dépêcha tout de suite auprès de M. de Saint-Germain, en courrier, l'abbé Dubois, qu'on savait lui être attaché de tout temps, et qui le trouva dans son jardin, en veste et en pantalon, plantant lui-même des arbres. Il lui présenta l'ordre du Roi qui contenait celui de partir tout de suite, et ne lui donna que le temps de changer de vêtemens. Arrivé à Paris, le nouveau ministre descend dans une auberge, dont il connaissait l'hôte depuis long-temps, lui défend de le nommer, et envoie chercher un perruquier, que ce même hôte lui annonce comme un homme estimable par ses mœurs et la probité la plus intacte. Tout en accommodant sa perruque sur sa tête, le bon perruquier cause politique, débite des nouvelles, parle du nouveau ministre de la guerre, ne se doutant pas à qui il s'adressait. « Qu'en dit-on ? demande « M. de Saint-Germain. — Ma foi, le Roi ne « pouvait faire un meilleur choix : c'est un « brave homme, excellent officier, et surtout « honnête ; et nous avons grand besoin d'hon- « nêtes gens. » M. de Saint-Germain faisait tous ses efforts pour garder l'*incognito*. « Mon ami, « dit-il au perruquier, quitteriez-vous votre « boutique pour être attaché à M. de Saint- « Germain ? — Oh ! de tout mon cœur, mon- « sieur : il y a tant de plaisir à servir les braves « gens : cela vaut mieux que toutes les fortunes « du monde. — Eh bien, si cela peut vous plaire, « présentez-vous demain à Fontainebleau, chez « le nouveau ministre : j'y serai certainement, « et sur ma parole il vous acceptera. — Quoi ! « monsieur, il me prendrait pour son valet de « chambre ! oh ! j'en mourrais de joie ! mais « j'ai bien peur que vous ne réussissiez pas. « — Je peux vous donner ma parole du succès ; « ne manquez par au rendez-vous. » Le perru- quier arrive le lendemain chez le ministre : il est d'abord assez mal reçu dans les premières pièces ; ne sachant qui demander pour être introduit. Mais quelle est sa surprise, en voyant sortir d'une chambre l'homme qu'il a coiffé la veille, et qui dit tout haut à ses domestiques, en le montrant : « Messieurs, voici mon pre-« mier valet de chambre. » Et se tournant vers lui : « Mon ami, il faut que je vous donne le « denier à Dieu. » Il lui met dans la main vingt-cinq louis d'or, et ajoute : « Vous connaissez, « à présent, M. de Saint-Germain ; il cher-« chera toujours à mériter vos louanges ; mais « si l'on vous disait du mal de lui, ne manquez « pas de l'en instruire avec la même franchise ; « il tâchera de se corriger, s'il lui arrivait de « tomber dans des fautes qui pourraient le pri-« ver de l'estime publique. »

Telles étaient, en effet, ses intentions, dont on n'a jamais pu soupçonner la sincérité.

Je ne crois pas devoir omettre un trait de lui qui fait au moins autant d'honneur à sa modestie qu'à sa sensibilité. Un chevalier de Saint-Louis lui ayant présenté, à son audience, un placet dans lequel il exposait ses services et ses besoins, et insistant pour qu'il en prît lecture sur-le-champ : « Monsieur, lui dit « M. de Saint-Germain, j'aurai certainement « égard à votre demande ; mais vous voyez « que j'ai des affaires très-pressées. — Mon-« seigneur, répondit le vieux militaire, il n'en « est point de plus pressées que la mienne : je « meurs de faim, et hier je n'ai point dîné.

« — Oh ! vous avez raison, répliqua le minis-
« tre; rien n'est plus pressé que votre affaire.
« Vous me ferez l'honneur de dîner aujour-
« d'hui avec moi, et dès demain, je ferai en
« sorte que vous ayez toujours de quoi dîner.
« Comptez sur la Providence; je suis un grand
« exemple de ses bontés. » (*)

Cependant M. de Saint-Germain perdit en bien peu de temps, comme ministre, toute la considération que devaient lui assurer, comme particulier, les qualités les plus estimables. Le goût des innovations, le peu de connaissance du caractère français, dont il avait oublié l'esprit pendant son long séjour chez les puissances étrangères, et la ténacité d'opinions, dont il n'avait pas été corrigé par ses malheurs, l'emportèrent bientôt sur la prudence de son âge. Une ardeur précipitée pour des économies mal entendues l'ayant engagé à supprimer la plus grande partie de la maison du Roi, non-seulement il se créa une foule d'ennemis puissants, mais peut-être a-t-on eu raison de dire qu'il fut, quoique involontairement, une des premières causes des malheurs de la France, en ôtant à son Souverain des serviteurs aussi braves qu'incorruptibles, qui, composés pour la plupart de gens également distingués par leur naissance et leur fortune, proposèrent inutilement de renoncer à leurs appointements, et de se contenter de l'honneur d'être les premiers remparts du trône.

Il trouva le moyen de mécontenter également les soldats français par un système bien contraire aux préjugés nationaux, et propre à affaiblir le sublime principe d'honneur, qui, en tout temps, leur fit affronter les plus grands périls, par la persuasion même de leur supériorité sur les troupes étrangères, qu'on conduisait par la crainte des plus vils châtiments corporels. Il établit que les fautes militaires, punies jusqu'alors par la prison, le seraient dorénavant par des coups de plat de sabre. Cette ordonnance ayant été lue à la tête des corps, qui en furent dans la plus grande indignation, un grenadier gascon, de la garnison de Strasbourg, s'écria : « Sandis ! nous aimerions mieux le tranchant. »

On voit que M. de Saint-Germain était bien loin de connaître l'esprit du militaire français comme le maréchal de Richelieu, qui, à Mahon, voulant détruire dans son armée le vice de l'ivrognerie, fit mettre à l'ordre que tout soldat qui serait trouvé ivre ne monterait pas à l'assaut, et parvint, par ce seul mot, à n'avoir que des soldats sobres dans un pays où le vin était très-bon et à fort bon marché.

A cette célèbre expédition de Mahon, le maréchal de Richelieu, près d'aborder dans l'île, fit passer l'ordre de débarquement sur les différents bâtiments qui transportaient l'armée. Il y était dit que les chasseurs descendraient les premiers, ensuite les grenadiers, et successivement le reste des troupes, selon le rang qu'il leur avait assigné.

Le chevalier de la Gracionnais, alors capitaine de grenadiers au régiment de Brie, et qui depuis en a été lieutenant-colonel, fit demander au général, dont il était connu, la permission d'aller à son bord pour lui parler d'une affaire importante; et ayant eu tout de suite audience : « Monsieur le maréchal, lui dit-il, « je connais votre ardeur militaire, et je serais « au désespoir qu'elle vous exposât à un danger « certain. Je viens vous prier, au nom des « braves grenadiers que je commande, de ne « pas vous mettre à la tête des chasseurs que « vous avez destinés à aborder les premiers « dans l'île. — Pourquoi cela? — Parce qu'en « qualité de grenadiers, notre devoir est de « traiter en ennemis tout ce qui se trouvera « devant nous. — Vous avez raison, mon cher

« Gracionnais, repondit le maréchal ; vous me « faites connaître mon erreur avec toute la « loyauté d'un preux chevalier français, et je « vais me hâter de la réparer. » Il changea aussitôt son ordre de descente, et rendit aux grenadiers l'honneur du pas qui leur était dû.

Le *Magasin Britannique*, journal anglais trop peu connu, raconte plaisamment les aventures d'un comédien ambulant, et j'ai pensé qu'on ne me saurait pas mauvais gré d'insérer ici son récit.

J'allais l'autre jour, dit l'auteur du journal, dans le parc de Saint-James, vers l'heure où tout le monde le quitte pour aller dîner. Je n'aperçus que très-peu de gens qui continuaient la promenade dans les allées, et tous avaient la mine de chercher plutôt à distraire la faim qu'à gagner l'appétit.

Je m'assis sur un banc, à l'extrémité duquel était un homme fort mal vêtu, mais qui, malgré le mauvais état de son habillement, conservait un air distingué ; en un mot, je le pris, suivant l'expression de Milton, pour quelque gentilhomme dépouillé de ses rayons. Nous commençâmes alternativement à tousser, à nous moucher, à nous regarder, comme on a coutume de faire en pareille occasion, et enfin j'entamai la conversation.

« Pardon, monsieur, lui dis-je; il me semble que je vous ai déjà vu : votre visage......... — Monsieur, me répliqua-t-il fort gravement, il est vrai que ma physionomie est très-répandue : je suis connu dans toutes les villes de la Grande-Bretagne, autant que le dromadaire et le crocodile qu'on y promène partout.

« J'ai l'honneur de vous informer, monsieur, que, pendant seize années, j'ai fait avec quelque distinction le rôle de bouffon sur un théâtre de marionnettes. J'eus dernièrement querelle avec le docteur Barthélemi; nous nous battîmes, et nous nous quittâmes, lui, pour aller vendre aux épingliers de *Rose-Marylane*, le seigneur Polichinelle avec toute sa suite, et moi, comme vous voyez, pour mourir de faim dans le parc Saint-James. — Je suis fâché, monsieur, qu'une personne de votre figure soit exposée à de pareilles disgrâces. — Oh! monsieur, ma figure est fort à votre service. A la vérité, je ne me vante pas de manger beaucoup; mais le jeûne ne m'attriste point, et grâce au destin, quoique je n'aie pas un sou, je n'engendre point de mélancolie : je ne suis jamais honteux d'accepter une politesse d'un honnête homme. Voulez-vous me donner à dîner ? Je vous régalerai à mon tour, si je vous rencontre une autre fois dans ce parc, ayant comme moi bon appétit, et n'ayant pas d'argent. »

J'aime les originaux de toute espèce ; et le récit de leurs aventures me fait beaucoup de plaisir. Je menai mon homme au cabaret le plus prochain, et l'on nous servit dans le moment une grillade et un pot de bière, dont l'écume s'élevait au-dessus du vase. Il est impossible d'expliquer combien cette chair splendide redoubla la gaîté de mon convive ; il tomba sur cette grillade, quoique brûlante, et en un instant elle disparut.

« Monsieur, me dit-il, cette grillade était assurément des plus coriaces ; néanmoins, je l'ai trouvée d'un goût exquis et plus tendre que du poulet. O délices de la pauvreté ! ô charmes du bon appétit ! Nous autres gueux, nous sommes les enfants gâtés de la nature : c'est une marâtre pour les gens riches ; les mets les plus délicats ne sauraient satisfaire leurs goûts ; les vins pétillants de Champagne ne chatouillent point leurs palais, tandis que la nature est prodigue pour nous en friandises. Réjouis-toi ; mon âme : vive le gueux ! Je n'ai pas un pouce de terre : aussi, qu'un torrent ravage les moissons de Cornouailles, je suis tranquille ; que la mer engloutisse des vaisseaux, peu m'importe, je ne suis point juif...... Allons, monsieur, buvons, et je vous conterai mon histoire.

« Je descends d'une famille qui a fait du bruit dans le monde ; ma mère criait des huîtres, et mon père était tambour. J'ai même ouï dire que, parmi nos aïeux, on pouvait compter des trompettes : plus d'un homme de qualité aurait peine à prouver une généalogie plus respectable ; mais ce n'est pas là ce dont il s'agit. J'étais fils unique et l'enfant gâté de mon père et de ma mère, le charme de leur entretien et le gage de leur mutuel amour. Mon père m'apprit à battre la caisse : je parvins bientôt à être tambour des marionnettes, et tout le reste de ma jeunesse, j'ai été le compère (l'interprète) de Polichinelle et du roi Salomon, dans toute sa gloire. Fatigué de ces honneurs, je me fis soldat. Je n'aimai point à battre la caisse, et je m'ennuyai bientôt de porter le mousquet.

« J'avais la fureur de faire le gentilhomme ; j'étais forcé d'obéir à un capitaine ; il avait ses caprices, j'avais les miens, et vous avez sans doute aussi les vôtres. Je conclus qu'il valait mieux suivre ses fantaisies que celles d'un autre. Je demandai mon congé; on me le refusa, et je désertai. Délivré du militaire, je troquai mes habits de soldat contre de plus mauvais encore; et, pour n'être point rattrapé, j'allai par les routes les moins fréquentées.

« Un soir, comme j'entrais dans un village, j'aperçus un homme qui se débattait dans un bourbier, et qui était sur le point d'y être étouffé : je volai à son secours, et lui sauvai la vie. C'était précisément le pasteur du lieu; je fus charmé de cette rencontre; il s'en allait après m'avoir remercié, mais je voulus l'accompagner jusqu'à la porte de son logis.

« Chemin faisant, il me fit plusieurs questions; il me demanda qui était mon père, d'où je venais, où j'allais, si j'étais un garçon fidèle, etc. Je le satisfis pleinement sur tous ces points, et je lui vantai particulièrement ma sobriété (*Monsieur, j'ai l'honneur de boire à votre santé*). Pour abréger, il avait besoin d'un valet, j'avais besoin d'une place, nous fûmes bientôt d'accord; il me prit à son service, me promettant de fort petits gages que j'acceptai avec reconnaissance. Je vécus trois mois avec lui ; nous ne nous accommodâmes point ensemble. J'avais grand appétit, il ne me donnait rien à manger ; j'aimais les jolies filles, et sa servante était laide et méchante. Ils avaient résolu entre eux de m'affamer ; mais je pris de mon côté la ferme résolution de m'opposer à cet homicide. Je gobais tous les œufs frais, j'achevais toutes les bouteilles entamées, et tout ce qui pouvait être mangé disparaissait. Le pasteur fut plus complaisant que le capitaine ; il m'offrit mon congé avant que je l'eusse demandé, et me donna trois schellings (six sols) pour trois mois de gages. Pendant que l'on comptait mon argent, je fis les préparatifs de mon départ. Il y avait deux poules pendues au croc avec quelques poulets ; pour ne pas séparer la mère d'avec les enfants, je mis le tout dans mon bissac. Après ce petit exploit, je vins, le bâton à la main et la larme à l'œil, prendre congé de mon bienfaiteur. Je n'avais pas fait cinquante pas hors de la maison, que j'entendis crier après moi : *Arrêtez ! arrêtez ce voleur !* La voix de la servante que je reconnus me donna des ailes, et, à la faveur de ma course, je parvins à lui éviter une injustice...... Mais arrêtons-nous : il me semble que j'ai été trois mois sans boire chez ce maudit curé. (*Il remplit son verre.*) Je veux que ceci me serve de poison, si de ma vie j'ai passé un temps plus désagréable.

« Au bout de quelques jours, je fis la rencontre d'une troupe de *comédiens ambulants* : mon cœur tressaillit de joie à leur aspect. Je me sentais un penchant invincible pour la vie errante; je leur offris mes services; ils les acceptèrent. Ce fut un paradis pour moi que leur compagnie : ils chantaient, dansaient, buvaient, mangeaient, et voyageaient en même temps. *Par le sang des mirabelles* ! je ne crus commencer à vivre que de ce moment; je devins tout-à-fait gaillard, et je riais du matin au soir des bons mots de mes camarades : je leur plus autant qu'ils me plurent. Je n'étais pas mal de figure, comme vous voyez, et quoique fort gueux, je ne crevais pas de modestie. J'adore la vie vagabonde ; on est tantôt bien, tantôt mal ; on rit toujours, on mange quand on peut, et l'on boit (*Ah ! le pot est vide*) quand on a de quoi boire.

« Nous arrivâmes à *Tinterden*, où nous louâmes un grenier pour y représenter *Roméo et Juliette*, accompagné de tous ses agréments, de la pompe funèbre, de la fosse et de la scène du jardin. Un comédien du théâtre de *Drury-*

Lane devait jouer le rôle de *Roméo* ; une grande fille, qui n'avait encore paru sur aucun théâtre, devait faire le personnage de *Juliette*, et moi, je devais moucher les chandelles. Chacun de nous excellait dans son genre. Nous ne manquions point de figures, mais la difficulté consistait à les habiller : j'étais le seul qui eût un habit qu'on pût appeler de caractère. Enfin, moyennant des manteaux de femmes qu'on nous prêta, quelques vieux rubans et des robes de chambre d'hommes, nous fûmes vêtus de manière à faire illusion. Notre représentation fut universellement applaudie ; tous les spectateurs furent enchantés de nos talents.

« Il y a une règle que tout *comédien ambulant* doit observer s'il aspire au succès. Agir et parler naturellement, ce n'est point jouer. Pour plaire dans la province, il faut être ampoulé, rouler des yeux égarés, prendre des attitudes forcées, avoir, en un mot, l'air d'un énergumène : tels sont les moyens de réussir infailliblement. Comme on nous combla d'éloges, il était fort naturel que je m'en attribuasse une partie : je mouchais les chandelles ; et quand une salle n'est point éclairée, vous conviendrez, monsieur, que la pièce perd la moitié de ses agréments. Nous représentâmes quatorze fois de suite, et le spectacle fut toujours rempli. La veille de notre départ, qui causait un deuil universel, voulant mettre le comble aux regrets du public, nous annonçâmes une pièce excellente, et dans laquelle nous devions déployer tous nous talents. Les prix étaient doublés, et nous nous attendions à une recette très-considérable. Malheureusement notre premier acteur se trouve attaqué tout à coup d'une fièvre violente. Toute la troupe consternée s'assemble et maudit cent fois l'acteur qui s'est avisé de tomber malade si mal à propos. Je saisis ce moment, et propose de jouer à sa place : on se regarde, on hésite. Plein de confiance en mes talents, je rassure mes camarades; le cas était désespéré, et on accepte mon offre. En conséquence, je prends mon rôle d'une main, et, tenant de l'autre un pot de bière (*Monsieur, à votre santé*), je meuble ma mémoire de cinq cents vers. Étonné moi-même de cette prodigieuse facilité, je sens que la nature m'a destiné pour un emploi plus relevé que celui de moucheur de chandelles. Je vais triomphant retrouver mes compagnons, que je jette dans la plus grande surprise; je répète avec eux mon rôle; je conviens des entrées, des positions; je joue en public deux heures après, et j'entraîne tous les suffrages. La troupe, ravie autant que moi, diffère son départ, et elle affiche qu'à l'instance de plusieurs personnes de considération, elle fera encore quelque séjour à Tinterden.

« Je reparais sur la scène dans le rôle de Bajazet. Il semblait que la nature m'eût formé exprès pour représenter ce personnage. J'étais grand, j'avais la voix rauque, et avec un gros turban, enfoncé sur mes yeux, j'avais l'air du plus fier musulman qu'ait jamais vu l'Orient. Quand j'entrai sur la scène, en secouant mes chaînes, on applaudit à tout rompre. J'adoucis alors mes regards, et, avec un sourire gracieux, je restai quelques instants profondément incliné vers les spectateurs, qui redoublèrent leurs applaudissements. Comme le rôle de Bajazet est extrêmement passionné, j'avais eu la précaution de renforcer mes esprits de trois grands verres de brandevin. (*Mais il n'y a plus rien dans le pot.*) La chaleur que je mis dans ma déclamation est une chose inconcevable. Tamerlan ne fut qu'un sot vis-à-vis de moi. De temps en temps il voulait hausser le ton, mais je le rabaissais bien vite par la vigueur et la supériorité de celui que je prenais. Mes gestes d'ailleurs étaient admirables. Mille attitudes variées, des exclamations sans nombre, des soupirs étouffés! Quel brouhaha surtout, lorsque je croisais mes bras sur ma poitrine! J'ai remarqué qu'à Drury-Lane, cela produisait un effet merveilleux. En un mot, je me couvris de gloire, et je fus regardé comme un prodige. Toutes les dames de Tinterden vinrent me complimenter sur mes talents; les unes louaient ma voix, les autres vantaient ma figure. *Sur mon honneur*, dit l'une d'entre elles, *il deviendra bientôt un des plus jolis acteurs de l'Europe : c'est moi qui vous le dis, et je m'y connais.*

« Un comédien est sensible aux premières louanges, et les reçoit comme une faveur; mais quand on les lui prodigue, il s'imagine que c'est un tribut qu'arrache son mérite. Loin de remercier ceux qui m'en accablaient, je m'applaudissais en moi-même, et j'avais souvent l'impertinence d'être brusque jusqu'à l'impolitesse. Je vous avoue que j'ai été depuis bien payé de mon insolence, comme je vous le dirai tout à l'heure.

« Nous quittâmes enfin l'aimable Tinterden, où les dames, en honneur, sont de très-bons juges de pièces de théâtre, et décident encore mieux du mérite des acteurs. (*Allons*, *mon-*

sieur, buvons, s'il vous plaît, à leur santé.) J'entrai dans leur ville moucheur de chandelles, j'en sortis héros. Ainsi va le monde, aujourd'hui laquais, demain grand seigneur...

« Je pourrais en dire davantage sur ce sujet, qui est vraiment sublime; mais ne parlons point de la fortune et de ses bizarreries; c'est matière trop usée, et les réflexions dessèchent le gosier: permettez que j'humecte le mien. (*Il prend son verre.*)

« De Tinterden, nous allâmes à Newmarket, lieu célèbre par ses courses et par tant de fous qui s'y ruinent par des gageures. J'y jouai les premiers rôles, et j'y brillai à mon ordinaire. Je suis très-persuadé que j'y aurais passé long-temps pour le plus grand comédien de l'univers, sans une cruelle aventure que je vais vous raconter. Je charmais toutes les dames en faisant le personnage de *sir Harry Wildair.* Quand je tirais ma tabatière, toute la salle retentissait d'un bruit flatteur d'admiration; mais quand je donnais des coups de bâton à l'échevin, vous eussiez vu rire toutes les femmes, jusqu'à tomber en convulsion.

« Il se rencontra dans Newmarket une provinciale maudite, qui avait demeuré neuf mois à Londres, et qui, par cette raison, prétendait être l'oracle du goût qu'on devait suivre à Newmarket. On lui parla de mes talents ; chacun m'élevait jusqu'aux nues, et cependant elle s'obstinait toujours à ne vouloir en juger que par elle-même. Elle ne pouvait concevoir, disait-elle, qu'un histrion ambulant (*pardonnez-lui le terme*) pût être propre à autre chose qu'à faire périr d'ennui. Elle étourdissait toutes les sociétés des éloges qu'on donnait à Garrick, et ne parlait que du théâtre et des comédiens de Londres. Enfin on lui persuada de venir au spectacle : on m'avertit secrètement qu'à ma première représentation je devais avoir ce juge redoutable.

« Cet avis ne m'intimida point du tout. Je parus sur la scène d'un air libre et dégagé, une main dans mes culottes et l'autre dans ma veste, ainsi que les plus fameux comédiens de Drury-Lane ; mais je m'aperçus que, loin de fixer les regards sur moi, tous les spectateurs cherchaient, dans les yeux de la provinciale qui avait resté neuf mois à Londres, s'ils devaient m'applaudir ou me siffler. J'ouvre ma tabatière, je prends du tabac ; la provinciale garde un sérieux qui me glace, et sa gravité se répand sur tous les visages. Je casse mon bâton sur les épaules de l'échevin, la provinciale hausse les siennes, et tous les spectateurs en font autant. Enfin je me mets à rire de la meilleure grâce du monde, je n'en suis pas plus heureux. J'avoue qu'en cet instant je fus totalement déconcerté. Mon rire ne fut plus qu'une grimace ; et tandis que je me battais les flancs pour jouer la gaîté, on lisait dans mes yeux la tristesse la plus profonde. En un mot, la provinciale vint à la comédie dans l'intention de s'y déplaire, et elle s'y déplut; ma réputation expira, et.... (*le pot est vide*). »

Voici une anecdote qui prouve que, quoique la profession de comédien soit fort honorée en Allemagne, les acteurs n'y jouissent pas, sous le rapport de la fortune, d'un sort beaucoup plus heureux que le Roscius anglais dont nous venons de transcrire l'histoire.

Un acteur jouait le principal rôle dans une tragédie. Au cinquième acte, il devait se poignarder et tomber sur la scène. Il se tire à merveille de ce coup de théâtre, et tombe tout de son long, les pieds tournés du côté des spectateurs, qui jusqu'alors avaient été attendris jusqu'aux larmes. Malheureusement pour l'acteur et pour la pièce, ses finances ne lui avaient point permis d'avoir une chaussure élégante, ou du moins neuve, et il s'était vu obligé de mettre une carte pour boucher un trou qui était à la semelle d'un de ses brodequins : le public s'en aperçut lorsqu'il tomba, et la vue du valet de pique sous le prétendu mort, fit succéder un rire universel aux larmes qui avaient précédé. Le héros humilié se lève, ne fait qu'un saut, disparaît, et la pièce n'est point finie.

Les Gardes-Suisses avaient une juridiction militaire particulière, et mettaient la plus grande importance à cette prérogative. Leur jalousie à cet égard, portée à l'excès, donna lieu, en 1762, à un événement cruel, qui aurait dû faire sentir tout le danger d'une pareille distinction.

Le chevalier d'Erlach et le comte de Salis, servant tous deux dans ce corps, étaient amis intimes. Leurs sociétés, leur fortune, leurs plaisirs étaient communs, et il était rare qu'on les rencontrât séparés l'un de l'autre, à moins qu'ils n'y fussent forcés par leur service, ou par la nécessité la plus absolue. Se trouvant ensemble au spectacle, mais dans des loges différentes, M. de Salis alla chercher son camarade, et le tira par son habit pour l'amener près de lui. Celui-ci, occupé apparemment agréablement, répondit à cet appel d'un ton qui dut paraître en effet plus que brusque à ceux qui ne les connaissaient pas. Des gens officieux qui se trouvaient présents, et qui ignoraient leur intimité, crurent faire un acte de prudence en leur envoyant de suite des gardes de la Connétablie, pour éviter toute voie de fait. Dès le lendemain, on les fit comparaître au tribunal des maréchaux de France, où il leur fut ordonné de ne mettre aucune suite à cette affaire, de se réconcilier et de s'embrasser; et il leur fut d'autant moins difficile d'obéir, que ni l'un ni l'autre n'auraient eu le moindre souvenir de ce qui s'était passé, sans la maladresse qui en avait fait une affaire grave.

Cependant les anciens officiers du régiment n'aperçurent, dans la citation donnée à ces messieurs et dans leur comparution par-devant les maréchaux de France, qu'une infraction importante au privilége de leur corps et de leur nation ; et, voulant en soutenir avec éclat les droits dans leur intégrité, ils s'assemblèrent, et arrêtèrent, par une délibération formelle, que la réconciliation faite sous l'autorité d'un tribunal incompétent, serait regardée comme nulle, et que les deux jeunes gens seraient obligés de se battre ensemble, en présence de quelques-uns de leurs camarades, sous peine d'être renvoyés et dénoncés à leurs cantons, comme ayant porté volontairement atteinte aux droits et prérogatives des corps militaires suisses au service de France. On leur signifia cet ordre ; et comme la dénonciation dont ils étaient menacés pouvait avoir les suites les plus désagréables pour leurs familles, ils se crurent obligés de s'y conformer. Les deux amis se rendirent chez le suisse de la porte Maillot, au bois de Boulogne, où ils avaient fait préparer un grand déjeuner, auquel ils affectèrent d'inviter, avec plusieurs de leurs camarades, quelques officiers aux Gardes-Françaises. Rien n'avait moins l'air du prélude d'une affaire sérieuse ; et ils assaisonnèrent au contraire le repas de toute la gaîté de leur âge. Mais au moment où l'on n'était occupé que des plaisirs de la table et du rassemblement, ils s'échappèrent avec quatre témoins ; et les convives, un quart d'heure après, virent rapporter le comte de Salis percé d'un grand coup d'épée au côté, et accompagné du chevalier d'Erlach dans la plus extrême désolation. Heureusement la blessure ne fut pas mortelle ; mais elle le retint au lit six semaines, pendant lesquelles le chevalier n'abandonna son ami, ni jour, ni nuit. Ils envoyèrent d'après cela, et d'un commun accord, leur démission : mais on ne voulut pas l'accepter ; et ils furent obligés de céder aux instances de l'estime et de l'amitié dont tout le corps leur prodigua les témoignages les plus flatteurs.

Ce même comte de Salis a été depuis victime de sa sensibilité ; il avait épousé une très-jolie femme, dont il était extrêmement épris, et qui lui apporta en dot la naissance, la fortune et toutes les grâces qui devaient assurer le bonheur de sa vie. La connaissance plus approfondie de ses qualités ne fit qu'augmenter sa passion, et c'était avec la plus grande peine qu'il se voyait forcé quelquefois, par son service, de se séparer de celle qu'il aimait à si juste titre. Le troisième mois de son mariage, obligé d'aller passer huit jours à Versailles pour monter sa garde, il quitta sa femme avec d'autant plus de peine, qu'elle commençait à ressentir les symptômes d'une grossesse fatigante. Il apprit, pendant son absence, qu'elle était plus incommodée; mais on eut la prudence de lui laisser ignorer le genre de sa maladie. C'était la petite vérole qui s'était manifestée dès le lendemain de son départ, et dont elle mourut le septième jour, au moment même où son mari, qu'on venait d'en instruire, en prenant tous les ménagements nécessaires en pareil cas, accourait auprès d'elle avec l'empressement de la plus vive inquiétude. Les pleurs, les cris de ses domestiques en le voyant paraître, la précipitation même avec laquelle on chercha à l'éloigner de la chambre où il voulait entrer, l'instruisirent aussitôt de son malheur, et l'on fut obligé de lui enlever de force ses armes pour l'empêcher d'attenter à sa propre vie. On prit tous les moyens possibles d'adoucir sa juste douleur. Enfin, elle parut dégénérer en une profonde apathie, et le troisième jour au soir, on le quitta, le croyant endormi. Mais, dès le matin, en entrant dans sa chambre, on trouva qu'il s'était étouffé lui-même en avalant ses cheveux, qui étaient fort longs et fort épais.

Le duc de Villeroi, capitaine des Gardes-du-Corps, obligé, pour son service à Versailles, de se rendre chez le Roi, à huit heures du soir, traverse la salle des Cent-Suisses. Aussitôt l'un d'eux se lève, prend un flambeau allumé et marche devant lui. Le duc suit avec confiance, parcourt différents corridors fort sombres, ne doutant pas qu'il ne soit connu, et qu'on ne le mène par un chemin plus court. Mais tout à coup le guide s'arrête à une petite porte, et le duc lui dit : « Ce n'est pas là, mon ami. » A ce mot, le Cent-Suisse se retourne, et le regardant à la clarté de la lumière : « Ah! ah! « toi n'être pas mons de Montmirail! eh ben! « cherche ton chambre. » En disant ces mots, il éteint son flambeau, part et laisse le duc de Villeroi au milieu de tous les détours de ces corridors, où il se trouva perdu fort longtemps sans en pouvoir trouver l'issue. Enfin, il n'arriva chez le Roi qu'à près de neuf heures, ayant manqué le moment de l'ordre, et s'excusa en racontant naturellement son aventure, qui amusa beaucoup le Monarque et toute la cour.

Le prince Potemkin, élevé en Russie aux plus hautes dignités par la faveur de l'impératrice Catherine II, ne connaissait pas, dans les commencements de son ministère, les premiers éléments de l'art de la guerre, et n'avait pas la moindre notion sur les différents grades qui constituent la hiérarchie militaire. Cependant, présomptueux en proportion de son ignorance, il décidait hardiment sur les objets les plus importants, sûr de n'être jamais contredit par sa souveraine, au nom de laquelle il exerçait le despotisme le plus absolu. On ne pouvait obtenir d'emplois et de grâces que par son canal, et il n'était pas étonnant qu'il les distribuât très-maladroitement, quand il croyait pouvoir s'en rapporter à lui-même, et qu'il ne prenait pas conseil de ceux en qui il mettait sa confiance.

Un officier français, qui servait en Russie, en qualité de capitaine, ayant fait une action distinguée, crut pouvoir prétendre à quelqu'avancement militaire, et fit parvenir au prince un placet par lequel il sollicitait, pour récompense, le brevet de lieutenant-colonel. Le prince, séparant dans son idée les deux titres, ne douta pas qu'il ne s'agît d'une double grâce, et crut avoir trouvé un moyen sûr de rendre en même temps justice et de punir l'ambition audacieuse du jeune homme, en ne lui accordant sur ses deux demandes que celle qui, présentée en second ordre, lui parut devoir être inférieure. Il le fit appeler, l'accueillit avec beaucoup de hauteur, lui disant que sa majesté impériale avait été fort étonnée de l'indiscrétion de sa double demande; qu'elle n'accordait jamais deux grâces à la fois; que son sujet qui aurait osé présenter un pareil placet, aurait été destitué sur-le-champ; mais que pensant qu'en qualité d'étranger, il pouvait ne pas connaître les usages de l'empire, et, contente d'ailleurs de sa conduite, elle voulait bien ne pas le priver de ses bontés; que cependant elle ne lui accordait pour ce moment que le brevet de colonel, et que ce serait à lui à mériter, dans la suite, celui de lieutenant. L'officier, qui avait été très-effrayé du commencement de la réprimande, resta fort étonné d'un résultat aussi inespéré; il reçut avec autant d'empressement que de reconnaissance une ſaveur à laquelle il était bien loin de s'être attendu, et se trouva fort heureux de la méprise et de l'ignorance du ministre.

Le prince de Ligne s'exprime un peu différemment sur le compte du prince Potemkin. Comme le portrait qu'il en trace est fait avec esprit, je crois devoir le transcrire ici.

« Je vois, dit-il, un commandant d'armée qui a l'air paresseux, et qui travaille sans cesse; qui n'a d'autre bureau que ses genoux, d'autre peigne que ses doigts; toujours couché et ne dormant ni jour ni nuit, parce que son zèle pour le souverain qu'il adore l'agite toujours, et qu'un coup de canon, qu'il n'essuie pas, l'inquiète par l'idée qu'il coûte la vie à quelques-uns de ses soldats. Peureux pour les autres, brave pour lui; s'arrêtant sous le plus grand feu d'une batterie pour y donner ses ordres; cependant plus *Ulysse* qu'*Achille;* inquiet avant tous les dangers, gai quand il y est; triste dans les plaisirs, malheureux à force d'être heureux; blasé sur tout, se dégoûtant aisément; morose, inconstant; philosophe profond, ministre habile, politique sublime, ou enfant de dix ans; point vindicatif; demandant pardon d'un chagrin qu'il a causé; réparant vite une injustice; croyant aimer Dieu, craignant le diable, qu'il s'imagine être encore plus grand, plus gros qu'un prince Potemkin; d'une main faisant des signes aux femmes qui lui plaisent, et de l'autre des signes de croix; les bras en crucifix au pied d'une figure de la Vierge, ou au cou d'albâtre de sa maîtresse; recevant des bienfaits sans nombre de sa souveraine, et les distribuant tout de suite; acceptant des terres de l'impératrice, les lui rendant, ou payant ce qu'elle doit sans le lui dire; vendant et rachetant d'immenses domaines pour y faire une grande colonnade et un jardin anglais, et s'en défaisant ensuite; jouant toujours, ou ne jouant jamais; aimant mieux donner que de payer ses dettes; prodigieusement riche sans avoir le sou; se livrant à la méfiance ou à la bonhomie, à la jalousie ou à la reconnaissance, à l'humeur ou à la plaisanterie; prévenu aisément pour ou contre, et revenant de même; parlant théologie à ses généraux, et guerre à ses archevêques; ne lisant jamais, mais sondant tous ceux à qui il parle, et les contredisant pour en savoir davantage; faisant la mine la plus sauvage ou la plus agréable; affectant les manières les plus repoussantes ou les plus attirantes; ayant enfin tour-à-tour l'air du plus fier satrape de l'Orient ou du courtisan le plus aimable de Louis XIV; sous une apparence de dureté, très-doux, en verité, dans le fond de son cœur; fantasque pour ses heures, ses repas, son repos et ses goûts; voulant tout avoir comme un enfant, se passant de tout comme un grand homme; sobre avec l'air gourmand; rongeant ses ongles, des pommes ou des navets; grondant ou riant, contrefaisant ou jurant, polissonnant ou priant, chantant ou méditant; appelant, renvoyant, rappelant vingt aides-de-camp, sans leur rien dire; supportant le chaud mieux que personne, et ayant l'air de ne songer qu'aux bains les plus recherchés; se moquant du froid, et ayant l'air de ne pouvoir se passer de fourrure; toujours en caleçon, en chemise, ou en uniforme brodé sur toutes les tailles; pieds nus ou en pantouffles à paillons brodés, sans bonnet ni chapeau : c'est ainsi que je l'ai vu une fois aux coups de fusil; tantôt en mauvaise robe de chambre, ou avec une tunique superbe, avec ses trois plaques, ses rubans et ses diamants, gros comme le pouce, autour du portrait de l'impératrice : ces diamants semblent placés là pour attirer les boulets ; courbé, pelotonné quand il est chez lui, et grand, le nez en l'air, fier, beau, noble, majestueux ou séduisant quand il se montre à son armée, tel qu'Agamemnon au milieu des rois de la Grèce. »

Au milieu d'un dîner où se trouvaient plusieurs personnes de distinction, on vint à parler d'un homme qui mangeait extrêmement, et on citait des exemples étonnants de sa voracité. « Il n'y a rien de surprenant dans tout cela, « dit un officier du régiment aux Gardes, qui « se trouvait présent, et j'ai dans ma compa- « gnie un soldat qui, sans se gêner, mange un « *veau tout entier.* » Chacun se récria, et l'officier proposa un pari considérable, qui fut accepté par tous ceux qui se trouvaient présents. Au jour indiqué, les parieurs se rendent chez un traiteur ; et l'officier, afin de tenir en haleine l'appétit de son mangeur, avait fait apprêter à différentes sauces les différentes parties du veau. Le soldat se met à table; les plats se succèdent et sont engloutis avec une rapidité incroyable. Chacun admire, et ceux qui avaient parié contre l'officier, commencent à trembler. Le soldat avait déjà dévoré à peu près les trois quarts du veau, lorsque se tournant vers son capitaine : « Ah! ça, mon capi-« taine, il me semble qu'il serait temps de « faire servir le *veau*, autrement, je ne ré-« ponds pas de vous faire gagner votre pari. » Il avait cru que tout ce qu'on lui avait servi jusqu'alors n'était que pour réveiller son appétit, et que pour peloter en attendant partie. On se doute bien que les parieurs ne firent point de difficultés de s'avouer vaincus, et de payer un pari qui avait été si bien gagné.

On demandait à ce même soldat combien il croyait pouvoir manger de dindons. « Une « vingtaine. — Et de pigeons? — Quarante ou « cinquante. — Combien donc mangerais-tu « d'alouettes? lui demanda son capitaine. — « *Toujours*, mon capitaine, *toujours*. »

L'Histoire et la Fable même ne nous présentent pas de modèles d'une liaison aussi intéressante que celle que tout Paris a vue, avec admiration, exister entre deux frères, MM. de la Curne.

Nés jumeaux, en 1697, ils se ressemblaient tellement, qu'il était impossible à ceux qui les voyaient séparément de les distinguer l'un de l'autre. Leur son de voix, leur taille, leur démarche, leurs habitudes particulières étaient les mêmes; leurs caractères étaient également assortis, et l'on n'apercevait qu'une très-légère différence dans leur genre d'esprit, et dans l'étendue de leur instruction, qui portait sur les mêmes objets. L'un, connu sous le nom de Sainte-Palaye, s'est rendu célèbre dans la littérature par l'*Histoire des Troubadours*, par les recherches les plus précieuses sur l'ancienne chevalerie, et a été reçu, à ces titres, membre de l'Académie française. L'autre, M. de la Curne, secondait son frère dans ses travaux littéraires, et lui épargnait l'embarras des soins domestiques, en se chargeant de toutes les affaires et de tous les détails de l'intérieur.

Ayant perdu leurs parents de bonne heure, ils mirent en commun leur fortune, et vécurent toujours ensemble dans les mêmes sociétés, avec les mêmes amis, sans qu'aucun nuage ait jamais troublé cette tendre union.

Cependant M. de Sainte-Palaye eut envie de se marier. Il fit sa cour à une jeune personne à laquelle il n'était pas indifférent, et qui paraissait lui convenir sous tous les rapports. En conséquence, les arrangements préliminaires furent bientôt terminés, et il était à la veille de serrer un lien désiré de part et d'autre, lorsque, jetant les yeux sur son frère, il l'aperçut versant des larmes en abondance. La cause de cette affliction ne put échapper à un cœur aussi sensible. Aussitôt il se précipite dans ses bras, en s'écriant : « Non, mon frère, non, mon « ami, nous ne nous séparerons jamais. Jamais « je n'aurai à me reprocher de m'attacher à « quelqu'un que je puisse te préférer ou aimer « autant que toi. » Et à l'instant, il sortit pour aller rompre son mariage. Les deux frères continuèrent, en effet, de vivre ensemble dans la plus grande intimité, et ils poussèrent leur carrière jusqu'à un âge très-avancé, n'ayant d'autre chagrin que la perspective de la douleur de celui qui aurait le malheur de survivre à son ami, et d'autre désir que celui de mourir en même temps, ainsi qu'ils étaient nés. Il semblait même que leur espérance à cet égard dût être fondée, puisque les mêmes maladies, soit dans l'enfance, soit dans l'âge mûr, les avaient toujours attaqués en même temps. Mais la nature en ordonna autrement : M. de la Curne mourut, et M. de Sainte-Palaye, jusqu'alors le plus heureux des hommes, en devint le plus malheureux. Les infirmités de la vieillesse ajoutèrent encore au chagrin continuel dont il fut accablé depuis ce cruel moment. Il devint aveugle ; sa raison même, dit-on, se ressentit un peu de la faiblesse de l'âge ; mais son aménité, sa candeur, ne varièrent jamais. Peut-être même se trompait-on en prenant pour absences momentanées les aspirations d'un cœur sensible profondément affecté de la perte qu'il avait faite : car l'image de son frère était toujours présente à son esprit, et toutes ses idées se portaient sans cesse sur cet objet chéri. Son seul délassement était de se faire conduire à l'Académie, quoiqu'il n'écoutât pas un mot de ce qu'on y disait, rien ne pouvant le distraire de la triste pensée qui absorbait toutes ses facultés. Il se trouva mal à l'une des séances, et serait tombé sans M. Ducis, son confrère, qui le retint, le replaça sur un fauteuil, et lui prodigua, avec le plus grand intérêt, tous les secours possibles. Le respectable vieillard, en reprenant ses sens, se tourne du côté de celui qui, l'ayant soutenu, employait encore tous ses soins pour le ramener à la vie, et le serrant tendrement dans ses bras : « Ah ! monsieur, lui dit-il, vous avez « sûrement un frère.... » Ce mot, qui seul peint son cœur et les sensations dont il était continuellement occupé, arracha des larmes d'attendrissement à tous les assistants.

M. de Sainte-Palaye survécut peu à ce moment, qui fit autant d'honneur à son cœur, que ses écrits en avaient fait à son esprit. Il mourut en 1781, regretté également par ses confrères, et par tous ceux dont la sensibilité sait apprécier les sublimes jouissances de l'amitié, et celles encore plus vives de la tendresse fraternelle.

DIALOGUE

ENTRE MADAME DU DEFFANT ET PONT DE VEYLE.

(*Madame du Deffant, aveugle, est assise au fond de son cabinet dans un fauteuil qui ressemble au tonneau de Diogène; son vieux ami Pont de Veyle est couché dans une bergère, près la cheminée.*)

« Pont de Veyle! — Madame! — Où êtes-vous? — Au coin de votre cheminée. —

Couché, les pieds sur les chenets, comme on est chez ses amis ? — Oui, madame. — Il faut convenir qu'il y a bien peu de liaison aussi ancienne que la nôtre. — Cela est vrai. — Il y a cinquante ans ? — Oui, cinquante ans passés. — Et dans ce long intervalle, pas un nuage, pas même l'apparence d'une brouillerie ? — C'est ce que j'ai toujours admiré. — Mais, M. Pont de Veyle, cela ne viendrait-il pas de ce qu'au fond de l'âme nous avons toujours été fort indifférents l'un pour l'autre ? — Cela se pourrait bien, madame. »

A la fin de la campagne de 1761, où MM. les comtes de Fougères et de la Luzerne, lieutenants-généraux, commandaient la maison du Roi à l'armée, un Garde-du-Corps, que des affaires instantes rappelaient dans sa province, vint leur présenter sa démission, et les prier de lui accorder son congé et ses certificats de service. « Quoi ! monsieur, lui dirent ces deux géné-« raux, qui, se trouvant en gaîté, crurent pou-« voir le plaisanter avec amertume, vous « quittez le service du Roi pour aller planter

« vos choux ! — Oui, messieurs, répondit « froidement l'honnête militaire : je vais bê- « cher mon jardin, et je le cultiverai de ma- « nière à ce qu'il n'y vienne ni luzerne ni « fougère. »

Un petit bourgeois de Paris, nommé Bombet, fort ignorant sur tout ce qui ne concernait pas son chétif commerce, eut le chagrin de voir mourir le suisse de l'église de Saint-Eustache, avec lequel il était très-lié. Il voulut rendre ses regrets publics, en composant pour son ami une belle épitaphe. Mais la grande difficulté était de la faire en vers, et il n'avait aucune espece de notion sur la poésie. Il s'adressa à un maître d'école qui n'en savait guère davantage, et lui demanda quelles étaient les règles de cet art. Le magister, d'un air doctoral, lui répondit que, quoiqu'une pièce de vers dût rouler sur le même sujet, il fallait néanmoins, autant qu'il était possible, que chaque vers pût présenter en lui-même une idée indépendante; que, quant à la rime, il était nécessaire que les trois dernières lettres du second vers fussent les mêmes que les trois dernières du précédent.

Le bon homme retint bien cette leçon, et après beaucoup de travail, il accoucha enfin du quatrain suivant :

Ci-gît mon ami Mardoche :
Il a voulu être enterré à Saint-Eustache ;
Il y a porté trente-deux ans la hallebarde :
Dieu lui fasse miséricorde.

Par son ami J. Cl. Bombet. (1727).

Il fit déposer cette sublime épitaphe sur la pierre tumulaire, et c'est de là qu'est venu le proverbe : *Cela rime comme miséricorde et hallebarde.*

M. Baillon, fils d'un riche armateur de Saint-Malo, ayant entrepris la carrière de la magistrature, était parvenu, non par ses talents, qui n'avaient rien de bien saillant, mais par sa probité et une assiduité constante au travail, à la place éminente de conseiller d'Etat. Son éducation avait été tellement négligée, qu'il n'avait aucune espèce d'usage du monde, et qu'il n'était remarqué dans les sociétés que par les ridicules qu'il s'y donnait. Ayant été nommé intendant à Lyon, le prévôt des marchands, commandant de la ville, vint, selon l'étiquette prescrite, le complimenter à la tête du corps de ville, et en grande cérémonie. Il écoutait fort gravement, debout, et le dos appuyé contre sa cheminée, lorsque, s'apercevant que son feu n'allait pas bien, il se retourne brusquement, et se met à le souffler. On se tait, et l'intendant, sans se déranger, dit : « Parlez toujours, vous autres, je vous « entends. » On pense bien que le harangueur ne fut pas tenté de continuer.

Ayant chez lui une nombreuse société des femmes les plus aimables et les plus distinguées de la ville, il tire le cordon de sa sonnette; un valet de chambre paraît : « Apportez du bois, « lui dit-il; le feu fait compagnie, mesdames. » Comme, dans cette même soirée, il bâillait beaucoup, quelqu'un lui demanda s'il était incommodé. « Oh! non, répondit-il naïvement: « je ne bâille que quand je m'ennuie. »

Une dame de Saint-Chamond, petite ville de sa généralité, qui avait quelque intérêt à se ménager la faveur de l'intendant, avait grand soin de lui envoyer en cadeaux de superbes dindes de ce pays-là, où elles sont estimées par leur grosseur et la délicatesse de leur chair. Il y avait quelque temps qu'elle n'avait fait de présents de ce genre, lorsque, invitée à dîner chez lui, elle en vit servir une énorme sur la table. Elle crut devoir en faire compliment. « Monsieur l'intendant, vous avez là une bien « belle dinde. — Ah ! madame, répliqua-t-il « bonnement, c'est vous qui êtes la reine des « dindes. »

Faisant sa tournée dans son département, il se trouva, à Villefranche, à un grand dîner, avec une jeune femme et son mari, connus l'un et l'autre pour être très-bons musiciens. On les engage à chanter; ils ne se font pas prier, et commencent ensemble le duo, alors fort en vogue, d'Anette et Lubin : *Monseigneur, voyez mes larmes*, etc. L'intendant, qui, le matin, avait reçu du mari une requête pour la diminution de ses impositions, ne doute pas que la chanson ne s'adresse à lui, qu'elle n'ait été faite exprès, et à chaque répétition du mot *Monseigneur*, fait une inclination. La femme, assez espiègle, s'aperçoit de la bévue, et ne manque pas, chaque fois qu'elle répète *Monseigneur*, de se tourner d'un air suppliant du côté du magistrat, qui, se trouvant très-flatté de cette attention, lui promit d'avoir le plus grand égard à sa demande.

M. Baillon racontait souvent que, dans sa jeunesse, s'étant fait dire sa bonne aventure par une Bohémienne, elle lui avait surtout conseillé de prendre garde à l'échafaud, qui lui serait funeste. Son état et sa conduite le mettaient certainement à l'abri de toute crainte à cet égard. Cependant le triste horoscope s'est malheureusement accompli, quoique d'une manière bien différente du sens que l'on attribue à ce mot pris en mauvaise part. Etant à Paris, et se faisant bâtir un hôtel, il voulut voir par lui-même si les ouvriers exécutaient bien ses ordres. Monté sur un échafaud mal construit, qui cassa sous lui, il tomba de trente pieds de hauteur, et resta mort sur le coup.

Le comte de L. P., qui n'avait reçu d'autre éducation que celle des enfants de Paris, et qui n'imaginait pas que dans aucun pays on pût trouver des gens qui ignorassent la langue française, étant à Rome, s'adressa à un passant, et lui demanda en français, avec beaucoup de grâce, le chemin du Capitole. « *No capisco* « (je ne comprends pas), répondit l'Italien. « — Monsieur, je ne vous demande pas le « chemin de Capisco, mais celui du Capitole. « — *No capisco.* — En vérité, on est bien

« mal élevé dans ce pays-ci : on se moque des « étrangers. » Il s'adresse à une autre personne, et affecte la plus grande politesse pour lui faire la même question ; mais il reçoit la même réponse : *No capisco.* Dès lors l'impatience le prit ; et, pour punir les Romains de leur impertinence, il jura de ne pas aller au Capitole, et tint parole. A son retour à Paris, on se plaisait à lui demander la relation de son voyage, dans laquelle il ne manquait pas d'insérer cette circonstance, tout bouillant encore de colère contre l'insolence des Italiens.

Le comte de Mathan, lieutenant-général des armées du Roi, et lieutenant-colonel du régiment des Gardes-Françaises, était un grand homme, maigre, sec, extrêmement froid à l'extérieur, parce que les principes de la plus solide piété modéraient l'impétuosité de son caractère naturellement vif, peut-être même emporté. Sujet à des distractions très-fréquentes, mais qu'il ne porta jamais dans l'exercice de ses devoirs, il manqua une fois d'en être victime. Passant par le jardin du Palais-Royal, la tête baissée, entièrement livré à ses réflexions, et allant très-vite, il donna du front contre un arbre, avec une telle force qu'il se mit tout en sang. Il crut avoir touché un passant, et dit en saluant, sans regarder : « Monsieur, je vous « demande pardon. » On eut beaucoup de peine, en l'arrêtant, à lui persuader que c'était lui-même qui était blessé, et à l'engager à laisser panser sa plaie.

Depuis longues années, il n'allait point au spectacle : d'anciens amis, qu'il voyait habituellement, parvinrent, un jour, à l'entraîner à la Comédie Italienne. On donnait le petit opéra comique du *Jardinier et son Seigneur*, et ils arrivèrent pendant l'ariette : « Un mau- « dit lièvre, » précisément au moment où l'acteur, tourné de leur côté, et la main en avant, chantait : « Il m'attend, le sorcier m'at- « tend, etc. » Le comte de Mathan ne douta pas que ce ne fût un tour que ses imprudents amis lui avaient joué pour le rendre la fable du public. Il sortit tout de suite furieux, et l'on parvint difficilement à le convaincre que ces mots étaient dans la pièce, et que son arrivée en ce moment était un pur effet du hasard.

Dufresny avait lu à madame de La Mothe, à de La Faye, à Saurin, et à quelques autres hommes de lettres, une de ses comédies, qu'ils louèrent scandaleusement, et qui tomba de même. Piqué d'avoir été dupe du jugement de ces messieurs, il dit au comte d'Argental : « Je ne veux plus lire mes pièces à des gens « d'esprit ; désormais je n'en ferai lecture qu'à « des gens sur qui la simple nature agisse, qui « ne décident que sur l'impression qu'ils « éprouvent, et qui seraient bien embarrassés « de rendre raison du plaisir ou de l'ennui « qu'un ouvrage peut leur causer. Oui, j'aime- « rais mieux lire la comédie que je viens d'a- « chever à de bonnes gens, à des imbéciles « mêmes, qu'à de beaux esprits de profession. « *Tenez, M. d'Argental, voulez-vous que je* « *vous la lise.* » C'est ce même comte d'Argental, célèbre par sa correspondance avec Voltaire, et que celui-ci appelait son ange gardien.

M. de Marmontel, qui, pendant sa vie, a paru avoir des droits réels à l'estime publique, a voulu, dans des Mémoires qui ne devaient paraître qu'après son décès, se disculper d'une diatribe fort piquante contre M. le duc d'Aumont, qui fit beaucoup de bruit dans le temps qu'elle parut. Mais je suis étonné qu'il ait cherché à en rejeter le blâme sur un homme mort depuis longues années, et dont il a cru, sans doute, que personne ne pourrait prendre la défense. M. de Cury, dont il s'agit, était, à la vérité, assez porté au genre de gaîté qui occasiona les plaintes et la vengeance du gentilhomme de la chambre; mais sa délicatesse bien connue, la probité exacte qui a caractérisé sa vie entière, prouvent assez combien il était incapable de souffrir que l'innocence fût sacrifiée pour lui; lorsqu'en s'avouant coupable, s'il l'eût été, il pouvait sauver la fortune et la liberté d'un homme avec lequel il vivait dans la plus grande intimité. D'ailleurs, M. de Cury, devant compter sur les bontés de Louis XV, qui l'admettait familièrement dans ses petits soupers, qui lui témoignoit beaucoup de confiance, assuré de toute la faveur de la marquise de Pompadour, qui avait le plus grand ascendant sur le Roi, s'il eût été réellement l'auteur de cette amère plaisanterie, aurait eu peu à redouter l'inimitié de M. le duc d'Aumont, quoique, dans l'exercice de ses fonctions, comme intendant des Menus-Plaisirs du Roi, il se trouvât, en quelque façon, lui être subordonné. Mais, par le silence criminel dont il semble qu'on l'accuse, il aurait eu à rougir de lui-même, et aurait mérité à juste titre le mépris et la haine de M. de Marmontel, qui, au contraire, dans ses Mémoires, continua d'en parler, et même après cette époque, comme d'un de ses meilleurs amis. Cette seule contradiction justifie entièrement M. de Cury; et témoin, pour ainsi dire, de tout ce qui s'est passé à cet égard par les liaisons directes que j'avais avec cette société, je me crois obligé de rétablir la vérité des faits, en disant que cette parodie de la belle scène de *Cinna* fut faite dans un souper de six personnes, du nombre desquelles étaient, en effet, MM. de Cury et de Marmontel; que ce dernier, ayant des raisons particulières d'être piqué contre M. le duc d'Aumont, en conçut la première idée dans cette société; qu'échauffé par les applaudissements de ses amis, il en fit, pour ainsi dire, d'un trait de plume, la plus grande partie, les autres n'y ayant coopéré que par quelques saillies de gaîté, ou par des conseils que le littérateur vaniteux n'écoutait pas avec complaisance; qu'il s'en regarda si bien comme auteur, qu'il fut seul à rédiger et à mettre au net cette petite pièce de vers, dont il eut l'indiscrétion de se vanter, en en distribuant des copies; et que ce n'est donc point par un trait de générosité peu commune qu'il se laissa enfermer à la Bastille, et ôter le privilége du Mercure français, qui constituait la plus grande partie de sa fortune, mais parce qu'il eût été aussi impossible que douloureux de désavouer l'œuvre de son amour-propre.

Au surplus, il est très-vrai que la société, connue à Paris sous le nom de celle des intendants des Menus-Plaisirs du Roi, était aussi aimable que M. de Marmontel la représente dans ses Mémoires. Deux personnages surtout y jouaient les principaux rôles, quoique dans un genre bien différent. M. de Cury, par la finesse, la culture et la légèreté de son esprit, en faisait le plus grand agrément; un Lyonnais, M. Michon, qui ne manquait pas non plus d'un certain genre d'esprit, mais qui, dans un âge déjà avancé, partageait toujours avec une gravité ridicule les folies d'un cercle de jeunes gens, occupés uniquement de leurs plaisirs, était le plastron continuel des plaisanteries de ces messieurs. La bonhomie de son caractère ne l'empêchait pas de prendre quelquefois de l'humeur quand on le tourmentait trop vivement; et, sentant alors le ridicule du rôle qu'il jouait dans cette société, il voulait s'en éloigner; mais quelques caresses qu'on ne manquait pas de lui faire, la persuasion d'y être aimé, la gaîté qui y régnait, l'y ramenaient bien vite.

Un soir, ces messieurs le mènent dans un petit spectacle de marionnettes. Une partie d'entre eux se place avec lui sur le devant d'une loge, l'autre vis-à-vis. M. Michon éternue; M. de Cury, qui se trouvait en face, se lève, et avec une profonde révérence, crie : « A vos souhaits, M. Michon de Lyon ! » Celui-ci prend très-bien la plaisanterie, se lève et rend le salut en remerciant; tous les spectateurs se tournent, et rient de cette figure qui, par son costume surtout, était grotesque. Le spectacle commence; le maître gronde et menace Polichinelle, qui, soit qu'on lui eût donné le mot ou non, répond : « Je m'en « moque comme de la perruque à M. Michon « de Lyon. » Celui-ci, ne doutant plus que ce ne fût un mauvais tour arrangé d'avance pour le rendre l'objet de la risée du public et des histrions, sort en fureur de la salle. MM. de Cury, de la Ferté, Bertin, l'accompagnent, parviennent à le calmer un peu, et, pour assurer la paix, l'emmènent avec eux souper chez mademoiselle Hus, maîtresse de M. Bertin. Cette actrice, qui ne le connaissait point, demande quelle est cette figure hétéroclite? M. de Cury répond tout bas : « C'est un homme « très-aimable, d'une gaîté originale, mais « naturellement timide ; il l'est encore plus en « ce moment, parce qu'il vient de prendre « une attaque de certaines coliques auxquelles « il est sujet, et dont le seul remède est de lui « frotter le ventre avec des serviettes bien « chaudes. Ne le lui proposez pas, car il n'ose- « rait pas accepter ; mais ordonnez qu'on en « chauffe, et dès qu'elles seront apportées, « vous le forcerez bien à se laisser faire. » Mademoiselle Hus, de la meilleure foi du monde, donne des ordres en conséquence. On apporte des serviettes brûlantes, et c'était au milieu de l'été. Elle va à M. Michon, lui dit qu'elle n'ignore pas combien il souffre, l'engage à déboutonner sa veste pour se laisser frotter, se met elle-même à le déboutonner. Le bonhomme, d'abord fort étonné d'une proposition aussi singulière, s'aperçoit enfin qu'il est encore le jouet de la société, se fâche sérieusement, et finit par se sauver de fort mauvaise humeur, bien résolu de ne plus fréquenter des étourdis dont les plaisanteries continuelles commençaient à le mortifier. Mais on a vu que ses bouderies n'étaient pas de longue durée; il se raccommoda encore avec la société, et il était dans la maison de campagne de M. de Cury, à Chenevières, quand il parut un ouvrage de l'abbé Pernetti, intitulé : *Les Lyonnais dignes de mémoire*, dont il s'engoua d'autant plus, que sa famille et sa personne même y avaient une notice aussi honorable que juste. M. de Cury ne manqua pas cette occasion de lui jouer un nouveau tour. Dans un exemplaire du *Mercure* du mois, à la place de deux pages peu intéressantes, il en fit intercaler deux autres imprimées avec des caractères pareils, qui portaient sur cet ouvrage la critique la plus amère, terminée par ces mots : « Que nous importe, en effet, « qu'*Annibal Michon*, ou *Animal Bichon*, « vive dans le célibat? Si la nature lui a re-« fusé les avantages nécessaires pour perpé-« tuer son espèce, il ferait mieux de solliciter « une place dans le sérail de Constantinople, « que de végéter à Paris, où l'auteur assure « qu'il a établi son domicile. » On place le journal marqué à cet endroit, sur la cheminée du salon. M. Michon, très-avide de nouveautés littéraires, ne manque pas de l'ouvrir avec empressement, se met en fureur en lisant cet article; se fait amener des chevaux de poste, et part pour Paris, dans le ferme dessein d'aller demander une réparation authentique à Marmontel, contre lequel il était d'autant plus piqué, que, le connaissant particulièrement, il ne doutait pas qu'il n'eût eu l'intention formelle de l'insulter grièvement. Il arrive chez l'auteur du *Mercure*, se plaint avec toute la colère dont il est encore pénétré, et est fort étonné d'entendre nier positivement un fait sur lequel il n'a pu se méprendre. Marmontel lui fait voir vingt exemplaires du *Mercure* où cela n'était point, et parvient, avec beaucoup de peine, à le convaincre que ce qui l'a si fort irrité n'a été qu'une facétie de leur ami commun, M. de Cury, et que le public l'ignore absolument.

Dans le temps des discussions entre le Gouvernement et les Parlements, au sujet de quelques objets d'administration, il parut presque successivement des édits absolument contradictoires. M. de Cury arrête un de ces crieurs publics qui les vendaient dans la rue, et lui demande s'il sait lire. — Non, monsieur. — Mon ami, je m'en suis douté; car le titre de cette feuille est *Dédit du Roi.* — Monsieur, je vous suis bien obligé, répondit le colporteur; et il se mit à crier bien plus fort : *Dédit du Roi!* A cette annonce extraordinaire, les acheteurs vinrent en foule. Mais le malheureux crieur fut bientôt arrêté par les émissaires de la police, et ne fut relâché que sur la preuve qu'il avait donnée de sa bonne foi dans la mauvaise plaisanterie, dont l'auteur inconnu s'était promptement évadé.

M. de Cury était recherché dans toutes les sociétés de Paris et de Versailles, en raison de l'agrément qu'il y répandait par une gaîté aussi inaltérable que douce et instructive. Sensible aux seuls plaisirs de l'amitié, il était d'une insouciance absolue sur tout ce qui concernait sa santé ou sa fortune; et cette insouciance tenait moins à son caractère, à son goût pour la dissipation, qu'au système de fatalité absolue qu'il s'était mis dans la tête, et dont un hasard heureux avait achevé de le convaincre.

Voyageant en chaise de poste sur les sables d'Olonne, et s'étant endormi profondément, il rêva que sa voiture se précipitait dans l'abîme. L'effroi le réveille en sursaut; il saute à terre, et à peine y est-il que sa voiture tombe en effet dans la mer. Quelques petits événements, sans doute fort naturels, et auxquels tout autre n'aurait pas pris garde, l'ayant encore confirmé dans ce faux système, il s'était persuadé que, quelques dépenses qu'il fît, il serait toujours riche s'il était destiné à la fortune; comme il serait nécessairement dans la détresse avec tout l'ordre et l'économie possible, si tel devait être son sort. Vivement frappé de cette idée, il se livrait à toutes les jouissances de la vie, sans aucune prévoyance de l'avenir, sur lequel il ne se donnait pas même la peine de réfléchir.

Nommé, à l'âge de vingt-trois ans, par une faveur signalée, intendant-général de l'armée d'Italie, place dans laquelle il pouvait, sans blesser sa délicatesse, et vivant honorablement, faire une fortune immense, il tint constamment, au quartier-général, un tel état de maison, qu'à son retour il fut obligé de vendre une terre pour liquider ses dettes. Il avait mis à cette époque, à la tête de sa maison, un ancien domestique qui lui était attaché dès sa plus tendre enfance, et qui lui donna une preuve de dévouement et de fidélité bien rare. M. de Cury, de retour à Paris, ayant un grand dîner le premier jour de l'an, fut fort étonné de se voir servir en superbe vaisselle toute neuve et à ses armes. Après le repas, il passa dans son cabinet, fit appeler son maître-d'hôtel, et lui témoigna sévèrement sa surprise sur un luxe apparent et aussi déplacé, puisque toute cette argenterie ne pouvait qu'avoir été empruntée momentanément à grands frais. « Monsieur, cette vaisselle est bien à vous, « répondit le brave Bronssin, et j'espère que « vous ne trouverez pas mauvais que ce soit « moi qui aie pris la liberté de vous faire ce « cadeau, qui d'ailleurs ne m'a rien coûté. « Chargé de faire toutes vos provisions pen- « dant la campagne, j'avais journellement, et « sur chaque objet, une rétribution d'usage « de la part de vos fournisseurs. J'ai mis toutes « ces petites sommes à part; et ma conscience « ne me permettant pas de les regarder comme « m'appartenant, je me suis cru cependant « permis d'en disposer d'une manière qui pût « vous être agréable; et, en y ajoutant le poids « de quelques pièces inutiles de votre ancienne « vaisselle, j'en ai composé celle qui a paru « vous étonner. » On imagine tout ce que M. de Cury, attendri d'un pareil trait, put dire à son fidèle domestique. Il revint, les larmes aux yeux, faire part à sa société d'une scène aussi intéressante ; et cette anecdote s'étant répandue dans Paris, plusieurs personnes furent assez malhonnêtes pour chercher à débaucher le respectable Bronssin à son maître. Mais, quelques avantages qu'on lui offrît, un tel homme devait être incorruptible. Il n'a jamais voulu le quitter, et a eu le malheur de lui survivre, après l'avoir nourri de ses épargnes pendant plusieurs mois, lorsque, par suite de son extravagant système et des prodigalités auxquelles il crut, en conséquence, pouvoir se livrer sans danger, il fut réduit à la plus grande détresse.

M. de Cury, intendant-général des armées, à l'âge où l'on commence à peine sa carrière, depuis intendant des Menus-Plaisirs du Roi, ensuite secrétaire du cabinet, particulièrement aimé de Louis XV, pouvant aspirer à la plus haute fortune, finit en effet par être tellement ruiné, qu'il ne lui restait plus d'autres ressources que quelques rentes viagères, et que, sur la fin de sa vie, il fut recueilli, avec son fidèle Bronssin, par madame de la Reinière, sa parente, qui lui donna tous les soins que peut inspirer l'amitié la plus tendre.

Lorsque M. le duc d'Aiguillon obtint sa démission, on jeta dans le carrosse du Roi la devise suivante :

Non utitur aculeo *Rex cui paremus.*

Madame Necker racontait de M. Abanzit, vieillard genevois, que Rousseau a rendu célèbre parmi nous, un trait qui mérite d'être rapporté, et qui prouve le sang-froid de ce philosophe. On disait qu'il ne s'était jamais mis en colère; et sa servante, qui depuis trente années était à son service, attestait le fait. On lui promit de l'argent si elle pouvait réussir à le fâcher. Elle y consentit; et sachant qu'il aimait à être bien couché, elle ne fit point son lit. M. Abanzit s'en aperçut, et lui en fit l'observation le lendemain; elle répondit qu'elle l'avait oublié. Il ne dit rien de plus, et le lit ne fut point encore fait. Même observation le lendemain, à laquelle elle ne répondit que par une mauvaise excuse; enfin, à la troisième fois, il lui dit : « Vous n'avez pas encore fait « mon lit; apparemment que c'est un parti « pris, et que cela vous paraît trop fatigant;

« au surplus ; il n'y a pas grand mal, et je « commence à m'y accoutumer. » Elle se jeta à ses pieds, et avoua tout.

(*) A L'ÉPOQUE du mariage de M. le comte d'Artois, d'après le désir manifesté par ce prince, la ville de Paris consentit à destiner plus utilement au mariage de certain nombre de filles, l'argent qui aurait été employé, selon l'usage, à des feux d'artifice et autres amusements bientôt oubliés. Une petite fille de seize à dix-sept ans, nommée Lise Noirin, s'étant présentée pour se faire inscrire, on lui demanda où était son amoureux. « Je n'en ai « point, répondit-elle, je croyais que la Ville « fournissait de tout. » On rit, et en effet la Ville lui choisit un mari. Le célèbre sculpteur Houdon fut si frappé de cette naïveté, qu'il voulut voir cette fille, et en fit un buste très-ressemblant, sur lequel on remarquait, dans une jolie figure, le caractère de niaiserie le plus prononcé. C'était un des chefs-d'œuvres que les curieux allaient admirer dans son atelier.

Madame Geoffrin exerçait une espèce de police pour le goût, comme la maréchale de Luxembourg pour le ton et l'usage du monde. Elle avait plusieurs fois interrompu le conteur d'une histoire peu piquante; pour l'arrêter tout-à-fait, elle le pria de couper une poularde; et voyant qu'il tirait de sa poche un petit couteau, elle lui dit : « Monsieur, pour « réussir dans ce pays-ci, il faut de grands « couteaux et de petites histoires. »

On sait que cette dame fut frappée d'une longue léthargie, qui fut suivie de la mort. Un de ses amis étant venu la voir dans cet intervalle, un domestique vint lui dire : « Madame « est bien sensible à votre souvenir; elle vous « fait dire qu'elle a perdu l'usage de la parole. »

Le comte de Catuelan, très-versé dans la langue anglaise, avait fait une excellente traduction du théâtre de Shakespeare, qu'il voulait faire imprimer. Elle fut mise à la censure de M. Letourneur. Celui-ci s'occupait précisément à cette époque de traduire ce même ouvrage, dont il comptait tirer le plus grand profit, et fut fort étonné d'avoir été prévenu aussi cruellement. Il traînait en longueur la lecture du manuscrit, différait son approbation sous divers prétextes, lorsque M. de Catuelan, apprenant le véritable motif de ces lenteurs, alla le voir, et lui dit fort honnêtement que, ne voulant point se trouver en concurrence avec un littérateur aussi éclairé, encore moins lui enlever les avantages qu'il devait naturellement retirer de son travail, et auxquels lui-même n'aspirait pas, il venait reprendre son manuscrit, ou le lui céder sous la modique rétribution de quelques exemplaires. M. Letourneur accepta avec beaucoup de reconnaissance cette seconde proposition : il dénatura en quelques endroits le style du traducteur, ajouta quelques notes, et mit son nom à la tête de l'ouvrage, dont il retira toute la gloire et le profit.... *Sic vos non vobis*....

La censure pour la librairie était exercée, il y a quelques années à Munich, d'une manière aussi scrupuleuse que ridicule par le degré d'ignorance de ceux qui en étaient chargés.

Il n'y avait point en cette ville d'imprimerie française; mais tous les livres arrivant de France y étaient sévèrement inspectés. Un libraire, qui connaissait le goût de ses compatriotes pour la bonne chère, avait fait venir beaucoup d'exemplaires du *Cuisinier bourgeois*. Le censeur trouva à la table des matières, *recette pour apprêter les carpes en gras*; il ne douta pas dès lors que ce ne fût un livre très-irréligieux, et en défendit absolument la distribution. Cependant cet ouvrage, par sa naïveté, aurait dû trouver grâce auprès d'un tel censeur, car on y lit ces mots : *Méthode pour faire un civet de lièvre.... premièrement, ayez un lièvre*, etc.

Audierne, auteur connu par plusieurs excellents traités de géométrie théorique et pratique, racontait qu'ayant présenté un de ses ouvrages à un censeur qui, malgré la gravité de son état, se livrait souvent à une causticité très-amère, fut fort étonné de se voir refuser une approbation qui semblait ne devoir éprouver aucune difficulté. Il demanda les motifs d'un refus aussi bizarre. « Quoi !

« monsieur, répondit le censeur, vous préten-
« dez démontrer qu'entre deux points donnés,
« la ligne droite est la plus courte? Eh! ne
« sentez-vous pas que si je laissais passer une
« telle proposition, je me mettrais à dos toute
« la cour, la plupart des gens en place, tous
« ceux enfin qui, ne marchant que par des
« lignes courbes, les trouvent bien plus cour-
« tes pour arriver à leur but que les lignes
« droites? » Le sarcasme une fois lancé, il donna son approbation.

Ce même Audierne, aussi versé dans la science de la mécanique que dans celle de la géométrie, était toujours occupé d'objets relatifs à ses études, et prétendait n'avoir eu dans sa vie, à cet égard, qu'une seule distraction, qui lui avait été bien fatale. Passant à côté d'une grosse voiture de roulier, l'essieu se brise, la roue tombe, se relève, et revient lui casser la cuisse; parce qu'il n'avait pas pensé en ce moment, disait-il, que l'angle de réflexion étant nécessairement égal à l'angle d'incidence, il aurait dû s'éloigner beaucoup plus sur le côté.

Dans sa jeunesse il s'était adonné à la littérature. Aimant particulièrement le Théâtre-Français, et désirant y avoir ses entrées franches, il composa trois pièces en un acte chacune, les présenta aux comédiens, qui les acceptèrent, vu la disette du moment. On l'avertit quelque temps après qu'elles étaient apprises, et qu'on les jouerait de suite le même jour. L'auteur imagina alors de les faire précéder d'un prologue, par lequel il annonçait qu'ayant voulu consulter le goût du public, en lui présentant trois genres différents, il implorait son indulgence en faveur de son âge et de son intention, etc. Le prologue fut écouté avec bonté et même applaudi ; mais, au milieu de la première pièce, qui était froide et assez mauvaise, une voix du parterre cria : Donnez-nous la seconde ! et parut être secondée par le tumulte général. Au milieu de la seconde, on cria de même : Passons à la troisième ! et celle-ci, qui ne valait pas mieux que les deux autres, ne put jamais aller jusqu'à la fin. L'auteur, bien loin de se dépiter, ne fit que rire de cette triple chute : on ne pouvait plus lui refuser ses entrées, et c'était tout ce qu'il en voulait. Cependant il n'osa pas se montrer pendant quelque temps au spectacle, dans la crainte d'essuyer les justes reproches des comédiens, et il cherchait même à les éviter, lorsqu'un jour il fut abordé par l'acteur Grandval, qui lui dit : « Vous êtes bien « singulier; vous êtes, je crois, le premier « auteur qui négligez de venir chercher votre « argent. — Quoi ! il m'est dû quelque chose? « — Sûrement : le quart de la première re- « présentation, frais prélevés, vous appar- « tient. En qualité de semainier, j'ai fait votre « compte; il vous revient six cents livres, et « je suis prêt à vous payer. » Audierne, qui ne s'était pas douté de cet avantage établi alors fixément entre les acteurs et les auteurs, se rendit avec empressement chez Grandval, reçut son argent, alla tout de suite commander un grand festin, auquel il invita tous ses amis, sans oublier Grandval, et, en deux jours de temps, les vingt-cinq louis furent mangés. Il racontait lui-même fort gaîment cette petite aventure, et avouait que c'était au mauvais succès de ses talents dramatiques qu'il avait dû l'idée de s'appliquer à un genre bien différent qui lui avait parfaitement réussi.

Le maréchal de Saxe ayant eu une maladie grave, en avait été guéri par le médecin Senac, qui, dans les commencements de sa convalescence, le suivait partout. Un jour qu'au siége d'une ville, le maréchal voulut aller reconnaître quelques ouvrages, il fit avancer jusqu'à demi-portée de canon son carrosse, dans lequel était le bon médecin. Il en descend, monte à cheval, et dit à Senac : « Attendez-moi là, docteur ; je serai bientôt de « retour. » *Mais, monseigneur*, lui dit Senac, *et le canon? Les artilleurs vont prendre pour but votre carrosse, et moi qui serai dedans.* — « Eh bien, levez les glaces, lui répondit « le maréchal ; » et il part. Senac partit aussi, c'est-à-dire, qu'il n'eut rien de plus pressé que de quitter la voiture et de s'enfuir à la queue de la tranchée.

Quelque temps après la bataille de Fontenoi, Louis XV, félicitant le maréchal de Saxe sur cet heureux événement, lui dit : « M. le maréchal, vous gagnez plus à cette « bataille que nous tous ; car vous étiez enflé « par tous les membres, et maintenant vous « jouissez de la meilleure santé. » Le maréchal de Noailles, qui était présent, répondit au roi : *Il est vrai*, Sire, *M. le maréchal de Saxe est le premier homme du monde que la gloire ait désenflé.*

Madame la marquise de Fleury a long-temps étonné la cour par la franchise et la hardiesse de ses réparties. Louis XV parlant devant elle du roi de Danemarck, qui était venu faire un voyage en France, elle demanda à Sa Majesté si ce monarque était bien riche. Le Roi lui répondit que les finances de ce royaume avaient été long-temps dérangées, mais que ce prince avait à présent un excellent ministre qui avait bien réglé ses affaires et les avait remises en parfait état. « Ah ! Sire, repartit cette dame, « vous devriez bien lui débaucher ce minis-« tre-là. »

Etant à souper chez M. le comte de Choiseul, on servit un superbe globe en sucre, représentant l'Europe, avec la désignation de tous les royaumes. Le ministre demanda à madame de Fleury quelle partie elle voulait ? « Donnez-moi la France, M. le duc, répon-

« dit elle; autant vaut que ce soit moi qui la « mange qu'un autre. »

Philippe, duc d'Orléans, avait fait une liste des dames de la cour, qu'il avait désignées sous les différents titres de *jolies*, *laides*, *abominables*. Il affecta, au cercle de la Reine, de la montrer à plusieurs personnes, de manière à exciter la curiosité de la marquise de Fleury, qu'il avait envie de mortifier, et qui, en effet, demanda ce que c'était ? Le prince lui présenta hardiment cette liste, sur laquelle elle se trouva au nombre des dernières. « On sait « heureusement, monseigneur, lui dit-elle « hautement en la lui rendant, que vous ne « vous connaissez pas mieux en signalements « qu'en signaux. » (Allusion piquante au combat d'Ouessant.

Il s'est passé auprès de Paris un événement qu'on serait tenté de prendre pour un conte fait à plaisir, s'il n'était constaté authentiquement et même juridiquement.

(*) Un frère quêteur du couvent des Capucins de Meudon, revenant à son monastère avec sa besace bien garnie, et ayant pris un sentier écarté dans le bois pour abréger son chemin, est rencontré par un voleur qui, le pistolet sur la gorge, lui demande la bourse ou la vie. Le pauvre frère représente inutilement que son état annonçant un dénûment absolu, doit le mettre à l'abri de pareilles atteintes : il est forcé de céder, de mettre bas sa besace remplie de provisions, de vider ses poches, et de donner trente-six francs qu'il avait recueillis d'aumônes. Le voleur s'en allait content de sa capture, lorsque le moine le rappelle. « Monsieur, lui dit-il, vous avez été « assez bon pour me laisser la vie; mais en « rentrant à mon couvent j'essuierai des trai- « tements pires que la mort, parce qu'on ne « voudra pas croire à ce qui m'est arrivé, si « vous ne me fournissez une excuse en tirant « votre pistolet dans ma robe, pour prouver « que j'ai été attaqué par des armes à feu, et « que je n'ai eu d'autre ressource que d'aban- « donner le fruit de ma quête. — Volontiers, « dit le voleur, étendez votre manteau.......» Le voleur tire, le Capucin regarde. « Mais il « n'y paraît presque pas. — C'est que mon « pistolet n'était chargé qu'à poudre : je vou-

« lais vous faire plus de peur que de mal. — « Eh ! monsieur, n'en auriez-vous pas un au« tre ? – Non, en vérité.... » A ce mot, le moine, grand et vigoureux, lui saute au collet. « Ah ! coquin, nous sommes donc à ar« mes égales. » Il terrasse le voleur, le roue de coups, le laisse pour mort sur la place, reprend sa besace, ses trente-six francs, et un louis en outre, et revient triomphant à son couvent. La déposition du Capucin, et l'aveu du voleur qu'on trouva à la place indiquée, et qui, se croyant près d'expirer, confessa son aventure, ne peuvent laisser aucun doute sur ce fait, quelque extraordinaire qu'il soit. (*)

Un jeune Français, élève de l'Académie de Peinture, étant allé en Italie pour s'y perfectionner, rencontra à Naples un Espagnol couvert de haillons et d'une malpropreté excessive, vice dont, en général, ce peuple est accusé. Le jeune peintre remarque que l'Espagnol a les mains fort bien faites, quoique fort sales ; il lui propose de les dessiner. L'Espagnol accepte, moyennant quelque argent qui lui est promis. Le Français le conduit chez lui, et lui dit de se laver les mains. Soit, il passe au vestibule; puis revenant comme par réflexion : « Laquelle, monsieur, dit-il, vou« lez-vous dessiner ? »

M. Angrand-d'Alleray, lieutenant civil au Châtelet de Paris, jouissait de l'estime publique, et la méritait également par ses qualités intérieures, par ses longs services dans la magistrature, et par la dignité et l'exactitude avec lesquelles il remplissait les importantes fonctions de sa place, qui l'asservissaient au point de n'avoir pas un seul moment dont il pût disposer.

(*) A dix heures du soir, au milieu de l'hiver, on lui annonça un malheureux marchand, qui, arrêté en vertu d'une sentence consulaire, pour laquelle il n'avait pu fournir caution, prétendait que la procédure n'était pas en règle, et avait demandé un *référé* pardevant le lieutenant civil. Le malheureux détenu était accompagné de sa femme et de ses enfants dans la plus extrême désolation. Mais le magistrat, impassible comme la loi, sut contenir sa sensibilité en présence de ce nombreux auditoire, et trouvant la procédure exacte, ordonna l'exécution du jugement. Cependant à peine l'infortuné père de famille est-il parti, entraîné par les sbires, que M. le lieutenant civil, se représentant le tableau touchant dont il avait été si vivement ému, se livre à toute l'impulsion de son cœur. Sans se donner le temps de faire mettre ses chevaux, malgré la neige qui tombe en abondance, il part à minuit, accompagné d'un seul valet de chambre, se rend à la prison fort éloignée de son hôtel, et annonce qu'il servira de caution. Son trouble ne lui permet pas de penser à consommer l'acte de cautionnement. Rentré chez lui, il s'en aperçoit; et ne voulant pas que la nuit se passe sans avoir délivré l'intéressant vieillard, il retourne en diligence, toujours à pied, et finit de remplir toutes les formalités nécessaires. Le marchand se jette à ses genoux, veut lui témoigner sa reconnaissance. « Eh ! mon ami, lui dit M. Angrand-« d'Alleray, ne vous occupez pas de moi; je « suis heureux de votre satisfaction : allez vite « consoler votre malheureuse famille, qui est « dans les inquiétudes et les larmes. » (*)

Ce respectable magistrat a été depuis cruellement victime de la révolution, et le trait qui l'a conduit au supplice manifeste en même temps sa fermeté inébranlable et l'atrocité des monstres qui ont osé le condamner.

On l'arrête, on le traîne au tribunal sanguinaire : là, on lui montre une lettre qu'il écrivait à ses fils, et par laquelle il leur annonçait les secours pécuniaires qu'il leur envoyait. « Ne connais-tu pas, lui dit-on, la loi qui dé-« fend de faire passer de l'argent aux émigrés? « — J'en connais une, répondit-il, plus sacrée « et plus ancienne que les vôtres : c'est celle « de Dieu et de la nature, qui ordonne à un « père de nourrir ses enfans. » A ce mot, la fureur éclata sur tous les visages, et le digne vieillard fut conduit à l'échafaud.

M. de la Motte d'Orléans, évêque d'Amiens, joignait à l'austérité des mœurs de son état, la plus aimable gaîté. Faisant la visite de son diocèse, et n'ayant qu'un seul domestique peu au fait de quelques parties de son service, il fit appeler un frater de village pour le raser. La barbe faite, il lui donna son salaire; mais apercevant en ce moment que le maladroit l'a coupé : « Mon ami, lui dit-il, en « lui donnant encore de l'argent, je ne vous « ai payé que pour la barbe, voilà pour la sai« gnée. — Ah! monseigneur, répondit le bar« bier, tout honteux et balbutiant..... c'est « que..... j'ai trouvé un bouton. — J'entends, « réplique le prélat, et vous avez voulu lui « faire une boutonnière. »

Une personne, tracassée par la pituite, consultait là-dessus son médecin, disciple enthousiaste d'Hippocrate, et ne voyant dans toute maladie qu'un moyen d'illustrer son art. Le malade lui détaillait ainsi son infirmité : « C'est, monsieur, une fonte très-considérable, « une eau âcre. — Bon! disait le médecin. — « Claire comme si on la passait à l'alambic.... — « A merveille. — Mordante presque comme de « l'eau forte. — Ah! que vous me faites plai« sir; c'est précisément la pituite vitrée des « anciens que nous avions perdue, *pituita* « *vitrea et rupea*, suivant nos meilleurs au« teurs. »

M. de Bonnac, évêque d'Agen, étant allé à la campagne chez un de ses amis, son postillon se laissa tomber du haut d'un grenier à foin sur le pavé. Tout le monde courait au secours du malheureux, qui était tout fracassé. « Allez chercher un chirurgien, criait-on. — « Eh non! dit naïvement l'évêque dans le plus « grand effroi, cet homme se meurt; vite un « prêtre; amenez un prêtre. — Et vous, mon-« seigneur, ne l'êtes-vous pas, répondit quel-« qu'un qui était plus de sang-froid? — Ah! « c'est vrai, je n'y pensais pas, » répliqua le prélat, à qui l'excès du trouble avait fait oublier son caractère.

Il n'est, je crois, aucune famille dont les titres de noblesse aient eu un motif aussi intéressant pour le cœur des bons Français, que celle de MM. Leclerc de Lesseville.

En 1590, au moment où Henri IV se disposait à donner la célèbre bataille d'Ivry en Normandie, les cinq bataillons suisses, qui formaient la partie la plus considérable de ses troupes, menacèrent de passer dans l'armée ennemie, si on ne leur payait tout de suite les arrérages qui leur étaient dus. Le Roi, qui n'avait point d'argent, était dans la plus grande perplexité, lorsque Sully lui dit qu'il existait, à peu de distance de là, une brave femme, veuve d'un tanneur fort riche, chez laquelle il avait logé, et qu'il croyait connaître assez pour ne pas douter qu'elle ne fût prête à sacrifier, pour sa cause, toute sa fortune, qui était en argent comptant. — « Eh bien! allons-y « ensemble, répondit Henri IV; mais je ne « veux pas être connu : ne me nommez pas. » Ils partent avec peu de suite, laissent leurs gens à l'écart, et entrent tous deux chez la veuve Leclerc, qui, en les voyant, court à Sully, et lui demande, avec le plus vif empressement, des nouvelles de son bon Roi. — « Hélas! lui dit-il, ce bon Roi est bien mal- « heureux. Obligé de livrer une bataille d'où « dépend le sort de sa couronne, il sera in- « failliblement vaincu, parce qu'il n'a pas d'ar- « gent, et que les Suisses, qui sont sa prin- « cipale force, déclarent qu'ils tourneront « leurs armes contre lui, s'il ne leur paie ce « qu'il leur doit. — Et combien leur doit-il? « — Une somme très-considérable, deux cent « mille francs. — Quoi! n'est-ce que cela? « Ah! que je suis heureuse! — » Elle ouvre précipitamment une armoire, et jetant avec vivacité des sacs d'or et d'argent par terre : « Les voilà les deux cent mille francs ; c'est « toute ma fortune ; mais c'est le meilleur em- « ploi que j'en puisse faire. Portez cela à notre « bon Roi, et dites-lui que la pauvre veuve a « encore eu un moment de bonheur en sa « vie. » A ces mots, Henri IV, qui ne pouvait plus contenir son attendrissement, lui jette ses bras au cou, se fait reconnaître, emporte l'argent, en promettant de n'oublier jamais un service aussi signalé, paie les Suisses, est victorieux, et peu de temps après se trouve tranquillement assis sur le trône de ses ancêtres. Son premier soin fut de mander la veuve Leclerc, qu'il embrassa de nouveau, en lui rendant son argent, et à qui il donna le fief de Lesseville, et une charge de conseiller au Parlement pour son fils, avec les lettres de noblesse les plus flatteuses, qui rappellent en détail l'historique de ce fait.

La terre de Lesseville et la charge de magistrature ont resté dans cette famille jusqu'en 1790 ; et le titre si honorable qui leur a conféré la noblesse, ainsi que le souvenir de la superbe action de leur aïeule, sont les seuls biens que l'atrocité révolutionnaire n'ait pu enlever aux respectables et nombreux rejetons d'une race aussi pure.

La tragédie d'Idoménée avait été affichée aux premières représentations par un Y. Mademoiselle Clairon, dans une assemblée de comédiens, fait venir l'imprimeur à la barre de sa cour, et lui reproche son ignorance. L'imprimeur dit que c'est le semainier qui lui a fait mettre Idoménée avec ce malheureux Y. Cela ne se peut pas, interrompt dignement mademoiselle Clairon, il n'y a pas parmi nous un comédien qui ne sache *orthographer*. Je vous demande pardon, mademoiselle, lui réplique l'imprimeur; l'on dit *orthographier*.

Madame de Sainte-Hélène, jeune femme créole, pleine de grâce et d'esprit, sous les apparences d'une conduite exemplaire dans son ménage, cachait la plus violente passion pour M. de la Rue, très-bel homme, aussi honnête qu'aimable. Pour se rapprocher davantage de lui, elle parvint à lui faire épouser la sœur de son mari; mais elle se vit trompée dans ses espérances. Son nouveau beau-frère s'attacha sincèrement à la femme intéressante à laquelle il se trouvait uni, et chercha dès lors à se soustraire à des avances qu'il ne pouvait plus que mépriser. Madame de Sainte-Hélène, qui vit dans sa belle-sœur le seul obstacle à ses desseins, conçut contre elle la plus furieuse jalousie. Elle chercha d'abord tous les moyens de la brouiller avec son mari; mais ses intrigues à cet égard n'ayant pu réussir, elle rompit ouvertement avec les deux époux, et se retira à la campagne. Cependant la solitude et l'éloignement ne faisant qu'irriter davantage sa passion, elle prit quelques prétextes plausibles pour revenir, et trouva aisément le l'occasion de se réconcilier en apparence avec cet excellent ménage. Elle eut en effet l'air d'avoir renoncé entièrement et de bonne foi à ses anciennes erreurs, et se montra enfin pendant plusieurs années la meilleure amie de celle qu'elle détestait au fond de son cœur.

Un jour que, retenue au lit par une légère indisposition, madame de la Rue avait pris médecine, madame de Sainte-Hélène entre chez elle le matin, la caresse plus tendrement que jamais, et trouve le moyen d'écarter un moment une ancienne gouvernante qui gardait sa maîtresse. Alors elle s'approche de la cheminée, et sûre de ne pouvoir être aperçue, elle secoue un petit paquet dans un pot de bouillon qui était auprès du feu. Elle sort ensuite, sous prétexte de quelques affaires, annonçant à son amie qu'elle ne pourra pas la voir de la journée.

La garde étant rentrée, madame de la Rue demande un bouillon; mais au moment où elle le met sur ses lèvres, elle s'aperçoit d'un goût affreux, et, le trouvant en même temps trop chaud, le repousse avec vivacité, de manière qu'il en tomba sur le parquet une ou deux cuillerées. Un petit chien qui se trouvait là, lèche cette boisson, prend aussitôt des convulsions affreuses et expire, tandis que madame de la Rue, pour quelques gouttes qu'elle avait avalées, éprouvait déjà des symptômes inquiétants. On envoye chercher aussitôt des gens de l'art, qui décomposent la boisson, et y trouvent une dose considérable de sublimé corrosif. La probité bien connue de la gouvernante ne permet pas même de la soupçonner. Mais M. de la Rue, apprenant que sa belle-sœur est la seule personne qui ait pénétré dans la chambre de la malade, ne doute plus de l'auteur du crime. Il demande le secret aux gens présents, se rend aussitôt chez M. Lenoir, lieutenant-général de police, et lui dénonce cette affreuse aventure, en lui racontant tout ce qui pouvait y avoir donné lieu. Le magistrat part tout de suite pour Versailles, se munit des ordres nécessaires, et envoie le lendemain, à six heures du matin, un inspecteur et un exempt chez madame de Sainte-Hélène, qu'on trouve couchée à côté de son mari. On lui signifie l'ordre de se rendre sur-le-champ à la police. Le mari, fort étonné, croit qu'il y a quelque méprise, offre de se présenter à la place de sa femme, ou avec elle; on le refuse; elle-même s'y oppose, le détermine à rester, malgré ses instances, et, avec l'air de l'innocence et de la sérénité, paraît badiner sur ce *quiproquo*, qui, dit-elle, sera bientôt éclairci. Elle se lève, veut prendre ses poches; mais l'inspecteur s'en empare, et lui déclare qu'elle ne les aura qu'à l'hôtel de la police. En ce moment seulement, on crut apercevoir en elle un mouvement de trouble, qu'elle réprima avec promptitude, et dont on ne manqua pas de rendre compte au magistrat. Celui-ci fait fouiller devant elle ses poches, et on y trouve une nouvelle dose de poison, que peut-être elle se destinait à elle-même. On l'interroge ; elle nie tout avec autant de calme que d'audace. M. Lenoir alors la fait passer dans son cabinet. Là, il lui expose le danger de son désaveu, qui l'obligera de la livrer à la justice, et l'impossibilité où elle sera de résister aux preuves convaincantes qui se multiplient contre elle. Il lui fait envisager la honte de l'échafaud, non seulement pour elle, mais pour sa famille, et pour l'enfant qu'elle allaitait en ce moment ; oppose à cette affreuse perspective la sûreté d'être sauvée à la faveur d'un ordre du Roi qui la mettra à l'abri de toute poursuite judiciaire ; enfin il excite adroitement ses craintes, ses remords et sa sensibilité. Cette malheureuse femme est également frappée et attendrie de la bonté de son juge. Elle cède, se jette à ses pieds fondant en larmes, convient de son crime, du motif qui l'y a portée, et avoue que, le projetant depuis sept ans, elle avait toujours eu du poison dans sa poche pour saisir l'occasion de l'employer. A ces mots, M. Lenoir jette un cri d'indignation qui témoigne toute l'horreur que lui inspire un forfait tellement prémédité. « Ah ! monsieur, lui dit-elle, vous ne savez « donc pas ce que c'est que les passions, et

« surtout celles de l'amour et de la jalousie « dans une tête créole ? »

Madame de Sainte-Hélène ne sortit de la police que pour être renfermée dans un couvent, où il y eut défense de lui laisser recevoir qui que ce fût. Son mari fut instruit aussitôt de cet ordre du Roi ; mais on crut devoir ménager sa sensibilité, en lui en cachant le véritable motif, que ses amis et ses connaissances lui laissèrent également ignorer, quoique l'aventure fût publique dans Paris. On le voyait avec la plus grande peine multiplier des démarches inutiles auprès des ministres, pour solliciter la grâce de sa femme, qu'il ne croyait coupable que de quelque imprudence envers le gouvernement, et qui sans doute fut rendue à la liberté quatre ans après, par le désordre de la révolution, qui brisa toutes les barrières de l'autorité.

Un Américain a pris la peine d'employer trois ans de suite, à huit heures de travail par jour, pour apprendre exactement le nombre des versets, des mots et des lettres employés dans la Bible. Il a trouvé qu'elle contenait 31,173 versets, 773,692 mots, et 3,566,480 lettres. Le nom de Jehova se trouve dans la Bible 6,855 fois, et la particule *et* 46,227 fois. Le chapitre qui forme le milieu de la Bible, est le 117me. psaume.

Madame de G.... avait pour amant le comte de L...., capitaine aux Gardes. Un des soldats de ce régiment, désirant avoir son congé, crut ne pouvoir se procurer une meilleure protection pour l'obtenir que celle de madame de G....; malheureusement il prit mal son temps, et vint présenter sa requête lorsque le mari était présent. Madame de G...., très-piquée de cette indiscrétion, reçut fort mal le soldat, et lui demanda d'un ton fier et dédaigneux, quel motif pouvait l'avoir engagé à lui adresser une pareille demande. Le pauvre soldat, ne sachant que répondre, se retirait tout confus, lorsque M. de G...., qui était très au fait de l'aventure, l'arrêtant par le bras : « *Mon ami*, « lui dit-il, *va dire à ton capitaine, que s'il ne* « *te donne pas ton congé sur-le-champ, moi je* « *lui donnerai le sien.* »

M. DE MIROMESNIL, garde des sceaux, obligé par son éminente place d'avoir une maison pour ainsi dire ouverte à la haute magistrature, fut averti par son maître-d'hôtel qu'on volait très-souvent à sa table des couverts d'argent, et que les soupçons ne pouvaient se porter que sur quelqu'un des convives. Il fit part de son embarras à cet égard à M. Lenoir, qui lui promit de découvrir le filou, à condition qu'il garderait à dîner un espion adroit qu'il lui enverrait sous le déguisement d'un homme de qualité nouvellement arrivé de sa province. L'espion se présenta en effet, et fut accueilli comme on en était convenu. Il dit à M. le garde des sceaux, après le repas, qu'il croyait avoir des soupçons bien fondés; mais que n'ayant pas des certitudes positives, il demandait une seconde épreuve, et le priait de lui donner encore une fois à dîner avec une partie des mêmes personnes, qu'il nomma en assez grand nombre pour qu'on ne pût asseoir aucun doute injurieux. Après ce second dîner, il passa dans le cabinet de M. de Miromesnil, et lui apprit, à son grand étonnement, et comme fait positif, qu'un homme de qualité, M. de G...., maître des requêtes, était le voleur, l'assurant qu'à ce même repas il avait pris une cuiller et une fourchette, et les avait dans sa poche. M. de Miromesnil appelle sur-le-champ M. de G...., et lui reproche sa bassesse. Mais celui-ci, se voyant découvert, ne se déconcerta point, avoua le fait; et croyant se tirer d'affaire par une sotte plaisanterie, répondit que M. le garde des sceaux lui ayant annoncé qu'il y aurait toujours à sa table un couvert pour lui, il avait cru pouvoir s'en emparer sans indiscrétion. Le chef de la magistrature ne goûta point ce plat badinage; il lui ordonna de se défaire de sa charge dans la quinzaine, et ne crut pas devoir ménager un homme aussi vil, dont l'aventure fut bientôt connue dans tout Paris.

Monsieur T....., connu par son flegme et son sang-froid, avait vu plusieurs fois chez sa femme un homme dont les assiduités lui déplaisaient; il avait souvent prié sa femme de ne plus le recevoir, la menaçant de lui faire une scène s'il le rencontrait encore chez lui. Les entrevues n'en furent pas moins fréquentes; M. T...., poussé à bout, va trouver sa femme : *Madame*, lui dit-il, *j'ai promis de vous faire une scène, je vous la fais.* Et il sort.

Ce trait de sang-froid nous en rappelle un autre d'un genre un peu plus sérieux. Une dame se trouvant au lit de la mort, conjura son mari de lui pardonner une faute dont elle était coupable, et lui avoua qu'elle lui avait fait une infidélité. Le mari lui répond qu'il lui pardonne; mais qu'à son tour il réclame un peu d'indulgence : *C'est que, m'étant aperçu*, dit-il, *de ce que vous venez de m'avouer, je vous ai empoisonnée, ce qui est la cause de votre mort.*

Le président d'Ormesson de Noiseau, digne héritier d'un nom illustré par tant de vertus, ayant été obligé, par des circonstances particulières, de se séparer de sa femme, qui lui avait apporté une fortune considérable, n'avait consulté que sa propre délicatesse pour lui rendre toute sa dot, et se trouvait dans le cas de ne pouvoir soutenir, qu'avec la plus grande peine, la dignité extérieure qu'exigeait son état, lorsqu'il fut nommé légataire universel de M. le comte de Rosemadec, par égale portion avec son cousin M. d'Ormesson, qui depuis a été contrôleur-général des finances. Les deux parents, qui ne jouissaient que d'une fortune très-médiocre relativement à leur rang, n'ayant d'ailleurs que des alliances éloignées avec la famille Rosemadec, ne crurent pas devoir s'approprier des biens dont ils auraient frustré les véritables parents ; mais voulant faire honneur à la mémoire du testateur, ils se regardèrent comme exécuteurs testamentaires, liquidèrent en peu de temps, et avec la plus grande exactitude, cette succession, qui se trouva monter à dix-huit cent mille livres, la rendirent aux héritiers les plus proches du défunt, avec leurs comptes bien en règle, ainsi que leur acte de renonciation, et ne voulurent accepter, pour toute marque de reconnaissance, qu'un diamant de deux mille écus.

Le maréchal duc de Brissac était si accoutumé à mettre de la singularité jusque dans les actions les plus indifférentes, que, se rasant habituellement lui-même, il ne manquait jamais de dire hautement, avant de commencer cette opération : « Timoléon de Cossé, « duc de Brissac, Dieu t'a fait gentilhomme, « le Roi t'a fait duc : fais-toi la barbe pour te « faire quelque chose. »

Héritier de la valeur si connue de ses ancêtres, mais n'ayant pas leurs talents militaires, il ne se faisait pas illusion à lui-même à cet égard, et ne cherchait point à en imposer aux autres ; mais il avait la vanité d'y suppléer extérieurement par un air de dignité qu'il ne quittait jamais, par un ton franc et chevaleresque, auquel sa belle figure, sa grande taille et son costume habituel prêtaient admirablement. Ne portant dans les sociétés d'autre prétention que celle d'une singularité aimable, il ne paraissait en public qu'en grande représentation. Ainsi, comme gouverneur de Paris, il n'allait dans la ville, pendant le jour, que précédé par ses gardes, entouré de ses pages, et suivi par plusieurs carrosses. Il se présentait toujours, à Paris et à Versailles, vêtu à la mode de l'ancienne cour, avec un habit à parements, boutonné du haut en bas, ceint d'une écharpe, et coiffé avec un haut toupet et deux queues. A l'armée, il avait son cordon bleu sur son habit d'officier-général, un bras nu jusqu'au-dessus du coude, entouré d'une dragonne en or, et tenant son sabre à la main. C'est ainsi qu'il commandait ses troupes, auxquelles son air martial inspirait la plus grande confiance. Chargé, en qualité de lieutenant-général, d'attaquer, avec une forte division de cavalerie, un corps ennemi très-considérable, devant lequel il était en présence, et ne se sentant capable de prendre aucune de ces mesures par lesquelles un habile général s'assure la victoire, ou une retraite honorable, il se contenta de crier, d'une voix de Stentor, à sa troupe : « Marche à moi la droite, marche « à moi la gauche, marche à moi le centre ; « j... f..... qui ne me suit pas, » part en avant au grand galop, est suivi avec la plus vive ardeur par toute la division, et a le bonheur de culbuter les ennemis.

Son fils ayant été blessé à la malheureuse bataille de Rosbach, le Roi crut devoir lui en faire un compliment de condoléance. « Ah ! « sire, répondit le maréchal, il est bien dur « d'apprendre que le sang des Cossé ait été « versé dans une *soubizade.* » Mot que le Roi excusa en faveur de la circonstance, mais qui étonna d'autant plus tous les courtisans, que le prince de Soubize était l'ami et le favori de Louis XV.

Son ancienneté lui donnait droit à la place de président du tribunal des maréchaux de France ; mais sa modestie ne lui permit pas d'accepter des fonctions qu'il ne se croyait pas capable d'exercer.

Personne n'ignore avec quelle atrocité le descendant de cette illustre famille des Brissac, si digne de ses aïeux, dont il réunissait toutes les qualités, a été massacré à Versailles, en 1793.

On a vu, sous Louis XV et sous Louis XVI, une famille de courtisans comblée de faveurs ; divisée à Paris, elle était toujours unie à Versailles. Vaquait-il une charge, un gouvernement, une ambassade, elle était la première instruite, la première à solliciter. De là cette réponse vraiment précieuse du maréchal de N***, l'un des personnages les plus distingués de cette famille, à son valet de chambre, qui venait de le coucher et tirer sur lui ses rideaux. « A quelle heure monseigneur veut-il qu'on « l'éveille, demain ? — A dix heures, *s'il ne « meurt personne cette nuit.* »

Monsieur R*** lisait une de ses tragédies dans une société d'hommes de lettres. « J'ai « tâché, dit-il modestement, d'éviter le gigan- « tesque de Corneille et la fadeur de Racine. « — Cela s'appelle, reprit quelqu'un, *s'asseoir* « *par terre entre deux chaises.* »

Sarrazin répétait le rôle de Brutus en présence de Voltaire; sa mollesse dans l'invocation au dieu Mars, le peu de fermeté, de grandeur et de majesté qu'il mettait dans tout le premier acte, impatienta l'auteur au point qu'il lui dit, avec une ironie sanglante : « Mon- « sieur, songez donc que vous êtes Brûtus, le « plus ferme de tous les consuls de Rome, et « qu'il ne faut point parler au dieu Mars « comme si vous disiez : *Ah! bonne Vierge,* « *faites-moi gagner un lot de cent francs à la* « *loterie!* »

Lorsque Franklin alla trouver le roi de Prusse, et lui demanda des secours pour l'Amérique, Frédéric l'interrogea sur l'emploi qu'il en ferait. Le philosophe ayant dit que son dessein était de conquérir la liberté, le roi lui fit cette réponse digne de remarque : « Issu de « famille royale, je suis devenu roi ; je ne « veux pas employer mon pouvoir à gâter le « métier. Je suis né pour commander, et le « peuple pour obéir. »

MADAME DE BOUFFLERS disait à sa belle-mère, en réponse à une question indiscrète : « Si ma « mère et vous, vous étiez en danger de vous « noyer, je sauverais ma mère, et j'irais me « noyer avec vous. »

CETTE réponse rappelle le mot de M. de T. P., célèbre tout à la fois, et par les places éminentes qu'il occupe, et par les grâces de son esprit. Une dame le pressait vivement de questions pour savoir laquelle il préférait d'elle ou de madame ***. Monsieur de T. évitant de répondre d'une manière décisive, et cherchant à se tirer d'embarras par les compliments ordinaires, pour le pousser à bout, cette dame lui dit : « Je suppose que moi et madame *** « soyions en danger de nous noyer, laquelle « sauveriez-vous ? — *Je crois que vous nagez « mieux qu'elle*, répondit M. de T. P. »

Linguet ayant éte mis à la Bastille, vit entrer un matin dans sa chambre un grand homme pâle et sec, qui lui donna quelque frayeur. Il lui demande qui il est : « Monsieur, je suis « le barbier de la Bastille. — Parbleu, mon « ami, vous auriez bien dû la raser. »

L'abbé de Bernis s'était attiré les bonnes grâces de madame de Pompadour par la vivacité de son esprit, et surtout par les chansons qu'il composait pour elle. Elle lui avait fait obtenir un logement au Louvre, et venait de lui donner une toile de Perse pour meubler son nouvel appartement. Comme il descendait par un escalier dérobé, il rencontra Louis XV, qui voulut savoir d'où il venait, et ce qu'il portait. L'abbé le lui dit naïvement. « Tenez, dit

« le Roi, en tirant de sa poche un rouleau de « cinquante louis ; elle vous a donné la tapisse- « rie, voilà pour avoir les clous. Madame de « Pompadour m'a dit beaucoup de bien de « vous : je ne vous oublierai point. » Ce fut là l'origine de sa grande fortune.

L'AUTEUR des *Epreuves du Sentiment*, entrant chez le comte de Frise, le vit à sa toilette, ayant les épaules couvertes de ses beaux cheveux. « Ah! monsieur, dit-il, voilà vraiment « des cheveux de génie. — Vous trouvez? Si « vous voulez, je les ferai couper pour vous « en faire une perruque. »

LE baron de Poëlnitz avait changé deux fois de religion : de luthérien il s'était fait catholique, et de catholique protestant. Il n'avait eu en vue, dans ces changemens de religion, que ses intérêts particuliers. Un jour qu'il parlait à Frédéric II de sa pauvreté et de ses besoins, et qu'il mettait dans ses discours tout le feu dont il était capable : « Je voudrais bien vous être « utile, lui dit le roi, mais comment faire? « Vous savez que je ne puis suffire à tout qu'à « force d'économie, tant ce pays est pauvre. « Si vous étiez resté catholique, je pourrais « vous gratifier de quelque bon canonicat, j'en « ai de temps en temps à ma nomination, et « vous concevez que j'aimerais mieux vous « en donner un qu'à bien d'autres. Mais, main- « tenant, vous êtes réformé, c'est-à-dire, at- « taché à la religion qui est la plus pauvre de « toutes; elle ne m'offre aucun moyen de vous « secourir : c'est bien dommage, et j'en ai un « véritable regret. » Le baron fut trompé à l'air de bonhomie avec lequel Frédéric avait dit tout cela; il crut qu'il n'y avait rien de mieux à faire que de renoncer à la plus grande perfection, et de revenir à ce qui était le plus utile. Dès le soir même, il alla abjurer, et comme le roi lui avait annoncé qu'il y avait un riche canonicat catholique de vacant, il crut qu'il n'y avait pas un instant à perdre, et vint, le lendemain, déclarer que, suivant le conseil de Sa Majesté, il était redevenu catholique, et qu'il espérait que le roi effectuerait, envers un ancien serviteur de la famille royale, les espérances qu'il l'avait autorisé à concevoir. « J'en

« suis vraiment désolé, répondit le roi; mais « j'ai donné, ce matin même, le canonicat en « question. Ce contre-temps est cruel! Mais « pouvais-je deviner que vous étiez si prêt à « changer encore une fois de religion? Que « puis-je faire, maintenant?.... Ah! je me rap- « pelle qu'il me reste encore à nommer à une « place de rabin. Faites-vous Juif, et je vous « la promets. »

Après l'affaire de Port-Mahon, Frédéric dit au chevalier Mitchel, ministre d'Angleterre à Berlin: « Savez-vous bien, messieurs de l'An- « gleterre, que vous débutez fort mal. Com- « ment, dès votre première campagne, votre « flotte est battue et Port-Mahon est pris! Le « procès que vous faites à votre amiral Bing « est un mauvais emplâtre, qui ne guérit pas « le mal. Ah! vous avez fait là une fichue cam- « pagne! — Sire, il faut espérer qu'avec l'aide « de Dieu, nous en ferons une meilleure l'an- « née prochaine. — Avec l'aide de Dieu, mon- « sieur? Je ne vous connaissais pas cet allié là. « — Nous comptons beaucoup sur lui, quoi- « qu'il soit celui qui nous coûte le moins. —

« Comptez, comptez : vous voyez qu'il vous « en donne pour votre argent. »

M. DE VALORY, ministre de France auprès de Frédéric, accompagna ce monarque dans ses campements. Une fois il arriva que la tente de l'envoyé français fût placée à l'extrémité du camp. Les Autrichiens en furent instruits par quelques déserteurs, et, avant les quatre heures du matin, un détachement de Hongrois vint, sans bruit, envelopper la tente à dessein d'en enlever le maître. M. d'Arget, secrétaire de légation, était heureusement levé ; il se couvre de la belle robe de chambre de Son Excellence, et vient demander aux hussards ce qu'ils cherchent. « L'envoyé de France, « répondirent-ils. — Messieurs, c'est moi. » A ces mots, on le prend, on le jette sur un cheval, et l'on part au galop. Arrivé chez le général autrichien, celui-ci lui dit : « Vous « êtes bien M. de Valory, ministre de France « auprès du Roi de Prusse ? — Non, monsieur « le général, je ne suis que son secrétaire. — « Et comment donc avez-vous osé déclarer

« que vous étiez M. de Valory ? — Je l'ai osé, » parce que je le devais ; pouvez-vous m'en « blâmer, vous qui connaissez les lois de « l'honneur, et qui aimez ceux qui font leur « devoir ? » La présence d'esprit et la conduite de M. d'Arget plurent beaucoup au roi de Prusse, qui se hâta de le faire échanger, et le fit ensuite secrétaire de ses commandements.

Gentil Bernard, qui n'était rien moins que gentil, car il était lourd et épais, était un mangeur d'un appétit prodigieux. Son cœur et son esprit avaient besoin de peu d'activité. Ses sens étaient ce qu'il exerçait le plus. Lorsqu'ils commencèrent à s'affaiblir, il disait assez plaisamment : « Je suis tombé d'un dindon. »

A la bataille de Minden, le corps des Grenadiers de France, que commandait M. de Saint-Pern, était exposé au feu d'une batterie qui en emportait des files entières. Celui-ci, qui tâchait de leur faire prendre patience, se promenait devant la ligne au petit pas de son cheval, sa tabatière à la main. « Eh bien, mes « enfants, leur disait-il, en les voyant un peu « émus, qu'est-ce que c'est ? du canon ? Eh « bien ! ça tue, ça tue, voilà tout. »

Le poète Lebrun a fait espérer toute sa vie un poëme sur *la Nature*. C'est de lui que M. Palissot disait qu'il avait sa réputation dans sa poche ; sur quoi l'abbé de Lille observait assez gaiement, qu'il n'en était pas des réputations comme des olives, que les pochetées n'étaient pas les meilleures.

Pendant le séjour de M. d'Alembert à Ferney, où était M. Huber, on proposa de faire, chacun à son tour, un conte de voleurs. La proposition fut acceptée. M. Huber fit le sien, qu'on trouva fort gai ; M. d'Alembert en fit un autre, qui ne l'était pas moins. Quand le tour de M. de Voltaire fut venu : *Messieurs*, leur dit-il, *il y avait une fois un fermier-général ;.... ma foi*, j'ai oublié le reste.

Pinéti, qui s'est fait connaître pour le plus habile escamoteur qu'il y ait eu dans Paris, avait obtenu la permission d'ouvrir son spectacle sur le théâtre des Menus-Plaisirs du Roi; l'affluence y fut d'autant plus considérable, que la curiosité était bien moins excitée par son adresse surprenante, que par différents tours dont il paraissait impossible à la conception humaine de deviner les moyens. On suivait plusieurs représentations consécutives, on voyait répéter les mêmes effets, et l'on sortait sans en connaître davantage les causes, qui d'ailleurs ne tenaient point à des découvertes physiques, comme celles du célèbre Comus, qui, avec un génie exercé, et par un travail assidu, avait trouvé dans l'aimant et l'électricité, des propriétés jusqu'alors inconnues. On s'occupait, dans toutes les sociétés, de cet homme étonnant, ainsi que des prodiges qu'il opérait, et les recettes en étaient pour lui d'autant plus avantageuses. Cependant, comme on se lasse de tout, et plus aisément encore des choses sur lesquelles on est obligé d'avouer son ignorance, l'effervescence publique commençait à s'affaiblir, lorsqu'un petit incident, dont l'escamoteur sut tirer un grand parti, la ranima encore pour quelque temps, et produisit en sa faveur un enthousiasme général qui redoubla la foule des spectateurs.

Il parut un petit ouvrage intitulé : *La Magie découverte, ou les Tours du célèbre Pineti mis au jour par M. de Cremps.* L'édition en fut promptement enlevée, et chacun crut enfin posséder parfaitement ces secrets si recherchés. Mais Pineti afficha qu'il donnerait, tel jour, de nouveaux tours plus surprenants que tout ce qu'on avait vu jusqu'à présent, et il eut encore une assemblée très-nombreuse. La salle étant pleine, il se présenta sur le théâtre d'un air modeste, et se permettant de haranguer le public, il dit qu'ayant eu connaissance du petit ouvrage de M. de Cremps, qu'il tenait à la main, il l'avait étudié avec soin, y avait reconnu la manière d'opérer des tours agréables approchant beaucoup de plusieurs des siens, mais nullement celle par laquelle il procédait lui-même ; qu'il ne voyait donc dans le titre de ce livre que le désir de l'insulter, car il n'avait jamais eu de prétention à la magie ; et, dans son contenu, que la basse envie de lui ôter ses moyens de subsistance, en trompant le public, sous le faux prétexte de dévoiler ses secrets ; qu'au reste, il pardonnait de tout son cœur à l'auteur, parce qu'il était persuadé que la nécessité seule, plus encore que l'amour du gain, avait dicté cet ouvrage; mais que si, au lieu de recourir à des voies aussi odieuses, il avait eu l'honnêteté de s'adresser à lui-même, il aurait été enchanté de lui offrir les secours que les bontés du public le mettaient dans le cas de lui donner. Ici il fut interrompu par l'applaudissement le plus général; il ajouta ensuite que, pour prouver qu'il ne voulait point en imposer, il priait une des personnes qui étaient sur le théâtre, de prendre le livre, de lui indiquer, à sa volonté, l'un des tours qui y étaient cités, qu'il le ferait devant l'assemblée, en en expliquant publiquement les moyens et les procédés, et que l'on serait alors convaincu qu'ils n'avaient rien de commun avec ceux de M. de Cremps. Un des spectateurs prend en effet le livre, et indique le premier article qui lui tombe sous les yeux. Pineti l'exécute avec lenteur, en en détaillant hautement chaque procédé, et démontrant qu'aucun d'eux n'a le moindre rapport avec ceux énoncés dans l'ouvrage.

Alors il s'élève une voix du parterre qui crie : « Cela n'est pas vrai; il l'a toujours fait jusqu'à « présent comme il est marqué dans le livre. » On s'écrie à l'instant : « c'est sûrement de

« Cremps. — Oui, c'est moi ; et je suis prêt à « prouver ce que j'avance. » Aussitôt le parterre se jette avec la plus grande effervescence sur le malheureux interlocuteur, qui, pressé, baffoué, battu, demande grâce, et ne l'obtient qu'à condition d'aller s'humilier à genoux, sur le théâtre, aux pieds de Pineti. En vain celui-ci conjure, sollicite, de la manière la plus intéressante, l'indulgence du public : il fallut que la sentence prononcée s'exécutât. On transporte l'homme sur le théâtre, on le fait mettre à genoux. Pineti le relève avec bonté, l'embrasse, le conduit au fond du théâtre pour le faire sortir par une porte de derrière, et en même temps lui glisse dans la main une poignée d'écus, sous l'air du mystère, mais avec assez d'adresse pour qu'une grande partie des spectateurs l'aperçoive. Ce dernier trait de générosité, qui, en un instant fut connu dans toute la salle, ajouta infiniment à l'effet qu'avait produit son discours, ainsi que l'épreuve à laquelle il s'était soumis. Le petit ouvrage ne fut plus regardé que comme un libelle infâme, et pendant quinze jours les séances du théâtre des Menus furent plus courues que jamais.

Cependant peu à peu le bruit se répandit

que toute cette belle scène n'était qu'un nouveau tour de Pineti; et il fut démontré que le public seul avait été complétement *mystifié*, le prétendu de Cremps, si humilié, n'étant autre qu'un commissionnaire de place intelligent, qui avait parfaitement bien joué son rôle, et en avait été bien payé, l'indicateur du tour expliqué, et les assistants qui avaient excité la fureur du parterre étant les amis de l'escamoteur. Ceux mêmes qui en furent la dupe ne purent s'empêcher de rire d'une facétie aussi bien combinée; et l'on fut convaincu que Pineti avait en réserve beaucoup de tours, qu'il savait employer avec art dans les occasions.

A PEU PRÈS dans le même temps de la petite aventure de Pineti, et à l'époque où le public semblait exclusivement occupé des découvertes nouvelles dans les sciences, l'abbé Miolans, qui s'était adonné particulièrement à l'étude de la mécanique, imagina la construction d'une nacelle, qui, à la faveur d'ailes à ressort servant de rames, devait voguer dans les airs. Il fit annoncer son expérience dans les journaux, et l'affluence, soit des souscripteurs, soit des curieux, fut telle au jour indiqué, qu'on assure que la recette alla à près de huit mille francs. Cependant tous les essais pour enlever seulement de terre la machine furent inutiles, et après quatre heures consécutives d'attente, le public s'impatienta si fort, que l'abbé fut obligé de se soustraire, par la fuite, à la fureur des assistants. La nacelle fut brisée, et les jardins de M. le comte de Viennay, où elle avait été établie, furent très-endommagés. La prétendue découverte ne fut regardée que comme un charlatanisme pour attraper de l'argent, et l'effervescence contre le pauvre abbé fut générale à Paris.

Ce même jour, au parterre de l'Opéra, un particulier ayant devant lui un homme en redingote brune et perruque ronde, qui, par sa position, le gênait beaucoup, le pria fort honnêtement de se retirer un peu sur le côté. L'homme n'en tint compte, et répondit même assez brusquement à cette invitation. Le particulier, piqué, imagina un tour assez singulier pour le forcer à la retraite. Il dit assez haut pour être entendu : « Parbleu! il est bien « dur que M. l'abbé Miolans, après nous avoir « escroqué notre argent ce matin, vienne en- « core ici ce soir gêner nos plaisirs, et prendre

« un ton aussi impertinent!.... Quoi! c'est « l'abbé Miolans! s'écria-t-on..... Il faut le faire « miauler, dit quelqu'un. » Et ce mauvais calembour égayant le parterre, on se met à l'instant à serrer, à pincer, à piétiner le pauvre malheureux, qui eut beau assurer qu'il n'était pas l'abbé Miolans, ne put jamais parvenir à se faire croire. La rumeur fut telle, que le spectacle fut interrompu : les sentinelles s'avancèrent, et pour rétablir la tranquillité, elles furent obligées de faire sortir de la salle celui qui occasionait tout ce bruit. Ainsi, le plaignant, par cette espièglérie, obtint sa place franche, et trouva le moyen de se débarrasser tout-à-fait de son incommode voisin.

Frédéric II abhorrait autant les Autrichiens qu'il aimait les Français. Quelques-uns de marque parmi ces derniers, jaloux de se former à l'école de ce monarque, allèrent à Berlin l'année même où il mourut. Ils y observèrent, avec un vif intérêt, ses troupes, ses beaux établissements, ses excellentes institutions, le ton noble et militaire de sa cour.

Un seul regret les poursuivait, c'était de quitter Berlin sans avoir vu le roi, qui était alors sérieusement malade d'un commencement d'hydropisie. Le chevalier de V***, major d'un régiment de cavalerie, qui se trouvait de leur nombre, imagina de tenter, par des propositions généreuses, un des valets de chambre du monarque. Il réussit à en obtenir d'être placé, avec ses compagnons de voyage, dans un bosquet de charmille, près de la terrasse du château, où le roi se faisait ordinairement transporter à midi, pour y prendre l'air un instant. Cachés derrière des arbres touffus, ils y attendirent l'heure désirée. Le temps était beau; Frédéric arriva traîné dans un fauteuil à roulettes, vêtu en uniforme, chapeau sur la tête, mains gantées à la Crispin, tenant une houssine, cuisse et jambe droite enveloppées d'une énorme quantité de langes (l'hydropisie affectant déjà ce côté du corps) ; cuisse et jambe gauche culottées, et bottes avec éperons. A l'aspect de cet accoutrement militaire, où l'on découvrait à la fois l'homme de guerre, toujours prêt à monter à cheval ; l'homme souffrant, payant, malgré lui, tribut à la nature ; l'homme-roi, conservant un air de dignité auguste ; les Français, quoique remplis d'admiration pour ce héros, ne purent s'empêcher de rire assez fort pour trahir leur présence. « D'où vient ce bruit », s'écria aussitôt ce vieux général ; « qu'on arrête les audacieux indiscrets qui se sont « glissés dans mon parc, et qu'on les punisse « sévèrement. Mais s'ils sont Français, qu'on « ne leur fasse rien, ils se moquent de tout. « Nation légère ! »

Un avare, qui n'était pas moins attaché à son plaisir qu'à son trésor, avait beaucoup de peine à satisfaire deux penchants dont le contraste faisait le supplice de sa vie. Voici le moyen qu'il avait imaginé pour les mettre d'accord. Il s'était imposé la loi de ne jamais dépenser au delà d'une certaine somme fort au-dessous de son revenu. Lorsque quelque tentation l'exposait à enfreindre la loi, il capitulait avec lui-même, et se mettant à genoux devant son coffre-fort, il lui exposait de la manière la plus touchante le besoin d'un secours extraordinaire, et lui demandait ensuite comme un emprunt la somme qu'il lui fallait;

mais pour se garantir à lui-même la sûreté du prêt, il ne manquait jamais de déposer dans le coffre-fort un diamant qu'il avait coutume de porter au doigt, et ne se permettait de le reprendre qu'après que le vide dont ce bijou était le gage avait été rempli par son économie sur d'autres dépenses.

M. d'Ufel, gentilhomme lyonnais, a conservé, jusqu'à l'âge le plus avancé, une gaîté originale, sous laquelle perçaient cependant beaucoup de symptômes d'égoïsme, mais qu'il trouvait le moyen de rendre plaisants.

Célibataire, et jouissant d'une fortune considérable, il devait être naturellement entouré de beaucoup de collatéraux, et ne voulant pas être gêné dans l'intérieur de son appartement, il avait mis sur la porte de sa chambre un écriteau portant en gros caractères ces mots : *Ne veux neveux.*

Etant à table avec tous ses parents, il leur disait : « Mes amis, vous avez tous des droits « égaux à ma succession : elle sera bonne, et « je vous aime tous également. Cependant je

« suis décidé à ne faire qu'un héritier, et je ne « sais sur qui fixer mon choix; c'est à vous-« mêmes à le déterminer. Celui qui me fera le « plus de présents pendant ma vie aura mes « biens après ma mort. » Quoiqu'il eût l'air de faire une plaisanterie, ses neveux le connaissaient trop bien pour ne pas savoir que c'était réellement le moyen de lui plaire, et que tout en ayant l'air de badiner, il avait dit franchement sa pensée. Aussi s'empressaient-ils de lui faire des cadeaux, qu'il acceptait avec beaucoup de plaisir, en leur disant, pour continuer sa plaisanterie: « Dieu vous le rende. »

Ayant rassemblé une nombreuse société à sa terre de Dortans, des jeunes gens, fatigués d'une partie de chasse qu'ils avaient faite, se délassaient auprès d'un grand feu à la cuisine. L'un d'eux s'était endormi profondément au coin de la cheminée, lorsque ses camarades imaginèrent fort imprudemment d'attacher le crochet du tournebroche à la ceinture de sa culotte, et de remonter précipitamment la roue, de manière que le malheureux patient se réveille suspendu en l'air, au risque de s'écraser contre terre, si le soutien venait à manquer. M. d'Ufel, attiré par les cris de la victime et les éclats de rire des assistants, entre, et frappé de ce spectacle, s'écrie : « Que d...., « messieurs, avec vos plaisanteries, vous ris- « quez de casser mon tournebroche. » On peut imaginer la colère du nageur à sec, qui s'attendait à être délivré à cause de son propre danger, et non par rapport à celui de l'ustensile de cuisine, dont il s'embarrassait fort peu dans sa position.

M. d'Ufel, revenant à Paris, d'où il s'était absenté depuis assez long-temps, rencontra, au moment de son arrivée, l'abbé de Lattaignant, son ancien ami, qui, enchanté de le voir, et ne voulant pas le quitter de la journée, lui proposa de le mener passer la soirée chez des dames de sa connoissance très-gaies, et où il serait fort bien accueilli. M. d'Ufel voulut s'excuser sur ce qu'il était en habit de voyage, qu'il ne connaissait point ces dames, qu'il était fatigué de la route, et qu'on lui ferait sur ses courses beaucoup de questions auxquelles il ne se souciait pas de répondre. « Qu'à cela ne tienne, lui dit l'abbé, je te pré- « senterai comme un baron allemand qui m'est « recommandé, et qui arrive à l'instant sans « savoir un mot de français. Si tu veux même, « je t'annoncerai comme sourd et muet, ayant « d'ailleurs reçu une bonne éducation, et jouant

« tous les jeux de société. Ainsi, tu pourras te « mettre à ton aise, et tu seras bien sûr qu'on « ne te fatiguera pas de questions. » M. d'Ufel trouva cette dernière idée plaisante, partit avec l'abbé, fut présenté aux dames comme il avait été convenu, et joua si parfaitement son rôle, qu'elles en furent complétement dupes. On lui proposa par signes une partie de reversi avec trois dames; il accepte, et l'abbé de Lattaignant, faisant une autre partie, a soin de se placer près de lui, sous prétexte de l'aider à se faire comprendre. Les dames badinent d'abord sur le sourd et muet. Peu à peu les plaisanteries augmentent et deviennent entre elles d'un ton de gaîté telle, que M. d'Ufel est obligé de faire tous ses efforts pour s'empêcher d'éclater de rire. A force de se contraindre, il ne peut retenir un vent fort bruyant. L'abbé se retourne avec précipitation : « Mesdames, « dit-il d'un grand sang-froid, je vous demande « pardon : mais comme il est sourd...... » A ce mot, M. d'Ufel n'y peut plus tenir : il part d'un éclat de rire, et se voyant découvert, saute sur son chapeau, et veut se sauver. Mais les dames, qui trouvèrent la scène très-divertissante, l'arrêtèrent et le forcèrent à rester dans la société, que sa gaîté ne fit qu'animer davantage.

M. DE ROUGEMONT, élevé avec beaucoup de soin dans les pensions et colléges où il fut mis dès son enfance, placé ensuite dans le régiment de L., où il parvint à la compagnie de Grenadiers, passait pour un gentilhomme de province, orphelin, et jouissant d'une agréable fortune. Ayant eu le malheur de ne se point connaître de parents, il se gardait bien de révéler son secret; mais il se croyait fermement le fils de Louis XV, et plusieurs circonstances extraordinaires semblaient confirmer cette opinion. Une belle figure, un nez aquilin, de grands yeux noirs, un teint un peu basané, lui donnaient en effet quelque ressemblance avec le Roi. Il avait ordre de se rendre le premier de chaque mois, quand il était à Paris, dans une allée désignée du jardin du Luxembourg : là, il trouvait assis sur un banc un petit homme habillé de noir, qui lui remettait un sac de cent pistoles, et lui défendait expressément de le suivre, sous peine de voir cesser sa pension, qui lui était payée par lettre de change, et avec la même exactitude, à sa garnison. S'il avait fait quelques dettes, elles étaient acquittées, sans qu'il pût imaginer par quels moyens on en avait eu connaissance ; mais dans ces cas-là, il éprouvait parfois quelques légères retenues, et il était averti en même temps que l'abus des bontés de ses bienfaiteurs pourrait y mettre un terme, s'il n'était pas plus rangé. Dès qu'il demandait un congé, il l'obtenait avec la plus grande facilité. Il était accueilli avec bonté chez le ministre de la guerre. Enfin, tout concourait à le persuader de son illustre origine.

Cependant il allait habituellement chez madame Act, veuve d'un riche financier, qui le recevait avec la plus tendre amitié, et qu'il rendait confidente de toutes ses conjectures, lui faisant très-souvent part du chagrin qu'il avait de ne pouvoir embrasser ses parents. Il lui était d'autant plus attaché, qu'elle paraissait partager ses peines avec la plus vive sensibilité. Un jour, dans une effusion de tendresse, cette dame, à laquelle on ne connaissait que deux filles richement mariées, et qui avait lieu de se plaindre de leurs procédés, dissipa toutes ses illusions, en lui avouant qu'il était son fils, né pendant son mariage, et que c'était elle qui l'avait élevé et entretenu jusqu'à ce jour. Mais elle exigea impérieusement qu'il se fît reconnaître publiquement, et demandât contre ses sœurs le partage des biens de M. Act. Ce projet présentait de grands avantages, mais il n'était pas sans difficultés. Beauconp de preuves appuyaient l'assertion de la mère ; mais l'enfant n'avait pas été baptisé sous le nom du père qu'on l'engageait à réclamer judiciairement. L'affaire fut portée au parlement de Paris, et soutenue de part et d'autre avec la plus grande vivacité. Madame Act ne craignait pas de dire à ses juges : « Ou vous déciderez qu'il est mon fils, ou je l'épouserai ; » et ce dilemme présentait une perspective également fâcheuse pour la fortune de ses filles. Enfin, intervint un arrêt fort singulier, par lequel on adjugea à M. de Rougemont, comme fils naturel de madame Act, né pendant le mariage, douze mille livres de pension viagère sur les biens de M. et madame Act. Un jugement aussi contradictoire en lui-même étonna tout Paris ; mais on connut bientôt les motifs qui l'avaient déterminé, et qui avaient engagé les plus grands seigneurs à s'intéresser à cette affaire.

Le prince de Condé avait épousé la fille du maréchal de Soubize, et devait hériter des grands biens de cette maison. Mais madame de Soubize, séparée de son mari pour cause d'inconduite, était accouchée en Alsace d'un fils, qui, né pendant le mariage, pouvait réclamer son état et les substitutions considérables qui y étaient attachées. Il s'était même déjà présenté sous son nom auprès du maréchal, qui lui avait offert une forte pension, s'il voulait entrer dans l'ordre de Malte, et y faire ses vœux. L'arrêt concernant M. de Rougemont, en anéantissant ses prétentions, fondées entièrement sur les mêmes bases, le décida à accepter une offre aussi généreuse, et étouffa d'avance le procès le plus scandaleux.

Je ne dois pas omettre de dire que M. de Rougemont, dont il s'agit ici, est le même qu'on a vu depuis lieutenant de roi du château de Vincennes, et qui, joignant à la fermeté qu'exigeaient les devoirs de sa place, toute la sensibilité que pouvaient admettre ses fonctions, a été bien loin de mériter les diatribes injurieuses qu'ont lancées contre lui Linguet et Mirabeau.

M. Languet, curé de Saint-Sulpice à Paris, ne se faisait point scrupule, non seulement de demander, mais même de prendre le superflu des gens riches, soit pour les pauvres de sa paroisse, soit pour la construction et l'ornement de son église. On le connaissait si bien sur ce ton-là, et l'on était si sûr d'ailleurs du bon usage qu'il faisait de tous ces dons volontaires, ou forcés, qu'on n'était point étonné de le voir emporter quelques couverts d'argent dans les maisons où il était invité à dîner. Il avait soin cependant d'en avertir, quoique sous l'air de la plaisanterie, pour qu'on ne soupçonnât pas les domestiques.

Son frère, évêque d'Amiens, avait reçu d'un prince étranger, auquel il avait rendu des services essentiels, une superbe croix pectorale, ornée de diamants de la plus grande valeur. Cette croix ayant été faussée, et l'un des diamants déchaussé, il l'envoya à son frère pour la faire raccommoder. Celui-ci en fit faire une absolument pareille en stras, l'adressa à son frère, sans l'avertir de ce changement, et plaça la véritable en couronnement à l'ostensoir de son église. Long-temps après, l'évêque ayant chez lui des connaisseurs en ce genre, voulut leur faire admirer sa croix, qu'il tenait soigneusement enfermée dans un étui; mais il fut étrangement surpris, quand, à l'ouverture, on lui dit et on lui prouva que les diamants étaient faux. Il écrivit tout de suite à son frère, pour le prier de faire arrêter l'ouvrier auquel il s'était confié, et qui l'avait volé aussi impudemment. « Ne faites point de ju-« gement téméraire, mon cher frère, répon-« dit le curé, et ne soyez point inquiet de vo-« tre croix. Elle formait sur votre poitrine un « ornement bien inutile; à présent, elle est « l'objet de la vénération des fidèles; elle em-« bellit la demeure du Saint des Saints, et je « vous engage à venir vous prosterner devant « elle. »

Ce même curé s'étant présenté chez M. le prince de Condé pour le prier de se charger du paiement des serrures de son église, le prince accueillit avec bonté sa demande, et voulut bien, sur ses instances, lui donner un billet de sa main pour ordonner de mettre cet objet sur ses comptes. Le curé en sortant ajouta un trait en travers de la première lettre du mot *serrures*, et en fit ainsi celui *ferrures*. Quoique cette supercherie grammaticale formât un supplément de dépense très-considérables, Son Altesse ne fit qu'en rire, et ordonna de solder les mémoires.

En 1775, le Roi fit plusieurs réformes dans ses troupes, M. de N.... de B., qui était fort économe, et qui aimait beaucoup les nouvelles, parce que cela ne coûtait rien, demanda dans une société s'il y avait quelque chose de nouveau. On lui dit qu'une ordonnance du Roi venait de réformer les Cadets. (Il s'agissait des jeunes gens qui, destinés à être officiers, commençaient leur service sous cette dénomination). « Ah! répondit de bonne foi M. de N...., « qui ne connaissait de cadets que les frères « d'un aîné, on aurait bien dû faire cette opé- « ration plutôt; il y a un mois que j'ai payé la « légitime aux miens. »

Les Cadets de famille, en Bretagne, étaient très-mal partagés du côté de la fortune, et presque entièrement dans la dépendance de leurs aînés qui possédaient tous les biens. MM. de Kerdon, nés dans cette province, étaient deux frères placés dans le même régiment, et très-liés ensemble, quoique fort opposés de caractère. Ils se contrariaient souvent avec d'autant plus d'opiniâtreté, que leurs camarades se plaisaient à les agacer l'un contre l'autre. Lorsque la querelle s'animait trop, l'aîné la faisait cesser, en disant d'un grand sang-froid à son valet : « Va me changer ce « louis, je veux payer la légitime à mon frère. »

M. Bouvard était le médecin habituel du couvent de Panthemont. Chaque fois qu'il y allait, l'abbesse, impitoyable causeuse, l'impatientait par le récit fastidieux de tous les détails du monastère. Un jour qu'il sortait par la première porte qu'il trouva donnant dans l'extérieur : « Que faites-vous donc! lui dit « l'abbesse, vous prenez le chemin le plus « long. — Eh non, madame, répondit-il, il « sera plus court de tout ce que vous me di- « riez. »

Etant un jour allé voir un de ses malades, le suisse l'arrêta, en lui disant qu'il était inutile qu'il montât, parce que le malade était mort dans la nuit : « Il est mort, reprend « M. Bouvard ; *ah! le gaillard!!!* » et il remonte en voiture.

Monsieur de Bastard, chancelier de monseigneur le comte d'Artois, était accusé de prévarications graves ; il tomba malade au moment où il allait être jugé. On demandait de ses nouvelles à Bouvard, qu'il avait fait appeler : « Le pauvre homme ! il mourra : *il* « *ne peut plus rien prendre.* » Il mourut, en effet ; et, le lendemain, Bouvard disait : *Il est bien heureux ; je l'ai tiré d'affaire.*

Un homme de condition était très-malade à une terre en Auvergne éloignée de tout secours. M. Bouvard se trouvait par hasard à Clermont. On propose de l'envoyer chercher : « C'est un médecin trop considérable, dit le « malade, je n'en veux point ; je préfère le « chirurgien du village : qu'on l'aille cher- « cher, il n'aura peut-être pas la hardiesse de « me tuer. »

M. de Pury, citoyen de Neuchâtel, resta, à l'âge de dix-neuf ans, orphelin et sans fortune ; mais il était né avec un esprit ardent, porté aux calculs, et exercé par l'habitude du commerce dans lequel il avait été élevé. Toujours occupé de spéculations, il crut en apercevoir une très-avantageuse à faire, à la foire de Leipsick, relativement à sa médiocre situation. Cependant, ayant combiné ses moyens, il s'assura que, pour réussir, il lui faudrait ajouter six cents livres (900 livres de France), aux petites épargnes qu'il avait faites jusqu'alors. Mais comment se procurer cette somme? Il ne pouvait trouver à l'emprunter sur la simple hypothèque de ses projets. Il ne doutait pas au moins qu'elle ne lui fût facilement accordée par ses proches parents, dont l'aisance lui était connue. Il s'adressa à eux avec toute la confiance de son âge : mais il était dans la détresse : il fut rebuté, méconnu et traité fort durement par ceux mêmes sur l'amitié desquels il croyait pouvoir le plus compter. Accablé de ce coup inattendu, mais toujours rempli de son projet et de ses espérances de succès, il porta hardiment sa demande à l'un des magistrats municipaux chargés de la direction de la bourse des orphelins, établissement précieux formé depuis long-temps en cette ville, pour soustraire cette classe malheureuse de la société aux horreurs de la misère, en lui fournissant des moyens de travail, et auquel les citoyens s'empressaient généralement de contribuer. Celui auquel il s'adressa était un homme sensible et pénétrant, qui l'écoutait d'autant plus favorablement, qu'en causant avec ce jeune homme, il aperçut en lui tous les principes de la probité la plus exacte et le germe d'un génie qui n'avait besoin que d'être encouragé pour entreprendre avec fruit les plus grandes opérations. Il s'intéressa vivement à lui, et parvint à obtenir du Conseil la somme demandée. M. de Pury partit avec cet argent, réussit au-delà de ses espérances dans sa spéculation; et, sur ses bénéfices, en entreprit d'autres qui ne furent pas moins lucratives. Toujours favorisé de la fortune, il sut étendre, avec autant de prudence que de hardiesse, le cercle de ses projets, s'adonna au commerce maritime, y fut également heureux, et différentes circonstances l'ayant engagé à séjourner quelques années dans les Indes, il y acquit des richesses immenses, avec lesquelles il revint enfin dans sa patrie, jouir du repos qu'il avait mérité par des fatigues proportionnées à ses succès. L'accueil empressé que lui fit alors sa famille, en le voyant arriver comblé des dons de la fortune, ne lui fit point oublier celui qu'il en avait reçu dans sa jeunesse, et dont il avait été vivement affecté. Il s'y prêta néanmoins sans morgue, mais avec froideur, et annonça assez hautement qu'il ne reconnaissait pour véritables parents, que ceux qui, par leur générosité, avaient été les premiers auteurs de sa fortune. Il donna bientôt une preuve de ce sentiment, en faisant construire à ses frais, dans la ville de Neuchâtel, un très-bel hôpital, au frontispice duquel il ne permit pas qu'on mît autre chose que cette simple et modeste inscription : *Civis pauperibus*. Peu après, il fit bâtir l'hôtel de ville, qui est un des plus beaux monuments de cette cité; et ne bornant pas sa reconnaissance à des établissements fastueux, il servit son pays plus utilement encore, en procurant une communication facile entre Valengin et Neuchâtel, par la confection d'une grande route superbe, pratiquée entre des montagnes regardées jusqu'alors comme du plus difficile accès; communication qui amène l'abondance des denrées dans la ville, et facilite les transports du commerce et de l'industrie dans tous les environs. Enfin, par son testament, après quelques legs en faveur de ses parents, il institua les pauvres et les orphelins ses héritiers, sous la direction du corps municipal chargé de recueillir et d'administrer sa succession, et en 1775, il emporta au tombeau les regrets de ses concitoyens, en leur laissant le souvenir éternel de ses bienfaits.

M. Malonin, célèbre médecin de la faculté de Paris, et de l'Académie des Sciences, était devenu le médecin à la mode. Il était surtout recherché par les gens de lettres et les savants; mais il voulait qu'ils ne se permissent aucune observation sur ce qu'il prescrivait : il exigeait une confiance entière, une soumission aveugle, et il se brouillait avec ses meilleurs amis, lorsqu'il leur arrivait de faire quelques plaisanteries sur la profession de médecin. L'un d'eux, avec lequel il avait rompu pour cette raison, étant tombé dangereusement malade, le docteur se rendit chez lui d'office, et lui dit : « Je « vous hais, je vous guérirai, et je ne vous « verrai plus. » Il tint parole sur tous les points.

Une autre fois, un philosophe célèbre l'étant venu remercier, au bout de quatre ans, comme guéri par un remède qu'il lui avait indiqué, et qu'il avait eu la patience de pratiquer aussi long-temps, il l'admira, et s'écria : « Embras- « sez-moi; vous êtes digne d'être malade. »

Madame la comtesse d'Egmont étant au bal de l'Opéra, un masque s'acharnait à l'intriguer, et la tourmentait d'autant plus, qu'elle ne pouvait le reconnaître, et qu'il lui détaillait les particularités les plus secrètes de sa vie. Enfin, pour prouver jusqu'à quel point il était lié avec elle, il alla jusqu'à lui dire tout haut qu'elle avait une marque de fraise sur la cuisse gauche. A ce mot, elle fut furieuse, et appelant la sentinelle : « Arrêtez, lui dit-elle, ce « masque qui m'insulte. » Sur cela, l'homme découvre son visage, et elle voit le maréchal de Richelieu son père.

Plusieurs jeunes filles du village de Saint-M., âgées de dix-huit à vingt ans, vinrent chez la dame du château la prier de leur prêter des voiles blancs, et autres ajustements de la même couleur. « Qu'en voulez-vous faire ? » leur demanda-t-elle. — « Madame, c'est que « demain est une grande fête; monsieur le « curé est bien aise que nous nous déguisions « en vierges. »

Madame de Cazenove, quoique n'étant plus dans la fleur de la jeunesse, plaisait encore généralement par les grâces d'une figure intéressante et par les charmes de son esprit. Un jeune officier du régiment de la Mark, qui en était devenu très-épris, et dont elle accueillait froidement les transports, se trouvant avec elle dans un bal de société où elle était dans la plus grande parure, la vit passer dans une pièce voisine, allant y prendre quelques rafraîchissements, et la suivit avec empressement. S'y voyant tête à tête avec elle, il lui fit les déclarations les plus passionnées; et ne recevant en réponses que des plaisanteries, il tira un pistolet de sa poche, et la menaça de se brûler lui-même la cervelle, si elle ne lui accordait le tendre retour auquel il aspirait. « Oh ! pas « ici, monsieur, lui dit-elle en se retirant de « côté, vous tacheriez ma robe ». L'officier furieux remet son pistolet dans sa poche, et sort avec un air désespéré, en fermant brusquement la porte derrière lui. Cependant madame de Cazenove, connaissant la vivacité de ce jeune homme, et craignant les suites de son emportement, ne le voyant plus reparaître, ne tarda pas à concevoir les plus fortes inquiétudes. Elle passa près de deux heures dans une perplexité réelle, et se décida enfin à faire part de tout ce qui s'était passé, et de ses craintes, au major du régiment, qui se trouvait dans la même assemblée, et qu'elle savait être l'ami et le protecteur de cet officier. Elle le pria d'aller prendre les informations les plus positives, et de les lui rapporter incessamment. Le major eut l'air de partager ses inquiétudes, tout en tâchant de les calmer. Il sortit, et ne revint qu'une heure après; et affectant un air très-affligé : « Ah! madame, lui dit-il, quelle triste « commission m'avez-vous donnée! Vous qui « connaissez la tête inconséquente de ce jeune « homme, comment n'avez-vous pas pensé « aux suites des plaisanteries piquantes dont « vous l'accablez depuis si long-temps? — Eh « bien, monsieur, qu'est-il donc arrivé? — En « vous quittant, il est allé se jeter.... — Où « donc? s'écria-t-elle dans le plus grand effroi. « — Hélas! madame.... sur son lit, où je crains « qu'un profond sommeil ne lui fasse oublier « les rigueurs de l'amour. »

Un des personnages du siècle dernier, les plus singuliers par leurs distractions, était Rouelle, démonstrateur de chimie au Jardin du Roi. C'était un homme de génie ; c'est lui qui a créé la chimie en France, quoiqu'il eût peu d'instruction et qu'il n'ait rien écrit. Il parlait avec une extrême pétulance, mais sans correction ni clarté, et il avait coutume de dire qu'il n'était point de l'académie du *beau parlage*. Ses vues étaient toujours profondes, mais il cherchait à en dérober la connaissance à ses auditeurs ; cependant il les expliquait fort au long, et quand il avait tout dit, il ajoutait : *Au reste, ceci est un de mes arcanes que je ne dis à personne*. Souvent un de ses élèves se levait et lui répétait à l'oreille ce qu'il venait de dire tout haut ; alors Rouelle croyait que l'élève avait découvert son arcane par sa propre sagacité, et le priait de ne point divulguer ce qu'il venait de dire à deux cents personnes.

Un jour, se trouvant dans un cercle où il y avait plusieurs dames, et parlant avec sa vivacité ordinaire, il défait sa jarretière, tire son bas sur ses souliers, se gratte la jambe à deux mains, remet son bas, et continue de parler sans soupçonner ce qu'il venait de faire.

Dans ses cours, il avait ordinairement pour aides son frère et son neveu. Ces aides ne s'y trouvaient pas toujours, et Rouelle criait *neveu ! éternel neveu !* et l'éternel neveu ne venant pas, il allait lui-même dans son laboratoire chercher les vases dont il avait besoin pour ses expériences, et continuait sa leçon comme s'il était en présence de ses auditeurs ; à son retour il avait ordinairement achevé la démonstration, et rentrait en disant : Oui, messieurs ; et alors on le priait de recommencer.

Un jour, faisant une expérience, il disait à ses auditeurs : « Vous voyez bien, messieurs, « ce chaudron sur le brasier ? eh bien ! si je « cessais de remuer un seul instant, il s'ensui- « vrait une explosion qui nous ferait tous sauter « en l'air. » En disant ces paroles, il ne manque pas d'oublier de remuer, et sa prédiction fut accomplie. L'explosion se fit avec un fracas épouvantable : toutes les vitres furent cassées : heureusement personne ne fut blessé, parce que le plus grand effort de l'explosion avait parti par l'ouverture de la cheminée. Le démonstrateur en fut quitte pour sa perruque. *J'ai bien du malheur*, disait-il en racontant l'aventure, *c'était ma plus belle !*

(*) M. de Chalut, receveur-général des finances, possédant une immense fortune, et gémissant de n'avoir pas d'enfants, alla, de concert avec sa femme, à l'hôpital des Enfants-Trouvés. Ils y prirent une petite fille qui leur plut par ses grâces ingénues, l'élevèrent auprès d'eux, et la marièrent avec des avantages considérables, à M. de Ville, secrétaire intime de M. le comte de Vergennes, et dont on ne peut faire un plus grand éloge qu'en disant qu'il était digne de toute la confiance de ce respectable ministre.

Madame de Chalut étant morte, M. de Chalut vint apporter à sa fille adoptive une somme de cent mille écus, provenant de la vente des diamants, bijoux, dentelles, robes, vaisselle et autres effets que sa femme avait légués à madame de Ville. La jeune personne, en acceptant ce don, demanda si cela lui appartenait en propre, ou devait entrer dans la communauté. Sur la réponse que c'était une propriété dont elle pouvait disposer, elle se rendit à l'hôpital des Enfants-Trouvés, et, par une modestie bien rare, voulant consacrer sa reconnaissance pour les soins qu'on avait eus de ses jeunes ans, elle plaça cette somme en leur faveur, pour en former quinze mille livres de rentes perpétuelles destinées à marier annuellement deux filles.

Les sous-lieutenants de trois régiments en garnison à Verdun formèrent une de ces ridicules associations connues sous le nom de *Calotte*, et devenues fameuses par les derniers excès de l'extravagance. Après avoir nommé pour général celui d'entre eux qui possédait le plus de moyens oratoires, la tête la plus chaude, la bravoure la plus brillante, ils se rendirent à un café situé près du pont intérieur de la ville. Là, il fut décidé, à l'unanimité, qu'on obligerait tous les passants, d'abord de tourner le dos au café, puis d'y faire face, en répétant trois fois le mot *Bischt* en présence du général, entouré de six membres de la vénérable Calotte.

M. de Pâris, frère de M. du Verney, intendant de l'Ecole Militaire et de Montmartel, n'étant encore qu'officier d'artillerie, traversa par malheur, en allant en sémestre, ce groupe d'étourdis établis sur son passage. Le général fit arrêter la voiture de ce militaire, et lui signifia l'ordre absolu de la suprême Calotte. En vain M. de Pâris représenta-t-il plusieurs fois avec douceur qu'il avait été souvent membre de semblables réunions, où l'on ne manquait jamais de traiter avec quelques égards des demi-vétérans tels que lui; plus vainement encore invoqua-t-il la bienveillance de cette bande redoutable, en s'autorisant de sa qualité de sémestrier pressé de continuer sa route. On écarta sa requête, et l'on insista sur l'exécution de la loi rendue par *la sagesse de l'auguste société calottine.*

M. de Pâris était méthodique, plein de mesure; mais une fois sa tête partie, rien ne pouvait en arrêter l'essor. Voyant donc l'inutilité de ses paroles, il descend froidement de voiture, tourne le dos au café, et satisfait à l'entière obligation, en prononçant le singulier monosyllabe exigé par ces jeunes fous. Ensuite, s'adressant d'une voix ferme à leur chef: « Sachez, lui dit-il, que je suis aussi général de « ma Calotte, et que tout ce qu'on me fait « faire malgré moi, j'ai l'habitude de l'ordonner « aux autres. Voudriez-vous donc bien, en « conséquence, monsieur, me tourner le dos, « puis me regarder, et proférer trois fois *Bischt*? « car ce mot admirable me plaît beaucoup. — « Ah! ah! s'écrie en riant le chef de la Calotte,

« c'est assez drôle ; monsieur feint d'oublier « que nous commandons ici. — Je ne sais si je « l'oublie, repart brusquement Pâris, mais je « sais, à n'en pas douter, qu'il n'y a qu'un.... « lâche qui puisse méconnaître mes ordres ab- « solus. » A ces mots, le chef de la Calotte met sur-le-champ l'épée à la main ; Pâris l'imite, et le tue. « A d'autres, crie-t-il en fureur, si « l'on ne veut m'obéir promptement ! » Second duel, un mort de plus. « A d'autres ! » continue le victorieux bouillant de colère. Troisième combat, où il renverse encore son ennemi sur le carreau. « C'en est assez, messieurs, dit-il « alors, je suis l'insulté et le vengé. Vous êtes « sans doute trop braves pour n'être pas satis- « faits de mes preuves, et vouloir devenir des « assassins ; un seul homme ne saurait se battre « contre une armée. Cette leçon nous sera éga- « lement utile à tous. » En achevant ces mots, il remonte en voiture, et on le laisse partir.

Le chevalier de Montchat, recherché dans toutes les sociétés par son amabilité, et parvenu, par ses talents militaires, au grade d'officier-général, après avoir commencé sa carrière par être lieutenant d'infanterie au régiment de Picardie, se trouva chez le prince de Condé, dont il était particulièrement aimé, avec plusieurs jeunes seigneurs de la cour, qui, en attendant que le prince parût, exhalaient leur humeur sur une nouvelle ordonnance portant création de régiments de Chasseurs qui seraient donnés à d'anciens lieutenants-colonels. Ils prétendaient que c'était un passe-droit qu'on leur faisait, en accordant à des officiers de fortune des places qui, naturellement, devaient être destinées à la naissance. Le chevalier de Montchat demanda, d'un air de bonhomie, ce qu'on entendait par cette qualification d'officier de fortune. On lui répondit de bonne foi qu'il s'agissait de ces militaires gentilshommes de province, qui, ayant débuté par être officiers subalternes, étaient parvenus aux grades de major, commandant de bataillon, ou lieutenant-colonel. « Ah! répliqua le chevalier, je m'étais bien « trompé : j'avais toujours appelé ces gens-là « des officiers de mérite. Mais, messieurs, « vous avez bien tort de vous plaindre ; vous « ne savez pas combien cela est heureux pour « vous. J'ai beaucoup vécu avec ces préten- « dus officiers de fortune ; ils ne sont pas riches ;

« ils n'ont pas de petits chevaux bien ramas-« sés, bien fringants, mais de grandes et lon-« gues haridelles, sur lesquelles on peut mon-« ter deux ou trois. Mettez-vous en croupe « derrière eux un jour de bataille, et vous au-« rez là d'excellents chefs de file. » Le prince de Condé, qui, en entrant, entendit la fin de cette conversation, et craignit qu'elle ne devînt très-sérieuse, la tourna en plaisanterie. « Messieurs, dit-il, prenez garde à Montchat; « ne l'attaquez pas, ou il vous donnera le coup « de griffe. »

M. Willermoz, médecin très-accrédité dans une grande ville de province, étant allé à Paris pour retirer différentes sommes qui lui étaient dues, et étant logé dans un hôtel garni, sans autres domestiques que ceux de l'auberge, s'aperçut que journellement il lui manquait quelques louis sur l'argent qu'il fermait dans son bureau; il en porta ses plaintes à l'hôte, dont il connaissait la probité. Celui-ci ne balança pas à lui dire qu'il répondait de tout ce qui appartenait aux personnes logées chez lui, et le pria de compter son argent en sa présence avant de sortir, pour savoir s'il lui en manquerait à son retour. En effet, le soir, en vérifiant les sommes, il fut démontré qu'il y manquait encore deux ou trois louis. L'hôte annonça alors qu'il connaissait parfaitement l'auteur du vol. C'était une servante de la maison, qui, chargée habituellement de ranger cette chambre, en avait eu seule la clef dans la journée. On fit entrer la pauvre créature, qui fut bientôt convaincue ; elle avoua qu'à l'instigation de son amant, clerc de procureur, qui lui avait procuré de fausses clefs, elle avait volé peu à peu trente louis. Il lui en restait environ quinze qu'elle rendit, donna ses hardes en gage à son maître pour le surplus, que celui-ci se chargea de restituer, et fut chassée honteusement.

Cependant cette aventure n'ayant pu être secrète dans la maison, le ministère public en fut informé, et l'on fit arrêter la fille. M. Willermoz fut assigné pour être ouï, et sa déposition devait ou innocenter la coupable, ou la conduire au supplice, selon la rigueur des lois. Touché de compassion pour cette misérable servante, n'ayant d'ailleurs rien perdu, puisque tout lui avait été restitué, il n'hésita pas à affirmer qu'il n'avait point à se plaindre de cette fille, qu'il la reconnaissait pour honnête; et se félicita d'avoir pu lui sauver la vie. Elle fut en effet mise en liberté, déchargée d'accusation faute de preuves, et alla retrouver son amant, qui ne vit dans la bonté du docteur qu'une belle occasion d'exercer ses talents. Ce fut par ses conseils que cette artificieuse créature intenta à l'hôte et au médecin un procès criminel pour cause de diffamation, et en demande de restitution des quinze louis qu'on lui avait fait donner, ainsi que de ses effets qu'on avait retenus. Ne pouvant plus rétracter leur déclaration, ils furent fort heureux l'un et l'autre de s'en tirer, en donnant des dédommagements considérables, et eussent même encouru la peine du blâme, si les juges, qui ne purent se dissimuler la manœuvre odieuse qui avait suscité ce dernier procès, n'eussent adouci la rigueur de la loi.

Une dame de province, ayant de superbes boucles d'oreilles, et se trouvant au spectacle en face de la Reine, crut s'apercevoir que Sa Majesté les remarquait : elle ne manqua pas de remuer beaucoup la tête pour faire jouer tout le feu de ses diamants. Le moment d'après, on frappe à la porte de sa loge : un homme bien mis se presente, et s'adressant à elle, lui dit que la Reine ayant remarqué la beauté de ses girandoles, la fait prier de lui en prêter une un moment pour la voir de plus près. La dame aussitôt détache avec empressement une de ses boucles, et la remet au prétendu porteur de commission, qui ne reparaît plus, et qu'elle n'aperçoit point auprès de la Reine pendant le spectacle. Elle ne doute plus alors qu'elle n'ait été volée, et va tout de suite porter ses plaintes à la police. Le lendemain matin, et de très-bonne heure, un homme, se disant exempt de police, demande à lui parler, et lui montre le petit bâton noir à manche d'ivoire, marque distinctive de son état, lui annonce que M. Lenoir croit sa girandole retrouvée parmi plusieurs autres vols de cette espèce, et que, pour ne point commettre d'erreur, il la prie de lui envoyer tout de suite la pareille pour la confronter. Cette dame, qui ne pouvait sortir en ce moment, étant dans le plus grand déshabillé, se hâte de la donner, en se confondant en remercîments, et s'extasiant sur l'honnêteté et la diligence du magistrat. Le prétendu exempt de police n'était qu'un adroit fripon, associé du premier; et la dame, trop crédule, perdit ses deux boucles d'oreilles par un double excès de confiance.

Ce tour de filouterie a sans doute donné l'idée de celui qui a été pratiqué en dernier lieu dans l'église de Saint-Roch. Une dame, étant à la messe, tire de son sac une très-belle boîte d'or émaillée, et croit l'y avoir remise après s'en être servie. Cependant la messe finie, elle s'aperçoit en reprenant son sac qu'il est bien léger, n'y retrouve plus sa boîte, et cherche avec la plus grande inquiétude autour d'elle Un homme d'une figure honnête et prévenante, très-bien vêtu, s'approche, et lui demande, avec l'air de l'intérêt, le motif de son embarras; elle l'explique. Aussitôt cet homme fait écarter tout le monde, et cherche avec empressement sans rien trouver. La dame ne doute plus qu'elle n'ait été volée, et paraît extrêmement émue. L'obligeant personnage lui propose son bras pour la ramener chez elle. Après quelques compliments, elle accepte, en lui disant qu'elle va très-près, chez madame de ***, son amie, rue de Gaillon, où elle est engagée à dîner. Chemin faisant, elle cause avec son conducteur, lui dit son nom, lui apprend naïvement sa demeure, rue du Faubourg-Saint-Honoré, et lui dit que sa pauvre femme de chambre, Adélaïde, qui est restée seule dans son appartement, sera bien fâchée quand elle saura la perte qu'elle a faite. Arrivée à la maison où elle devait se rendre, elle remercie affectueusement l'homme honnête qui l'avait accompagnée, et le quitte. Celui-ci se rend aussitôt rue du Faubourg-Saint-Honoré, à la maison qui lui avait été si bien indiquée, demande mademoiselle Adélaïde, lui dit que sa maîtresse doit dîner, comme elle le sait bien, rue de Gaillon, chez madame de ***; que cette dernière, devant avoir plus de monde qu'elle n'en attendait, a demandé à son amie douze couverts à emprunter, et qu'il s'est chargé de les venir prendre. « Mais comme vous ne me « connaissez pas, ajoute-t-il, et que vous êtes « trop prudente pour les confier à un inconnu, « elle m'a remis sa boîte pour certifier ma mis- « sion. » La bonne Adélaïde, à la vue de la boîte, n'imagine pas de concevoir le moindre soupçon, et ne pouvant quitter la maison en l'absence de sa maîtresse, remet les douze couverts, avec lesquels le filou, fort content du succès de ses deux escroqueries, s'évade bien vite.

M. Lenoir étant chez M. le duc d'Orléans (Louis), qui l'accueillait toujours avec la plus grande bonté, la conversation tomba sur les différents tours d'adresse des filous, dont on raconta beaucoup d'histoires extraordinaires. Le prince soutint que c'était la faute de ceux qui en étaient dupes; qu'en ne se mettant pas dans les foules, ou s'y tenant sur ses gardes, on ne pourrait pas en être victime. M. Lenoir lui répondit qu'il était moins que tout autre en état d'en juger, étant toujours orné de ses décorations, entouré de sa cour, ne pouvant être approché que par ceux qui avaient l'honneur d'être connus de Son Altesse, et la foule s'écartant dès qu'il se présentait; mais que si Son Altesse voulait aller trois ou quatre fois en simple particulier, sans prendre aucune précaution extraordinaire, on lui escamoterait très-aisément sa montre ou sa boîte dans sa poche, sans qu'il s'en doutât. Le prince offrit de parier qu'on ne le volerait pas, se réservant seulement de ne pas aller dans les foules, et le défi fut accepté.

Dès le lendemain M. Lenoir vint chercher le prince qui se revêtit d'une simple redingote, et ils allèrent ensemble sur les boulevarts neufs, l'un des endroits les moins fréquentés de Paris. Ils mirent pied à terre et passèrent la barrière, où ils laissèrent leur suite. Une conversation intéressante, et la solitude du lieu écarté où ils se trouvaient, firent bientôt oublier le motif de la promenade; mais à peine eurent-ils fait deux cents pas dans la campagne, qu'ils aperçurent auprès d'une cahute une femme du peuple qui battait avec la plus grande inhumanité son enfant, âgé d'environ dix ans. M. le duc d'Orléans, qui était bon et extrêmement sensible, alla tout de suite à cette femme, et lui représentant sa barbarie, tâcha de l'adoucir; mais cette mégère en fureur s'écria : « Ah ! monsieur, ne prenez pas « son parti, vous ne savez pas toutes les sottises « qu'il me fait; c'est un petit coquin, etc. » Le jeune enfant, qui portait une figure intéressante, vint se jeter tout en larmes dans les bras de son intercesseur, pour se mettre à l'abri des coups de sa mère, qui à la fin se laissa fléchir. « Eh bien ! monseigneur, dit M. Le« noir, vous croirez dorénavant à l'adresse des « filous ? — Comment donc ! — Regardez

« dans votre poche. » Le duc d'Orléans se fouille, et ne trouve plus sa boîte. Indigné de ce qu'un enfant aussi jeune recevait une telle éducation, il voulut le retirer du crime, ainsi que de la prison, d'où M. Lenoir l'avait fait sortir pour jouer cette scène, et se chargea de le faire élever dans une pension. Mais il est bien difficile que le germe du vice, développé avec l'enfance, soit totalement détruit.

M. Duvaur, auteur d'une faible comédie, intitulée *le Faux Savant*, pièce qui cependant est restée au théâtre, en avait présenté une autre, sous le titre du *Mendiant*, aux comédiens français qui la refusèrent. Il crut être plus heureux en province, et parvint à la faire jouer à Lyon. Pendant la représentation, il était placé entre les deux premières coulisses, de manière à être vu de tous les spectateurs, une grande canne dans une main, son rouleau de papier dans l'autre; et pour diriger les acteurs, à la figure la plus hétéroclite, rendue encore plus singulière par une énorme perruque noire, il ajoutait des mouvements si convulsifs, qu'il avait l'air d'un démoniaque. Un jeune peintre, frappé d'un costume aussi original, se hâta d'en faire, au crayon, une caricature également ressemblante et plaisante, sous laquelle on mit ce quatrain :

Du faux savant c'est ici la copie :
Jadis il reçut votre encens ;
Mais aujourd'hui vous voyez qu'il mendie :
Par charité donnez-lui du bon sens.

Cette facétie, dont en un instant il se répandit des copies dans toute la salle, contribua peut-être autant à faire tomber la pièce, que les platitudes qui y étaient multipliées.

MADAME la comtesse de Bussi avait prophétisé à la Reine, lors de sa première grossesse, un dauphin ; la prophétie ne se vérifia point, et la Reine en fit faire des reproches au joli poète qui se justifia par ce quatrain :

Oui, pour fée étourdie à vos traits je me livre ;
Mais si ma prophétie a manqué son effet,
Il faut vous l'avouer, c'est qu'en ouvrant mon livre,
J'avais pour le premier pris le second feuillet.

Ce pari nous en rappelle un autre du même genre lors de la naissance de notre chère et malheureuse Reine. Le comte de Dietrichstein, qui avait parié avec l'Impératrice-Reine qu'elle accoucherait d'un archiduc, fit faire, afin de s'acquitter, une petite statue de porcelaine qui le représentait à genoux offrant à l'Impératrice les vers suivants :

Io perdei, laugusta figlia
A pagar mi a condannato
Ma s'e ver che voi somiglia
Tutto il mondo a guadagnato.

On faisait compliment à madame Denys, nièce de Voltaire, sur la manière dont elle venait de jouer le rôle de Zaïre sur le théâtre de son oncle. « Il faudrait pour ce rôle-là, « répondit-elle, être jeune et jolie. — Ah ! « madame, répliqua naïvement le compli- « menteur, vous êtes bien la preuve du con- « traire. »

Les comédiens français mettaient depuis long-temps sur leurs affiches, *en attendant la première représentation de Guillaume Tell.* Madame de V*** peu instruite de l'histoire, et n'ayant aucune notion sur les annales helvétiques, disait de bonne foi : « Il serait bien « temps de nous donner enfin ce Guillaume un « tel. »

Cette même madame de V*** étant un jour à un dîner, où se trouvaient un grand nombre de personnes distinguées par leur naissance et par leur esprit, s'adressa à un de ses voisins, pour qu'il lui servît d'un plat sur lequel était un foie de veau : « Monsieur, lui dit-elle, « ayez la complaisance de me donner un peu « de ce *tartufe.* » Le voisin paraissant embarrassé, elle lui indiqua le plat du doigt, en répétant *ce tartufe.* Cette dénomination nouvelle surprit tous les convives, et chacun en chercha inutilement la cause; enfin, on découvrit que madame de V*** ayant entendu parler du Tartufe de Molière, et ne sachant ce que ce mot signifiait, avait pris un dictionnaire pour s'en éclaircir, et au lieu de lire au mot tartufe, *faux dévot*, elle avait lu *foie de veau.*

Une famille puissante à la cour avait obtenu de Louis XVI la concession des alluvions et atterrissements de la Garonne, objet qu'on avait représenté au Roi comme très-peu important, et qui cependant l'était beaucoup, puisqu'il donnait aux concessionnaires le droit de s'emparer de tous les terrains sur lesquels on pouvait présumer que le fleuve avait étendu son lit, ce qui aurait embrassé une quantité énorme de propriétés particulières. Le Parlement de Bordeaux refusa d'enregistrer les lettres patentes : il fit des remontrances très-vives à cet égard; il rendit un arrêt de défense d'exécuter l'édit, et alla même jusqu'à décréter de prise de corps l'huissier de la chaîne chargé de la signification des ordres du souverain. Le Roi, indigné de la résistance du parlement, dont on avait eu soin de lui cacher les motifs, le manda à Versailles. Les magistrats attendirent plusieurs jours leur audience, et, pendant cet intervalle, parvinrent à avoir la certitude que leurs remontrances n'avaient point été connues de S. M. Ils trouvèrent alors le moyen de s'assurer d'un huissier de la chambre, dont le poste était à côté du cabinet, et qui leur promit avec zèle ses bons offices. On convint de la manière dont il se conduirait, et il exécuta avec adresse sa mission. En effet, en sortant de son cabinet, le

Roi aperçut cet huissier, avec lequel il avait la bonté de s'entretenir quelquefois familièrement, ayant l'air de cacher avec précipitation sous son habit un tas de papiers manuscrits, et lui demanda ce que c'était? L'huissier fit semblant de paraître déconcerté, balbutia, et finit par avouer qu'il lisait les remontrances du parlement de Bordeaux. « Donnez-les moi, « dit le Roi ; il est fort singulier que je n'en « aie pas connaissance. » Il les prit, rentra aussitôt dans son cabinet, y passa une heure à les lire avec attention, et les rendant ensuite à l'huissier, avec ordre de lui en fournir une copie, il lui donna une boîte d'or, sur laquelle on voyait gravée la justice avec tous ses attributs. En même temps il lui dit : « Ceci te fera « souvenir que je t'ai l'obligation de m'avoir « épargné une injustice. » Il fit appeler ensuite les magistrats, leur annonça, en présence de ses ministres, et à leur grand étonnement, qu'il avait lu attentivement leurs remontrances, que leurs observations lui ayant paru très-justes, il retirait son édit ; et, blâmant la forme indécente qu'ils avaient mise à leur résistance, il leur recommanda de réunir toujours le respect et l'obéissance à la fermeté de leurs devoirs.

Le comte d'Alais, passant par Lyon, fut conduit au prévôt des marchands, qui était en même temps lieutenant du Roi, et qui lui fit cette demande : Mon ami, que dit-on à Paris ? — Des messes, lui répondit le comte. — Ce n'est pas cela que je vous demande. Quoi de nouveau ? — Des pois verts. — Mon ami, vous êtes né plaisant, à ce qu'il paraît ; comment vous appelle-t-on ? — Des sots m'appellent mon ami ; à la cour on m'appelle le comte d'Alais.

M. de Buffon passait au collége pour un esprit très-borné. Il semblait regarder avec stupidité la gaîté de ses camarades, qui ne lui avaient jamais vu faire qu'une espiéglerie. Son préfet craignait beaucoup les mouches, et dans les grosses chaleurs de l'été s'enfermait dans sa chambre, sans autre jour que ce qu'il lui en fallait absolument pour lire et écrire, afin d'éviter ces insectes. Le jeune Buffon en ramassait continuellement dans un cornet de papier, et les soufflait par le trou de la serrure.

Le fils de mylord Kinston étant venu faire

un séjour à Dijon, son gouverneur, homme du plus grand mérite, vit habituellement le jeune Buffon chez son élève, qui s'était lié avec lui, et sut démêler son génie sous l'écorce grossière dont il semblait enveloppé. Il demanda à ses parents de le lui confier pendant ses voyages, qui devaient durer encore deux ans. Ceux-ci se trouvèrent trop heureux qu'un homme aussi distingué voulût bien se charger de dégrossir un enfant aussi matériel, dont ils ne pensaient pas qu'on pût tirer aucun parti; et M. de Buffon, après deux ans d'absence, reparut avec ces talents sublimes qui ont immortalisé son nom.

A cette époque, il se trouva d'autant plus à même de se livrer à son goût pour la littérature et l'histoire naturelle, qu'ayant perdu sa mère, il se trouva héritier, à sa majorité, de trois cent mille francs. Il prit un secrétaire, qu'il employait depuis six heures du matin jusqu'à six heures du soir, et lui-même travaillait souvent quatorze heures par jour, quoiqu'il aimât les plaisirs et particulièrement la société des femmes. Pour n'être point interrompu dans ses occupations, quand il était à Montbar, il se retirait dans un pavillon isolé, où, dès qu'il y était, il était défendu de laisser approcher qui que ce fût ; ses jardiniers eux-mêmes avaient ordre de s'en éloigner. C'est ce même pavillon où le prince Henri de Prusse demanda à entrer en passant à Montbar, pendant son voyage en France, et qu'il appela le *berceau* de l'histoire naturelle.

La simplicité de la conversation de M. de Buffon aurait étonné ceux qui ignoraient causer avec le célèbre auteur de l'*Histoire naturelle*, et développait, à ceux qui le connaissaient particulièrement, l'étendue de ce génie, qui, aussi éloigné du pédantisme de la science que des sottes vanités sociales, avait l'art précieux de se mettre à la portée de tout le monde, et de faire valoir les personnes avec lesquelles il s'entretenait sur les objets les plus communs, en les écoutant avec un intérêt qui, à leurs propres yeux, les élevait au-dessus d'elles-mêmes.

Un trait qui caractérise en même temps sa modestie, sa bonhomie et l'étendue de ses lumières, c'est la réponse qu'il fit à quelqu'un, qui, désirant d'avoir des renseignements sur un homme qu'il s'agissait d'employer, lui demanda : « Est-ce un homme d'esprit ? — Vous « m'embarrassez par cette question, dit M. de « Buffon, je n'ai jamais trouvé personne bête. »

Il ne se doutait pas que, par son art de mettre tous ceux avec lesquels il se trouvait sur l'objet qui leur plaisait le plus, et surtout par le talent si rare d'écouter, c'était lui-même qui donnait à chacun l'esprit qui le faisait valoir.

M. de Buffon ne s'est jamais abaissé à répondre aux critiques que l'on faisait de ses ouvrages. Son génie était trop au-dessus de ces puérilités littéraires ; mais il avait la petite manie (qui cependant n'était connue que de sa société intime) d'être extrêmement flatté des éloges qu'on lui adressait. Il la portait jusqu'à admirer et vouloir qu'on admirât avec lui les vers les plus plats, lorsqu'ils étaient à sa louange. Il se louait quelquefois lui-même, mais d'une manière si franche et si peu nuisible aux autres, dont il ne dépréciait jamais les talents, qu'on ne pouvait lui en savoir mauvais gré.

Cet homme célèbre, qui, malgré la vie sédentaire du cabinet et son assiduité au travail, a poussé sa carrière jusqu'à l'âge le plus avancé, sans en éprouver les infirmités, avait un système particulier pour sa santé. Il prétendait que le froid était la première cause de presque toutes les maladies, et consultait fréquemment le thermomètre pour maintenir toujours son appartement dans un degré égal de chaleur. On peut lui reprocher, avec quelque raison, d'avoir porté l'excès de précaution à cet égard jusqu'à avoir une Sunamite pour réchauffer sa vieillesse. Mais la pureté habituelle de ses mœurs semble prouver que cela tenait encore et uniquement à son système. Essentiellement bon, ami constant de l'humanité, on ne peut lui supposer d'avoir agi ainsi, d'après l'idée atroce que la jeunesse aspire à elle les miasmes morbifiques du vieillard ; mais il pensait, avec plusieurs médecins, que la chaleur naturelle d'une jeune personne bien saine pouvait prolonger les jours de l'homme âgé, en entretenant l'équilibre de ses humeurs.

M. de Lalande, l'un des plus grands astronomes de nos jours, joignait, à des connaissances rares, une vanité absurde, qui lui faisait dédaigner, comme préjugés populaires, non seulement les sentiments qui font le bonheur et la consolation de l'humanité, mais même les répugnances générales que la nature semble avoir placées chez tous les hommes.

En société, il affectait de sortir de sa poche

une boîte pleine d'araignées, de les prendre délicatement avec ses doigts, de les sucer et de les avaler, en soutenant qu'il n'y avait pas de mets plus fin et plus délicieux.

Né dans la petite ville de Bourg en Bresse, et établi dès sa jeunesse à Paris, il quitta momentanément la capitale pour aller revoir sa patrie. Il y fut accueilli avec l'enthousiasme qu'inspirait sa grande réputation. On se l'arrachait; et, pendant le séjour qu'il y fit, on l'accabla de fêtes et d'honnêtetés. A son retour à Paris, il s'empressa de vanter sa province comme un des sites les moins connus, mais des plus riches de la France, et le plus ménagé pour les impositions. Ce fut d'après ses assertions qu'on doubla les contributions de ce pays; et il ne dut pas être étonné que, dans un second voyage, toutes les portes lui fussent fermées.

Il établissait sur les mouvements des astres, sur les variations des saisons, des prédictions non seulement physiques, mais politiques et morales, dont il ornait l'almanach de Gotha, et qui, en faisant la fortune annuelle de ce petit ouvrage, contribuaient à la sienne. C'est là qu'il annonça l'arrivée prochaine d'une prodigieuse comète, qui, se rapprochant de la terre, devait l'embraser et la réduire en poudre, prophétie qui alarma beaucoup d'esprits faibles, et ne servit qu'à dévoiler son charlatanisme, la comète n'ayant point paru, et la terre étant restée aussi fraîche qu'à son ordinaire.

Contemplateur des astres, admirateur de la régularité de leurs mouvements, ne pouvant manquer d'être frappé de l'ordre incompréhensible et constant avec lequel tous les corps célestes suivent leur cours, personne n'eût dû plus que lui reconnaître et adorer le suprême Créateur de ces miracles toujours subsistants, et il affectait de prêcher hautement l'athéisme, et de soutenir que la matière, étant éternelle, s'était organisée d'elle-même. Ayant peu de moyens de faire valoir un système aussi absurde, il ne répondait aux raisonnements qu'on opposait à ses paradoxes, que par un rire sardonique et un mépris insultant, que sa figure ignoble rendait encore plus insupportable.

M. P...., dans un moment de gaîté, vengea la société par quelques couplets plaisants, qu'il était censé adresser à une demoiselle *Landerirette*, n'ayant pas l'esprit assez fort pour se mettre au-dessus des préjugés du vulgaire.

Quand une énorme comète
De la terre approchera,

Croyez que notre planète
Comme la cire fondra :
Sans quoi de vous, *Landerirette*,
Monsieur de Lalande rira.

Quand de la foudre indiscrète
Le vacarme roulera,
N'allez pas, en femmelette,
Vous signer par-ci, par-là :
Sans quoi de vous, etc.

La nature s'étant faite
Seule, comme la voilà,
Suivez la doctrine abstraite
Du consolant Spinosa :
Sans quoi de vous, etc.

Quand sur votre blanche assiette
La noire Arachné courra,
Pour la croquer sans fourchette,
Avec deux doigts prenez-la :
Sans quoi de vous, etc.

Quand une pauvre villette
A grands frais vous traitera,
Pour bien riche à la recette
Des impôts dénoncez-la :
Sans quoi de vous, etc.

Que d'almanachs, ma poulette,
Le jour de l'an nous vaudra !
Mais il faut que l'on n'achète
Que l'almanach de Gotha :
Sans quoi de nous, etc.

Lisez cette chansonnette,
Et puis au feu jetez-la.
Mais quel mal qu'on la répète,
Qu'on l'imprime, *et cætera?*
D'elle et de nous, *Landerirette*,
Monsieur de Lalande rira.

Un jour, se trouvant dans une société brillante et nombreuse, on le plaça à table entre madame Recamier et madame de Staël. « Que « je suis heureux, dit-il, me voici entre l'es- « prit et la beauté. —Voilà le premier compli- « ment, dit madame de Staël, que je reçois « sur ma figure. »

MADAME DE STAEL, qui joue aujourd'hui un si grand rôle dans le monde littéraire, avait, dès sa plus tendre enfance, annoncé ce qu'elle devait être un jour. Dès l'âge de 12 ans elle avait composé une comédie en deux actes, intitulée : *Les Inconvénients de la vie de Paris*; elle fut représentée à Saint-Ouen, maison de campagne de M. Necker. Marmontel, qui assistait à cette représentation, en fut touché jusqu'aux larmes.

M. de Chamblan, conseiller au parlement de Dijon, était un homme de beaucoup d'esprit; magistrat intègre, éclairé, grand naturaliste, occupé spécialement de sciences abstraites, et possédant néanmoins toutes les qualités aimables qui pouvaient le faire rechercher dans les sociétés. Des dissertations savantes sur différentes parties de l'histoire naturelle le distinguèrent parmi les académiciens de Dijon. On a aussi de lui quelques couplets agréables, parmi lesquels je citerai les suivants, adressés à madame la comtesse de Saint-Mesmin.

Toujours, toujours, elle est toujours la même,
Cette beauté qui soumet tous les cœurs.
Ses regards enchanteurs
Sont ceux de Vénus même :
Toujours même douceur,
Toujours même fraîcheur ;
Toujours, toujours, elle est toujours la même.

Mais le mal est qu'un peu trop fort on l'aime :
Hélas ! c'est bien sans espoir de retour.
Cachez-lui votre amour,
Montrez qu'il est extrême :
Soyez discret, constant,
Soyez entreprenant ;
Elle est toujours, toujours elle est la même.

Comment, dit-on, se peut-il que l'on aime
Sans espérer le moment d'être heureux ?

En voyant ses beaux yeux
On résout ce problème :
On chérit son lien,
Quoiqu'on n'obtienne rien ;
Toujours, toujours, on la chérit de même.

Si vous voulez connaître son emblème,
C'est de Buffon le miroir si vanté ;
Brûlant de tout côté,
Sans être en feu lui-même :
Près d'elle quelle ardeur !
Tandis que sa froideur
Reste toujours, toujours reste la même.

M. de Chamblan gâtait des dons fort précieux en affectant une originalité déplaisante. Ayant une physionomie honnête, il la défigurait en tâchant de loucher et de tordre sa bouche. Né avec une taille ordinaire, il voulait la rendre difforme, en portant une épaule plus haute que l'autre. Il cherchait surtout à se distinguer par une malpropreté dégoûtante, et tirait vanité de ces petitesses, par lesquelles il espérait être remarqué plus particulièrement. M. de Brosse, premier président du parlement de Dijon, fort lié avec lui, et qui a été aussi connu par ses grands talents en littérature que par ses bons mots, lui disait plaisamment : « Mon cher Chamblan, tu veux être singulier, « et tu n'es encore que ridicule. » Ce mot, qu'on pourrait appliquer à tant de gens dans la société, semble être l'extrait de tout ce que M. P..... a dit dans sa chanson sur M. de Lalande.

Lorsque M. d'Aguesseau, petit-fils du célèbre chancelier, fut reçu à l'Académie française, il devait être reçu par M. Beauzée. On fit courir les deux discours suivants. M. d'Aguesseau disait : *Je suis ici pour mon grand-père ; et moi*, répondait M. Beauzée, *je suis ici pour ma grammaire.*

Il était d'usage autrefois d'essayer la valeur des jeunes gens qui arrivaient dans un corps, en leur faisant mettre l'épée à la main. On en faisait même un objet ordinaire de plaisanterie.

Le marquis de Brulart, étant entré fort jeune dans le régiment de Picardie, fut accueilli parfaitement par ses camarades, qui lui proposèrent de venir déjeuner avec eux : ce qui fut accepté avec plaisir. Après le déjeuner, on demanda qui le paierait ? M. de Brulart s'empressa de dire que ce serait lui, trop heureux, comme le plus jeune, de pouvoir faire cette galanterie à ses camarades. On fit quelques compliments, il insista, et celui qui se présentait ordinairement comme *tâteur* offrit de le jouer au premier sang. Le jeune homme accepte, et on les laisse seuls. Ils sortent ensemble de la chambre; M. de Brulart, en ayant l'air de badiner, pousse le tâteur sur l'escalier. Celui-ci frappe de sa tête contre le mur, et s'écorche un peu le front. Alors le premier, toujours sur le ton de plaisanterie, lui dit : « Nous avons joué au « premier sang, vous avez perdu; et, repre- « nant ensuite un air plus sérieux, il ajouta : « J'ai voulu faire de ceci un badinage, que je « regretterais beaucoup, s'il vous avait déplu; « mais, l'épée à la main, je sens que je n'en- « tendrais pas raillerie; et, si vous y persistez, « je demande que ce soit à la mort de l'un ou « de l'autre : telle est la condition que je vous « offre. » Le tâteur la jugea un peu trop sévère pour s'y soumettre, et parut prendre la plaisanterie très-agréablement. M. de Brulart n'en fut pas moins aimé et estimé dans son corps, et personne ne fut tenté de se mesurer avec lui, jusqu'au moment où il parvint au grade de lieutenant-colonel du régiment. A cette époque, M. le duc d'Antin, qui en était colonel, voulut, de concert avec les officiers majors, y introduire des innovations auxquelles les anciens capitaines s'opposèrent vivement. M. de Brulart prit le parti de ces derniers, et se trouva obligé de se battre successivement avec six officiers, par lesquels il fut provoqué, et qu'il eut le bonheur de blesser plus ou moins dangereusement. Cette affaire ne pouvait manquer de faire un grand bruit, et sur les plaintes portées en cour par son chef, il fut envoyé dans une citadelle. Mais, au bout de six semaines, le ministre, plus éclairé sur l'origine et le fond de cette querelle, lui rendit sa liberté, le renvoya à la tête de son corps avec le brevet de brigadier des armées du Roi, et ôta le régiment à M. le duc d'Antin.

M. de Brulart parvint depuis au grade de maréchal-de-camp, qui n'était alors accordé qu'à des services distingués. Il fut l'ami intime du maréchal de Belle-Isle, et mourut à l'âge de quatre-vingt-quatre ans entouré, de l'estime et des regrets publics.

On vantait devant M. de Caraccioli la vie que l'on menait en Angleterre : « Comment,

« dit-il, peut-on aimer un pays où l'on parie « sur tout, comme sur ma vie, par exemple? » Et il racontait le trait suivant : « Un jour mon « cheval m'emporte : Il se tuera ; il ne se « tuera pas, disent deux Anglais. — Cin- « quante guinées! — Tope. — Il y avait une « barrière. J'espère que les commis m'arrête- « ront : point du tout ; mes Anglais crient : *Il « y a gageure!* Mon chapeau tombe d'un côté, « ma perruque de l'autre, et moi par terre, « ne sachant qui avait gagné ou perdu ; car « j'ignorais si j'étais mort ou en vie. »

Ce même Caraccioli répondait à Louis XV, qui lui demandait s'il faisait l'amour à Paris : « *Non, Sire; je l'achète tout fait.* »

Mademoiselle de.... (aujourd'hui madame ***) fit, à l'âge de douze ans, un voyage à Rome avec son père ; elle fut présentée au pape Ganganelli, qui la trouva très-aimable et l'embrassa. Se promenant ensuite avec elle dans le château, il rencontra son confesseur, auquel il dit : « Il faut que je me confesse à « votre éminence, car je viens d'embrasser « une jolie fille. » Cette jeune personne fut présentée quelques mois après à Voltaire, auquel on raconta l'anecdote. Le philosophe prit la demoiselle dans ses bras, et lui dit : « Puisque vous avez embrassé le pape, il est « bien juste que vous embrassiez aussi l'anti-« pape. »

Le comte de Visé, qui est mort lieutenant-colonel du régiment des Gardes-Françaises, lieutenant-général des armées du Roi, grand'-croix de l'ordre de Saint-Louis, avait eu une jeunesse fort orageuse, et fut aussi connu alors à Paris, par ses fréquentes étourderies, qu'il le fut depuis par son excellente conduite et ses talents militaires.

Livré à tous les plaisirs de son âge, et n'épargnant rien pour y satisfaire, sa bourse et son crédit se trouvèrent un moment tellement épuisés, qu'il ne lui restait pas de quoi payer un fiacre qui le servait journellement depuis un mois, et cependant il fallait se rendre à l'armée de Flandre, où étaient déjà ses équipages, et où il était sûr de trouver de l'argent. Il proposa à son cocher de l'y conduire à tant par heure jusqu'à son arrivée, marché qui fut bien vite accepté; et c'est dans ce brillant équipage qu'il vint prendre sa place parmi ses camarades, fort étonnés de voir paraître un fiacre dans le camp. Il se dépêcha d'aller toucher ses appointements échus, et de se débarrasser bien vite de son conducteur. La campagne finie, il était fort inquiet de son retour à Paris, où il allait se trouver assailli par ses créanciers, avec l'impossibilité de s'acquitter, et la crainte d'être mis en prison. Pour parer à cet inconvenient, il profita d'un congé qu'il avait obtenu, écrivit à ses parents une lettre touchante et pleine d'assurances de repentir, à laquelle il joignit l'état de ses dettes, prit la route de la Normandie, et alla se jeter, avec les apparences de la plus vive ferveur, dans l'ordre de la Trappe, où il savait bien qu'on ne viendrait pas le poursuivre ; il eut la constance de se soumettre pendant près de six mois à toutes les austérités d'une règle aussi rigoureuse, et ne reparut dans le monde que lorsqu'il apprit que ses affaires étaient entièrement arrangées, et que ses parents, désespérés de lui avoir vu prendre un parti aussi violent, qu'ils croyaient sincère, lui eurent fait les plus vives instances pour revenir auprès d'eux, et reprendre sa place dans le régiment, où l'on avait laissé ignorer le parti qu'il avait pris.

Cette retraite volontaire avait commencé à amortir un peu sa fougue : mais il ne pouvait encore prendre sur lui de se refuser aux parties de plaisir qui lui étaient proposées par des jeunes gens de sa société. Dans une de ces orgies, à la campagne, il fut question d'un dogue énorme qui gardait la maison, et qui était si furieux que personne n'osait l'approcher. M. de Visé, dont la tête était déjà échauffée, paria de le domter sans lui faire aucun mal, et proposa à ce sujet une gageure considérable, qui fut tenue. Alors il déclara qu'il voulait combattre cet animal en brave chevalier, et l'attaquer à armes égales; il se dépouilla de ses habits, et alla droit à lui tout nu. Ce chien, sans doute épouvanté à l'aspect d'un corps extrêmement velu, se retira en tremblant jusqu'à sa loge, n'osa pas faire le moindre mouvement, se laissa saisir par la nuque, et fut conduit en rampant aux pieds des parieurs, qui avouèrent avoir perdu la gageure.

Madame la comtesse de Lanan, dont le mari, officier-général distingué, commandait à Besançon, avait deux fils avancés dans le service, et deux filles aussi intéressantes par leur charmante figure que par leurs qualités personnelles et la décence de leur maintien. Ces demoiselles, étant allées au bain de fort bonne heure, furent rencontrées au retour par de jeunes officiers de la garnison, qui, les prenant, vu l'heure indue, pour des filles de mauvaise vie, les poursuivirent, et les insultèrent grièvement par des propos très-malhonnêtes ; elles s'échappèrent avec le plus grand effroi, et revinrent tout en larmes auprès de leur mère, qu'elles éveillèrent pour lui raconter ce qui leur était arrivé. Celle-ci, en femme d'esprit, ne balança pas sur le parti qu'elle avait à prendre, soit pour l'honneur de ses filles, soit pour éviter à ses fils la nécessité de demander aux auteurs de cette étourderie la satisfaction éclatante qu'ils avaient droit d'en avoir. Elle ordonna tout de suite qu'on mît ses chevaux, fit monter à l'instant en voiture ses deux filles avec leur gouvernante, et les envoya dans une de ses terres, à six lieues de la ville. Cette malheureuse aventure ne manqua de faire beaucoup de bruit. Les filles du commandant furent nommées, et, dès le jour même, les chefs du corps dans lequel servaient ces imprudents jeunes gens vinrent chez la comtesse de Lanan en députation, pour lui offrir de la part du régiment et des coupables toutes les réparations qu'elle pourrait exiger; elle les reçut, comme à son ordinaire, avec dignité et aisance, eut l'air de ne rien comprendre d'abord à ce qu'ils voulaient dire; et quand elle ne put se dispenser d'entendre qu'il s'agissait de ses filles, elle parut dans le plus grand étonnement, assura qu'il y avait là une méprise bien singulière, puisque ses demoiselles étaient depuis la veille à ***, où elle les avait envoyé passer trois mois pour leur santé, et où elle comptait aller les rejoindre sous peu de jours. Elle n'en témoigna pas moins assez sévèrement combien il était affreux pour des personnes honnêtes, dont elle ne chercherait point d'ailleurs à savoir le nom, d'être insultées par des gens aussi-bien nés, et auprès desquels toute femme aurait cru pouvoir trouver un asile sûr pour se mettre à l'abri de pareilles étourderies. Les officiers, confondus de s'être trompés aussi grossièrement d'après le bruit public, et de s'être attiré, par leur aveu même, une aussi juste réprimande, se gardèrent bien d'insister ; et c'est ainsi que madame de Lanan, avec beaucoup d'adresse, écarta tous les inconvénients qui devaient naturellement être la suite d'une pareille imprudence ; mais le comte de Lanan demanda et obtint bientôt, sous d'autres prétextes, le changement de garnison du régiment qui y avait donné lieu.

Un riche Anglais débarque à Calais. Vite un perruquier ; le barbier arrive. « Mon « cher, je suis délicat beaucoup pour la barbe : « voilà une guinée si vous raser moi sans cou- « per ; voilà deux pistolets ; si vous couper « moi, moi ferai sauter cervelle à vous tout de « suite. — Ne craignez rien, milord. » Le perruquier le rase le plus légèrement du monde. « Comment donc, dit l'Anglais enchanté, « les pistolets n'ont pas fait trembler ? — Non, « mylord. — Et pourquoi ? — Si j'avais en- « tamé, j'aurais achevé de vous couper le « cou..... » Jamais le milord ne renouvela pareille scène.

Il s'est passé, il y a peu de temps, à Lyon (février 1807), un événement assez extraordinaire.

M. de Valence, possédant une propriété considérable, qui s'étend par une pente rapide depuis le faubourg de la Croix-Rousse jusqu'auprès de la Saône, faisait travailler, à huit heures du matin, à quelques remuements de terre, lorsque tout à coup le terrein s'écroula en sa présence et engloutit entièrement son jeune jardinier, âgé d'environ dix-neuf ans. Le propriétaire appelle aussitôt à grands cris des secours. Sept ou huit pionniers arrivent; il se met lui-même à l'ouvrage avec tout le zèle que lui inspire son humanité. Mais en vain, pendant cinq heures consécutives on creuse avec autant d'ardeur que deprécautions directement et de tous les côtés; les éboulements se succèdent, et l'on est obligé de renoncer à sauver l'infortuné dont on ne découvre aucune trace, et dont la perte ne paraît plus douteuse. Le juge de paix se transporte sur les lieux, dresse un procès-verbal, qui, en constatant l'accident, doit former l'extrait mortuaire du malheureux jeune homme et dont on envoie expédition à ses parents demeurant à quelques lieues de là. On pense aisément que, pendant la journée, il ne fut pas possible de s'occuper d'autre chose que de cette funeste aventure.

Cependant, à sept heures du soir, le pauvre ouvrier, dont on déplorait la perte, se présente tout-à-coup chez son maître, qui, aussi étonné que ravi de joie, se hâte de l'interroger. Mais l'effroi, la fatigue et le saisissement de l'air extérieur l'avaient mis hors d'état de répondre à aucune question. On le mit au lit, on le fit saigner, on lui administra avec prudence tous les secours qu'exigeait son état; et ce ne fut qu'au bout de trois jours qu'il recouvra avec sa raison la mémoire de tout ce qui s'était passé. Il raconta que l'éboulement s'étant fait derrière lui, il avait été poussé, sans vive secousse, dans un long souterrain (que l'on a supposé, avec vraisemblance, être un ancien égoût pratiqué pour l'évacuation des eaux du faubourg jusqu'à la Saône); que, ne pouvant heureusement aller en arrière, ce qui l'aurait conduit à la rivière, il avait cherché à pénétrer en avant. La voûte s'abaissant de plus en plus en certains intervalles, et le terrain devenant fort inégal par les éboulements partiels qu'il rencontrait fréquemment, et par ceux-mêmes que ses mouvements produisaient sur des sables ou des terres mobiles, il avait été forcé, presque tout le temps, de se traîner sur le ventre, respirant tantôt une chaleur étouffante qui l'obligeait à reculer ou à s'arrêter, épuisé de lassitude, tantôt un air très-frais et humide qui lui rendait quelques forces, mais craignant toujours d'être enseveli sans ressources dans cet abîme, qui se refermait avec fracas derrière lui. Enfin, après une lutte aussi longue qu'inutile ; il ne douta pas qu'il ne fût destiné à y périr, et prit la résolution d'abréger ses souffrances en se donnant la mort avec une pierre aiguë qu'il avait trouvée sous ses pas, et dont il comptait se frapper à la tempe. Mais n'imaginant pas, dans sa simplicité, qu'un tel projet pût être criminel, il crut devoir, auparavant, recommander son âme à Dieu ; et se trouvant dans un enfoncement qui, pour le moment, lui donnait plus d'aisance, il se mit à genoux, fit une prière fervente, tira de sa poche un chapelet qu'il avait toujours conservé sur lui, et le récita avec la plus grande dévotion. Ses forces se trouvant un peu réparées par ce repos, il se résigna pieusement à son sort, écarta ces idées de suicide, et se décida à se traîner encore en avant. A peine eut-il avancé pendant quelques moments, qu'en étendant le bras à droite, il crut sentir l'air extérieur bien différent de celui dont il avait été environné jusque-là. Il jugea dès lors, en sondant cette nouvelle cavité, qui lui parut fort étroite, qu'elle devait être l'ouvrage de quelque animal qui avait voulu en faire sa retraite, et qu'en la suivant il serait beaucoup plus rapproché du terrain supérieur. Cette idée ranime son espérance. Son premier soin est de remercier Dieu de cette découverte. Il dirige ensuite sa route de ce côté, décidé à ne rien négliger pour vaincre les difficultés que lui présente le resserrement de cette issue, marche encore plusieurs heures sur le ventre, grattant avec ses mains sur les terres qui le gênent, les faisant couler en arrière, et parvient enfin à une ouverture très-resserrée, par laquelle il cherche à se faire entendre. Il crie, il appelle du secours, mais inutilement. Alors il tire de sa poche un petit couteau, auquel il n'avait pas songé jusqu'à ce moment, s'en sert pour élargir le passage; et c'est ainsi qu'après dix heures du travail le plus pénible, il parvient à sortir de cette espèce de tombeau, et se trouve dans une propriété voisine de celle où il avait été englouti. Mais il ignorait entièrement où il était, et n'osait avancer un seul pas. Cependant, il entend marcher quelques ouvriers; il appelle de nouveau : on le reconnaît, et on le ramène en triomphe chez M. de Valence, qui, enchanté de le revoir, se hâte de faire rassurer les malheureux parents de ce jeune homme, et de partager avec eux la joie dont sa belle âme jouissait avec tant d'effusion.

Il serait inutile de chercher à convaincre l'insouciance qui, pour s'éviter la peine de la réflexion, attribue tout au hasard. Mais je demanderai lequel est le plus intéressant pour l'humanité, ou de la philosophie qui, sans doute pour ne pas fournir de nouvelles armes à ce qu'elle appelle le fanatisme, n'a pas cru devoir insérer une anecdote aussi extraordinaire dans les journaux, remplis ordinairement de tant de futilités; ou de la piété du respectable propriétaire, qui, dans l'acte religieux du jeune homme, suivi de sa résignation, du rétablissement de ses forces, de ses espérances, et d'un succès aussi inespéré, n'a vu que l'effet miraculeux des bontés de la Providence, et s'est prosterné, avec la plus profonde sensibilité, devant celui dont la puissance infinie est si fort au-dessus de nos faibles conceptions, et qui dispose à son gré de tous les événements de ce monde ?

Auger, qui a joui de quelque réputation au Théâtre-Français, avait pour les rôles de valet, dont il était chargé, une figure de caractère qui servait admirablement à son jeu, et lui attirait les applaudissements du public ; mais personne n'était plus ignorant que lui dans les parties les plus essentielles de son art. Il ne connaissait pas même le sens des phrases qu'il prononçait, et n'entendait rien à la rime, ce qui lui faisait faire souvent d'étranges bévues. Ayant commencé sur un théâtre de province à jouer dans la tragédie, au lieu de ce beau vers :

Je crains Dieu, cher Abner, et n'ai point d'autre crainte.

il dit avec emphase :

Je crains tout, cher Abner, et n'ai point d'autre crainte.

Livré ensuite au genre qui lui convenait le mieux dans la comédie, et faisant le rôle de l'Intimé, dans *les Plaideurs*, il oublia si bien la rime, qu'il dit gravement :

> Et si dans la province,
> Il se donnait en tout vingt coups de nerf de bœuf,
> Mon père pour sa part en remboursait *dix-huit.*

C'est ce même Auger qui, jouant le Tartufe, s'approchait d'Elmire avec l'air du Satyre le plus luxurieux, lui présentait un morceau de jus de réglisse dont la forme et la manière de l'offrir étaient une double charge aussi grossière qu'indécente. Il n'y a pas très-long-temps qu'au morceau de réglisse on a substitué une petite bonbonnière, plus convenable, sans doute, dans une scène déjà si scabreuse.

Le Kain, étant au foyer de la Comédie, racontait que la portion des comédiens ne s'était élevée qu'à huit mille livres ; il s'en affligeait. Un officier s'écria : « Cet histrion se plaint de « n'avoir que huit mille livres ; et moi, qui « verse mon sang pour la patrie, je n'en ai « que quatre cents. — *Et comptez-vous pour « rien le droit de me parler ainsi ?* lui répon- « dit Le Kain. »

Le célèbre comédien Préville fit un voyage à Londres, pour faire connaissance avec le plus grand acteur qui eût jamais existé, le fameux Garrick. Ils se lièrent de la plus étroite amitié, et celui-ci, peu de temps après, lui rendit sa visite à Paris. Préville s'empressa de lui procurer tous les plaisirs de la capitale, et de l'accompagner pour voir les curiosités de la ville et des environs. Un jour qu'ils revenaient ensemble de la campagne, passant à pied dans la grande allée des Champs-Elysées, ils raisonnaient avec feu sur les détails de leur art, sur la nécessité de caractériser l'expression d'un rôle, non-seulement sur la figure, dans le son de voix, et par les gestes, mais jusque dans l'attitude et l'aplomb de chaque partie du corps; et, prenant pour exemple les nuances et les gradations des rôles d'ivrogne, chacun à son tour contrefit l'homme ivre. Ils étaient tellement animés l'un et l'autre, qu'ils ne s'aperçurent pas qu'ils étaient entourés d'une foule de spectateurs qui jouissaient de cette scène, la plupart sans connaître ceux qui la leur donnaient. Préville, encouragé par les leçons de son maître, croyait s'être surpassé, et lui demanda : « Comment trouvez-vous « cela? — Pas mal, pas mal, répondit Gar-

« rick ; mais la jambe gauche n'est pas encore « assez avinée. » Mot que M. de Beaumarchais a appliqué heureusement dans sa comédie de *Figaro.*

Grandval, célèbre acteur au Théâtre-Français, chassant sur la terre d'un particulier qui lui en avait donné la permission, s'égara jusque sur les Plaisirs du Roi. Au premier coup de fusil qu'il tire, un garde, qui s'occupait uniquement de ses devoirs, et n'avait aucune connaissance du théâtre, l'aborde avec vivacité, et lui demande de quel droit il chasse en ce lieu. « De quel droit ! répliqua l'acteur, du ton « le plus héroïque,

« Du droit qu'un esprit vaste et ferme en ses desseins
« A sur l'esprit grossier des vulgaires humains. »

Le garde, étourdi du ton et de la réponse, se retira en lui répondant : « Ah ! c'est autre « chose ; excusez, monsieur, je ne savais pas « cela. »

M. de Combles, magistrat dans une cour supérieure, à Lyon, se délassait de la gravité de ses fonctions en mettant à exécution toutes les idées originales qui lui passaient par la tête. Une plaisanterie de circonstance lui fournit, en 1784, l'occasion de *mystifier* presque toute la France. M. de Flesselles, intendant de cette ville, ayant dit, en sa présence, qu'il n'avait jamais été dupe, et ne le serait jamais, du charlatanisme de toutes les nouveautés, M. de Combles soutint qu'il serait aussi facile à abuser que tout autre, et offrit de parier vingt-cinq louis qu'avant deux mois il le ferait rougir de sa crédulité sur quelque objet bien absurde. L'intendant tint la gageure d'autant plus hardiment que, peu de jours après, il devait partir pour Paris, et qu'ayant excepté les objets relatifs à ses fonctions, sur lesquels on ne pouvait se permettre la plaisanterie, il se croyait bien sûr de se mettre aisément à l'abri de tout ce qui serait traité par correspondance. M. de Combles, en rentrant chez lui, écrivit à l'auteur du Journal de Paris, sous le nom supposé d'un horloger de Lyon, que, s'étant depuis vingt ans occupé des arts mécaniques, il était assez heureux pour avoir fait une découverte importante, celle de marcher sur l'eau à pieds secs, au moyen de sabots élastiques qu'il avait construits ; qu'il offrait de traverser ainsi la Seine entre le Pont-Royal et le Pont-Neuf, à la vue de tout Paris; mais qu'étant juste qu'il fût dédommagé des frais de son invention, et de la perte de temps qu'elle lui avait occasionée, il demandait qu'il fût ouvert, entre les mains de l'auteur du journal, une souscription en faveur de ce spectacle, et que si elle montait à cinq cents louis, il partirait tout de suite pour Paris, et serait prêt, du jour où il écrivait en un mois, à satisfaire la curiosité publique. Cette époque était celle où tout le monde était engoué des globes aérostatiques; et l'enthousiasme était tel alors, que rien de ce qui avait rapport à la plus haute perfection des sciences ne paraissait impossible. On peut en juger par l'éxaltation d'un poete qui, dans un petit poëme peu connu sur les éléments, avait placé ces deux vers boursouflés :

Cox marche au fond des mers, Montgolfier vole aux cieux :
Qu'on m'ouvre les enfers, j'en éteindrai les feux.

Le journaliste ne manque pas d'insérer dans sa feuille, et avec la plus grande emphase, l'annonce du prétendu horloger, se chargeant de recevoir l'argent des souscripteurs. Le prévôt des marchands de Paris souscrivit en son nom, et en celui du consulat, mais en réclamant le droit que sa place lui donnait sur la navigation du fleuve, et demandant en conséquence, pour le corps municipal, un cintre limité par des barrières. Les princes frères du Roi, et toute la cour, se taxèrent généreusement, et envoyèrent leur argent. Le Roi seul eut l'idée que c'était un piége tendu à la crédulité, et ne voulut point être au nombre des souscripteurs. Une foule immense de particuliers et d'étrangers curieux se hâtèrent de porter leur argent, et de recevoir les billets qui devaient marquer leurs places, et qu'on avait imprimés d'avance. Enfin, les sommes délivrées en détail surpassaient beaucoup celle demandée par l'ingénieux artiste. Déjà les mesures étaient prises pour les échafaudages en gradins, que devaient occuper les spectateurs, lorsque M. de Combles arriva à Paris, et alla voir M. de Flesselles, qui ne manqua pas de lui parler avec enthousiasme de l'objet de la curiosité publique, se félicitant qu'une découverte aussi importante eût été faite par un habitant de sa généralité. Alors M. de Combles, partant d'un grand éclat de rire, lui avoua qu'il était l'auteur de cette mauvaise plaisanterie, dont le but n'était autre que de gagner les vingt-cinq louis de sa gageure. L'intendant, qui avait été un des plus zélés souscripteurs, un peu humilié d'avoir été aussi cruellement dupe, se résigna à payer ; et, pour soustraire un homme honnête de sa société au ressentiment des gens puissants qui pourraient se trouver offensés d'avoir été ainsi joués, il alla raconter sa mésaventure au ministre de Paris, qui en fit part au Roi. Louis XVI en rit beaucoup, plaisanta ses frères et ceux qui avaient été dupes de leur crédulité, annonça qu'il prenait sous sa protection l'auteur du projet contre tous ceux qui voudraient lui témoigner de l'humeur ; et, d'après sa demande, les souscripteurs consentirent volontiers que la somme déposée fût distribuée aux pauvres. Le journaliste seul était furieux, et déchargea toute sa bile dans une diatribe fulminante contre le contempteur des arts et des sciences, qui ne craignait pas d'en arrêter le progrès par la méfiance générale qu'il était parvenu à inspirer sur les nouvelles découvertes. Quant à M. de Combles, qui, grâce au plaisir que le résultat de son idée avait fait au Roi, s'était parfaitement tiré d'affaire, il prétendait que, quand on l'aurait mis dans un cul de basse-fosse, il n'en aurait pas moins ri de la solennité de l'épître écrite par le prévôt des marchands, et insérée dans le Journal de Paris, pour réclamer les droits du consulat, en demandant un cintre particulier.

La fortune de ce magistrat, sa façon de penser fort connue, et le rang dont il jouissait dans sa patrie, étaient des motifs bien suffisants pour qu'il n'échappât pas aux atrocités révolutionnaires. Un superbe château qu'il venait de faire bâtir fut réduit en cendres, ses biens dévastés ; lui-même fut arrêté et conduit à Grenoble, dans une maison d'arrêt, où il se trouva renfermé avec nombre d'autres prisonniers. Il parut dès lors insouciant sur son sort, et uniquement occupé à adoucir celui de ses compagnons d'infortune, en les égayant, ainsi que ses gardiens, par de nouvelles facéties qu'il inventait journellement. Mais en inspirant la gaîté et la confiance, il préparait de loin le projet bien combiné de recouvrer sa liberté. Il avait fabriqué des marionnettes, avec lesquelles il donnait chaque jour une représentation de pièces nouvelles, de sa composition. Le concierge ou geôlier, charpentier de son métier, homme très-simple, manquait d'autant moins d'y assister, qu'il était très-flatté de présider à la réunion de ses prisonniers, gens pour la plapart distingués, et qui, ayant besoin de lui, et connaissant sa petite vanité, avaient grand soin de lui faire tous les honneurs. Sous prétexte des préparatifs nécessaires, M. de Combles avait obtenu d'être seul dans sa chambre; et un jour il annonça à ce geôlier, sous le plus grand secret, qu'il voulait lui donner un superbe spectacle à grandes machines, le priant de l'aider à préparer tout, sans que personne s'en aperçût. Le bonhomme, enchanté d'être dans la confidence, apporta avec empressement ses outils dans la chambre du prisonnier, travailla, sous ses ordres, différentes décorations, et entr'autres trois petites échelles, de quatre pieds chacune, qui s'emboîtaient solidement les unes dans les autres, et que M. de Combles destinait à traverser un mur de jardin qui était sous sa fenêtre, et qui le séparait de la campagne. Il se fit laisser une suffisante provision de cordes, et une petite lime, avec laquelle il scia un barreau de sa fenêtre. Enfin, tout étant bien arrangé selon ses désirs, il annonça à son assemblée que, le lendemain, il donnerait la représentation de la fameuse fuite de Polichinelle, spectacle à grandes machines et très-divertissant, et demanda que, pour lui laisser le temps de faire ses préparatifs, per-

sonne n'entrât dans sa chambre avant midi. Dès que la nuit fut bien close, et que la maison d'arrêt parut parfaitement tranquille, M. de Combles, à la faveur de ses cordes, descendit dans le jardin, réunit ses échelles pour traverser le mur, et se trouva en pleine campagne, ayant au moins douze heures d'avance sur ceux qui pourraient le poursuivre. Il eut grand soin de ne pas s'arrêter en chemin, et, sous le déguisement le plus délabré, plus propre à exciter la pitié que l'attention, il parvint heureusement en Suisse, et ne revint dans sa patrie que lorsque le rétablissement de la tranquillité publique pût lui permettre de paraître sans danger. Il y rapporta ce même esprit de gaîté que plusieurs années de malheurs n'avaient pu amortir; et, par un hasard assez extraordinaire, les plaisanteries dont il s'occupait avec tant d'intérêt semblèrent se prolonger au delà de sa vie. Quelque temps après sa rentrée en France, attaqué de la maladie grave à laquelle il a succombé, il ne cessait de dire en riant, à ses parents, amis ou domestiques qui l'entouraient : « Ne croyez pas vous débarras-
« ser de moi en m'enterrant ; au moment où
« vous y penserez le moins, je reviendrai ex-
« près pour vous épouvanter tous. » On ne fit

pas grande attention à un propos qui ne tenait qu'à l'esprit facétieux dont il avait donné tant de preuves. Cependant, après sa mort, on porta son corps à l'église. Il y fut accompagné par sa nombreuse famille, beaucoup d'amis et une grande foule de peuple. Mais, au moment où l'on s'occupait tristement, et dans le plus grand silence, des cérémonies funèbres, on entendit distinctement des gémissements profonds qui paraissaient sortir de dessous le drap mortuaire, et l'on vit tout-à-coup le cercueil s'agiter assez violemment en différents sens. Le service fut aussitôt interrompu : plusieurs spectateurs prirent la fuite avec la plus grande terreur; d'autres, se rappelant ce que M. de Combles avait si souvent répété pendant sa maladie, restaient stupéfaits dans une anxiété très-pénible. Enfin quelques-uns, plus hardis, soulevèrent le drap et aperçurent un malheureux homme du peuple qui, ayant eu une attaque d'épilepsie, dans ses convulsions avait roulé sous le cercueil, et avait excité l'effroi général par ses mouvements et ses cris plaintifs.

Le vrai peut quelquefois n'être pas vraisemblable.

C'est ce que diront sans doute les lecteurs

indulgents, en s'arrêtant aux détails, aussi romanesques qu'intéressants, de l'anecdote insérée dans les *Souvenirs de Félicie* (tome II), sur un crime d'infanticide commis à Bremgarthen. Mais tous ceux qui ont habité la Suisse, seront bien éloignés de croire que, dans la petite ville dont parle madame de Genlis, on punisse aussi sévèrement qu'elle le dit les faiblesses malheureuses des jeunes filles qui vont faire leur déclaration par-devant le magistrat. Pourrait-on imaginer en effet qu'aucune d'elles se soumît volontairement à l'infamie publique, qu'on assure si positivement devoir être la suite de son libre aveu, tandis qu'il lui serait si facile de s'y soustraire en moins de dix minutes, en passant sur un territoire étranger ? Mais les mœurs helvétiques sont si indulgentes sur les fautes de cette nature, qu'on se persuadera difficilement que la seule juridiction de Bremgarthen ait conservé une austérité qui n'existe dans aucun pays voisin, et qui partout serait taxée de barbarie atroce.

Je ne parlerai pas de certains cantons protestants, où les parents favorisent eux-mêmes les assiduités nocturnes des jeunes gens auprès de leurs filles. Ces unions d'essai, ces séparations sont aussi communes chez les catholiques que chez les protestants, et les filles, dont les faiblesses ont eu des suites connues, y ont la même certitude de fortune dans les meilleures maisons. Enfin elles auraient le droit d'attaquer au criminel quiconque les invectiverait sur leurs désordres, à moins qu'elles n'en fussent à leur troisième enfant; et il est très-ordinaire de les voir se marier avantageusement avec des hommes qui sont parfaitement instruits de leur conduite, et qui n'ignorent pas qu'elles ont eu *un petit défaut;* c'est l'expression dont on se sert pour désigner ce que nous appelons déréglement de mœurs.

Cependant il existe, dans les pays catholiques, non une punition réelle, mais une distinction marquante et peu pénible pour les filles qui ont fait un enfant. Elles sont libres de ne pas assister aux processions des fêtes de la Sainte Vierge; mais elles ne peuvent y paraître qu'en tablier de couleur; et celle qui s'y présenterait en tablier blanc, dans ce cas-là, éprouverait bientôt la justice de ses compagnes qui lui déchireraient ses vêtements.

D'après ce tableau, qui est bien loin d'être exagéré, et dont tout habitant sincère ne contestera pas la vérité, on pourra croire que madame de Genlis, dont les productions inspirent un si grand intérêt, a composé, par habitude et par reconnaissance, un charmant conte moral ; mais on ne se persuadera pas que la petite ville de Bremgarthen, qui n'a point de code fixe, et qui se régit par des lois purement arbitraires, ait seule conservé, au milieu d'un pareil déréglement, une austérité légale de mœurs, qui peut-être existait il y a quelque siècles, mais que la civilisation et la contagion de l'exemple ont dû faire tomber depuis long-temps en désuétude.

Je dis que ce petit pays n'a point de code fixe, quoiqu'il ait réellement sa juridiction particulière soumise à l'appel par-devant les syndicats de Berne, Zurich et Glaris, excepté dans les matières criminelles. Mais on pourra juger de la vérité de cette assertion par une décision fort extraordinaire, rendue, en plein conseil, contre un respectable magistrat français, en 1793 ou 1794.

M. Lenoir, ancien lieutenant-général de police à Paris, et conseiller d'état en France, habitait Bremgarthen à cette époque. Madame la comtesse de Montbeillard, fort liée avec lui, obligée de retourner dans sa patrie, et n'ayant que très-peu de moyens pour faire ce voyage, vint lui emprunter cinquante louis, qu'il lui remit avec l'obligeance qui formait la base de son caractère. Elle le pria de vouloir bien solder de plus, après son départ, le mémoire d'un boulanger auquel elle devait quelques fournitures, et s'engagea, par le billet qu'elle lui laissa, à rembourser ces deux objets à un terme fixe. Elle partit le soir même. Dès le lendemain M. Lenoir paya le boulanger, et en exigea une quittance au bas du billet de sa débitrice. Le surlendemain il fut cité à comparaître au Conseil. Fort étonné d'avoir quelque chose à démêler avec la justice, mais ayant pour premier principe de se soumettre aux lois du pays qui lui donnait asile, il se présenta devant les magistrats, qui l'interrogèrent ainsi : « Monsieur, vous avez prêté de l'argent à ma« dame de Montbeillard pour retourner chez « elle? — Oui, messieurs. — Elle vous a chargé « de solder le mémoire de son boulanger, et « vous l'avez acquitté ? — Oui, messieurs. — « Monsieur, elle doit encore à plusieurs per« sonnes dans ce pays-ci, et le service que « vous lui avez rendu vous établit caution de « toutes les dettes qu'elle a contractées, et dont « voilà l'état. » En vain M. Lenoir voulut-il se récrier contre une induction aussi illégale : on lui imposa silence, en lui annonçant que, sur son refus, on ferait saisir et vendre ses meubles jusqu'à concurrence. Il fut obligé de payer tout ce que devait madame de Montbeillard.

Une décision non moins singulière, portée par le conseil de Soleure, dans une affaire à peu près pareille, semblerait démontrer que les lois sont ou étaient alors absolument arbitraires et de circonstance, dans une partie de la Suisse, au moins quand les intérêts des habitans se trouvaient compromis avec ceux des étrangers.

M. de Puj...., officier français, logé à l'auberge de la Tour-Rouge, où il s'était mis en pension avec ses chevaux et son cabriolet, se trouvait habituellement placé à table d'hôte à côté d'un jeune Alsacien, qu'il ne voyait que dans ces moments-là, mais qui, lui entendant dire qu'il allait passer deux jours à Bâle, le pria de lui donner une place dans sa voiture : ce qui fut accordé avec beaucoup d'honnêteté. Le lendemain, au moment où les deux voyageurs montaient en cabriolet, l'aubergiste qui les accompagnait, dit à M. de Puj..... « Mon« sieur, vous me ramenerez bien votre com-

« pagnon de voyage? — Oh! avec grand plaisir, « répondit-il. » Arrivés à Bâle, M. de Puj..... va à ses affaires, et apprend le soir, à son retour, que le jeune homme qu'il a comblé d'honnêtetés a pris des chevaux de poste, et lui a volé son cabriolet, avec lequel il est parti. Il est obligé d'emprunter une voiture, à laquelle il fait atteler ses deux chevaux, revient tristement à Soleure, et raconte sa malheureuse aventure en présence de l'aubergiste, qui lui dit qu'en s'engageant à ramener cet homme, il s'était rendu garant de tout ce qu'il lui devait, et qu'il était obligé de payer son compte. En effet, il mit tout de suite les chevaux en fourrière, et le fit assigner. L'affaire fut plaidée contradictoirement, et sur l'aveu de sa réponse honnête et insignifiante, M. de Puj..... fut condamné à payer la dette de l'Alsacien.

La dépendance absolue des magistrats dans une république, la nécessité où ils sont trop souvent de sacrifier les premiers principes des lois sociales à la souveraineté du peuple, et à l'intérêt momentané des individus qui le composent, peuvent seuls concilier l'injustice de pareilles sentences, et de beaucoup d'autres traits fort connus, que je ne me permets pas de citer, avec le caractère loyal d'une nation qui, en tant de circonstances, a exercé si généreusement l'hospitalité envers les malheureux fugitifs de France.

M. D'ARGOUGE, évêque de Vannes, était allé voir madame la marquise Descartes dans son château près de la ville. Cette dame était malade, mais elle voulut recevoir son prélat, le plus pieux et le plus distrait de tous les hommes. On donne un fauteuil à monseigneur, près du lit de la malade; il laisse tomber son bréviaire, qu'il croit ramasser en mettant une des mules de la marquise dans sa poche. Il rendit sa visite courte pour n'être pas incommode. Avant de regagner son palais épiscopal, il va dire ses matines dans sa cathédrale. Il se sent tirer par la manche : c'était un laquais de madame Descartes qui lui rapportait son bréviaire, en lui disant qu'il a emporté une des pantoufles de sa maîtresse. Il se fouille, en doutant fort de ce dont on l'accuse. Mon enfant, dit-il enfin, en montrant ce qu'on lui demandait : *Voilà tout ce que j'ai de pantoufles sur moi.*

Mademoiselle Gauthier, ancienne actrice du Théâtre-Français, qui, sous ce titre, n'a pas eu une réputation bien célèbre, mais qui, par son esprit, par des qualités aimables, se faisait aimer dans les sociétés où elle était admise, se trouvant à dîner chez le duc de N., placée à côté du marquis de Saint-Maixent, grand amateur de la littérature, la conversation tomba entre eux sur cet objet, et particulièrement sur les pièces de théâtre. Le marquis s'extasia beaucoup sur les beautés de la *Métromanie*. « Savez-« vous qui a fait cette charmante pièce ? lui « demanda mademoiselle Gauthier. — Mais je « crois que cela n'est pas douteux, répondit-« il ; c'est Piron : car s'il est absurde de croire « que l'auteur de ce sublime ouvrage ait voulu « cacher son nom sous celui d'un poète aussi « connu, il serait également impossible de « penser que cette anecdote eût pu rester long-« temps ignorée. — Vous avez raison : per-« sonne autre que lui n'est en droit de réclamer « cette pièce, et cependant ce n'est pas lui qui « qui l'a faite, c'est moi, moi qui n'a jamais su « faire un proverbe, une seule scène de comé-« die, pas un seul vers. Cela vous paraît une « énigme, et je vais vous l'expliquer. Piron « ayant fait sa pièce, vint me l'apporter, me

« priant de la présenter au comité des comé-
« diens, et de l'appuyer de tout mon crédit
« pour la faire recevoir. Il m'intéressa par sa
« vivacité, par le feu de son esprit. Je me
« chargeai de la commission, et la présentai.
« On en fit la lecture, et l'on eut bien de la
« peine à l'achever, tant elle eut l'improba-
« tion générale. Je fus seule à m'apercevoir
« qu'au milieu d'une multitude infinie de dé-
« fauts qu'il serait possible de corriger, il y
« avait de sublimes élans de génie, et que la
« contexture du drame, quoique mal dirigée,
« était au fond excellente. Je retirai le manus-
« crit, le rendis à l'auteur, sans lui dissimuler
« le mauvais succès qu'il avait eu ; mais, en lui
« faisant part du jugement que j'en portais
« moi-même, je l'engageai à ne pas se décou-
« rager, et lui promis que, s'il voulait suivre
« mes conseils, sa pièce serait reçue et réus-
« sirait même au delà de ses espérances. Eh
« bien ! que faut il faire? me dit-il avec effu-
« sion ; je suis prêt à exécuter ce que vous me
« prescrirez. — Je n'en sais rien, lui répon-
« dis-je ; mais je sais ce qu'il ne faut pas faire.
« Votre plan est bon, mais il est trop compli-
« qué. Il faut l'éclaircir ; et, en donnant aux
« spectateurs le plaisir de le suivre avec in-

« térêt, leur éviter la peine de l'étudier....

« Piron suivit avec docilité mon conseil ; il « m'apporta successivement nombre de chan- « gements que je rejetai par la seule raison « qu'ils ne me plaisaient pas ; car je n'étais pas « en état d'en donner aucune autre, et il par- « vint peu à-peu à celui que j'adoptai.... A « présent, venons aux scènes, lui dis-je : elles « sont décousues, diffuses ; il faut les resser- « rer, et les lier de manière qu'elles soient né- « cessairement amenées par les événements, « et qu'en même temps elles les fassent naître. « — Nouveau travail pour ces scènes. Deux « ou trois fois la semaine l'auteur m'apportait « ses variantes ; très-souvent je les rebutais, « mais sans pouvoir lui dire autre chose que : « Cela ne me plaît pas, et ne plaira pas au « public. — Que faut-il donc faire pour le « contenter? répétait-il.—Je n'en sais rien (c'é- « tait mon refrain habituel) ; mais recommen- « cez, et vous serez sûr du succès quand je « pourrai vous dire : Cela me plaît. A force « de travail et de corrections, l'auteur parvint « à avoir mon approbation complète à cet « égard. Restait à polir le dialogue et le style « qui étaient durs, secs, semés d'épigrammes « et d'équivoques de mauvais ton. Je voyais

« parfaitement les défauts, et n'en connais-
« sais pas le remède; mais, à chaque visite qu'il
« me faisait pour m'apporter son cahier, ou
« ses feuilles volantes, je lui disais franche-
« ment : Cela ne vaut rien, recommencez; et,
« sans humeur, toujours en l'encourageant,
« lui disant qu'il était capable de faire mieux,
« je jetais au feu ou déchirais ce qui me parais-
« sait mauvais, ou même médiocre, louant
« avec enthousiasme ce que je trouvais bon.
« Ce manége alternatif de changements, de
« rebuffades et d'éloges, dont je ne me lassai
« point, parce que la docilité et la bonne foi
« de l'auteur m'intéressaient vivement, dura
« plus d'un an, et enfin la pièce parvint par
« mes soins, je peux ajouter par ma sévérité,
« au point de perfection où vous la voyez au-
« jourd'hui. Voilà mon énigme expliquée,
« et vous voyez que je n'ai pas eu tort de vous
« dire que c'est moi qui ai fait la *Métromanie*.
« Vous conviendrez au moins que c'est bien à
« moi que le public, sans le savoir, en a l'obli-
« gation. Aussi, toutes les fois qu'on joue cette
« pièce, j'ai soin de m'approprier une bonne
« partie des justes applaudissements qu'on lui
« prodigue. »

Préville contait souvent une singulière anecdote sur son confrère Legrand, qui jouait les rois et les paysans : les rois très-mal, et les paysans passablement. Les comédiens donnaient à Paris *Mithridate*, un jour que les bons acteurs étaient allés jouer une autre tragédie à la cour. Le premier acte fut hué au point que Monime, Xipharès et Pharnace, rentrés dans le foyer, ne voulaient plus reparaître sur la scène, et opinaient à rendre l'argent. Legrand, qui voyait une bonne recette, ne put se résoudre à la sacrifier, et leur dit : « Laissez-moi faire, je m'en vais leur « parler. » Effectivement, il s'avança humblement au bord des lampes, et dit au parterre : « Messieurs, Beaubourg, mademoiselle Du- « clos, Ponteuil, et tous nos meilleurs acteurs « sont aujourd'hui à Versailles ; nous sommes « bien mortifiés de n'avoir pu faire remplir les « rôles de la tragédie que nous vous donnons « ce soir, que par les acteurs qui sont ici ; car « vous n'avez pas encore tout vu, et je ne vous « cacherai point, messieurs, que c'est moi qui « vais jouer Mithridate. » Là-dessus le public d'applaudir, et même les applaudissements ne cessèrent point pendant le cours de la représentation.

On disputait un jour à la Comédie-Française sur la distribution des rôles d'une nouvelle tragédie. Plusieurs acteurs refusaient ceux qui leur avaient été assignés. L'intendant des *Menus* faisait des efforts inutiles pour les mettre d'accord. Le vieux Baron qui, ce jour-là, assistait au comité, assis dans le fauteuil qu'on a vu si long-temps au foyer de la Comédie-Française, et qu'on disait être le fauteuil de Molière; Baron, témoin de cette dispute, prit la parole et dit : « Messieurs (alors grand silence « pour l'écouter), en telle année, dans telle « tragédie, on m'avait donné un rôle qui n'é« tait pas de mon emploi; car c'était un rôle « subalterne, et je ne jouais que les premiers. « Je le refusai, et dis : Je ne jouerai point, et « toute l'assemblée d'applaudir. Le duc d'Au« mont, premier gentilhomme de la chambre, « qui s'intéressait à cette pièce, était venu ce « jour-là à l'assemblée; il répliqua froide« ment : Baron, vous jouerez. — Je ne joue« rai pas. — Baron, vous jouerez, et si vous « ne jouez pas, je vous ferai mettre au Fort« Lévêque. (Elevant la voix.) Savez-vous ce « que je fis ? (Et voilà toutes les oreilles qui se « dressent encore.) Je jouai, et n'ai jamais si « bien joué de ma vie. » Cette conclusion ramena le calme dans l'assemblée, et chacun prit le rôle qu'on lui destinait.

Le charmant opéra comique, intitulé *Annette et Lubin*, eut un succès prodigieux dans sa nouveauté : on en parlait partout avec les plus grands éloges. M. de Saint-S***, maître des requêtes, homme très-répandu dans les sociétés de Paris, entendait souvent donner à cette pièce le juste tribut de louanges qu'elle méritait; et, dans cette occasion-là, il baissait les yeux, s'inclinait, et gardait le modeste silence d'un homme embarrassé de répondre à des compliments flatteurs qu'il ne peut écouter sans rougir, et que son amour-propre savoure avec délices. On était d'autant plus étonné de cette singulière affectation, que personne n'ignorait que madame Favart était l'auteur de ce joli drame, que l'on croyait tout au plus retouché par l'abbé de Voisenon. Enfin, on découvrit que ce jeune magistrat, admis familièrement dans la société de madame Favart, ayant entendu la lecture de cet opéra comique, avant la représentation, lui avait demandé instamment d'y insérer deux couplets de sa composition, sur l'air de la Petite Poste de Paris, qui sont sans contredit les seuls d'un mauvais genre dans ce petit ouvrage; qu'elle avait eu la complaisance d'y consentir; que, d'après cela, M. de Saint-S***, dont les couplets, vu leur gaîté du moment, quoique déplacée, avaient été redemandés par le public, se croyait de bonne foi, sinon l'auteur d'*Annette et Lubin*, du moins le grand mobile de son succès, et ne doutait pas que tous les eloges qu'on prodiguait à cette pièce ne lui fussent directement adressés.

Un homme, fort accoutumé à mentir, racontait une nouvelle. « Je parie contre, dit « M. M. — Vous auriez tort, lui dit à l'oreille « son voisin; rien n'est plus vrai. — *Eh bien!* « *si c'est vrai, pourquoi le dit-il?* »

L'abbé de Voisenon, auteur de plusieurs contes, dont le charmant style ne peut excuser l'obscénité, et de jolis opéras comiques, qu'il donnait sous le nom de madame Favart, célèbre actrice du Théâtre-Italien, mais dont il n'était pas fâché d'être reconnu pour auteur, était recherché dans les plus brillantes sociétés, où il avait droit d'être admis par sa naissance, et dont il faisait l'agrément par son amabilité. Livré entièrement au monde, il ne remplissait pas moins tous les devoirs de la religion, et disait exactement son bréviaire; mais il en marquait les renvois par des couplets de chansons, qu'il composait souvent en interrompant ses prières.

Etant malade, son médecin lui ordonna de prendre, dans la matinée, une pinte d'eau légèrement purgative. Il revint le soir, et demanda quel effet avait produit le remède. « Aucun, lui répondit-on. — Avez-vous tout « pris? — Non, seulement la moitié. » Le docteur se fâcha sérieusement. « Eh! mon ami, « ne vous emportez pas, dit l'abbé : comment « voulez vous que j'avale une pinte? Regardez-« moi bien; je ne tiens que chopine. » Il était, en effet, fort petit et d'une structure très-délicate.

Un jeune poète avait fait une épigramme très-piquante contre lui, avec la précaution de ne pas le nommer, et eut l'impertinence de la lui présenter, en lui en demandant son avis. L'abbé, en la lisant, reconnut tout de suite qu'il en était le héros; il prit une plume, mit en tête : *Contre l'abbé de Voisenon*, changea quelques vers, et la rendant à l'auteur : « Te-« nez, monsieur, lui dit-il, vous pouvez, à « présent, la faire courir : les petites correc-« tions que j'y ai faites la rendront plus sail-« lante ; elle vous fera honneur. » Ce trait de modération déconcerta l'homme à l'épigramme; sur-le-champ il la déchira en mille pièces, demanda pardon à l'abbé, et ne cessa depuis de rechercher ses conseils et son amitié.

M. l'abbé de Boismont, prédicateur du Roi, investi de riches bénéfices, payait difficilement ses dettes. Le doyen du chapitre de Valenciennes, auquel il devait une pension sur une abbaye qu'il avait, ne vit d'autre moyen de retirer ce qui lui était dû qu'en venant le réclamer en personne. Ayant demandé la demeure de son débiteur, il se fit une méprise; et, au lieu de lui indiquer l'adresse de l'abbé de Boismont, on l'envoya à Belleville, chez l'abbé de Voisenon. N'ayant pas trouvé ce dernier, le doyen laissa un billet par lequel il expliquait, au moins très-sèchement, le motif de sa visite. L'abbé de Voisenon, trouvant ce billet à son retour, y répondit aussitôt par la lettre suivante, qui courut bientôt dans tout Paris.

« Je suis fâché, monsieur, que vous ne « m'ayez pas trouvé : vous auriez vu la diffé- « rence qu'il y a entre M. l'abbé de Boismont « et moi. Il est jeune, et je suis vieux; il est « fort et robuste, et je suis faible et valétudi- « naire; il prêche, et j'ai besoin d'être prêché; « il a une grosse abbaye, et j'en ai une fort « mince; il s'est trouvé de l'Académie, sans « savoir pourquoi, et l'on me demande pour- « quoi je n'en suis pas; enfin, il vous doit une « pension, et je n'ai que le désir d'être à même « titre votre débiteur.....

« Je suis, etc. »

L'abbé de Voisenon, dans sa dernière maladie, fit apporter auprès de son lit son cercueil de plomb, qu'il avait fait préparer d'avance. « Voilà donc, dit-il, ma dernière redingote! » Et se tournant du côté de son laquais : « J'espère, ajouta-t-il, qu'il ne te pren- « dra pas envie de me voler celle-ci. »

L'ÉVÉNEMENT extraordinaire de Faldoni et de sa maîtresse, trouvés morts à côté l'un de l'autre, en 1771, dans une petite chapelle, près de Lyon, chacun avec un pistolet à la main, et tous deux avec trois balles dans la poitrine, a fait trop de bruit en France, et a été jugé trop diversement, pour qu'il ne soit pas utile de rétablir les faits dans toute leur exactitude, d'après les informations les plus précises.

Les uns, sans réfléchir à cette maxime très-juste :

> Ainsi que la vertu, le crime a ses degrés,

ont été assez imprudents pour regarder cet homme comme un monstre de jalousie et d'atrocité; d'autres, donnant dans un excès bien contraire, n'ont vu en lui que le héros de l'amour. Ces deux jugements paraissent également faux, et l'on sera bientôt convaincu que, pour apprécier avec impartialité cet homme, dans la circonstance dont il s'agit, on doit le considérer comme un malheureux malade, qui, dans l'abattement de ses forces morales et physiques, fut incapable de résister à l'impulsion subite que lui fit éprouver l'exaltation de celle qu'il aimait.

Faldoni, né en France, quoique d'origine

italienne, avait une très-belle figure, une superbe taille, et avec des passions vives, assez de prudence pour conserver, en toute occasion, l'honnêteté que lui prescrivait la médiocrité de son état, assez d'esprit et de bonheur pour réussir dans tout ce qu'il entreprenait.

Après avoir servi dix ans dans le régiment de Royal-Corse, où il était parvenu au grade de bas-officier, également aimé et considéré par ses chefs, il se retira à Lyon, et s'y distingua comme le plus habile dans sa profession de maître d'armes. Son premier soin, en arrivant dans cette ville, fut de s'informer de la situation d'un honnête ouvrier en soie, qui autrefois l'avait accueilli dans un moment où il se trouvait dans la plus grande détresse, et, quoique pauvre lui-même, avait partagé avec lui ses faibles moyens de subsistance. Il apprit que ce malheureux homme était mort, laissant une veuve réduite à une extrême pauvreté, et deux enfants en bas âge; il alla trouver cette femme, lui porta tous les secours dont elle avait besoin, lui procura, à ses frais, un logement commode, et continua, jusqu'à sa mort, de la soutenir dans un état d'aisance proportionné à ce qui lui était nécessaire pour élever sa famille.

Un autre maître d'armes lui ayant cherché dispute, et l'ayant forcé de se battre avec lui, il eut le bonheur de le désarmer deux fois, et l'obligea à lui demander grâce, et à lui avouer le véritable motif de la querelle qu'il lui faisait. Ayant su que cette animosité venait de la préférence que lui avaient donnée deux de ces écoliers, et que cet homme avait grand besoin de son art pour subsister, il le pria d'accepter dix louis pour le dédommager du tort qu'il lui avait fait involontairement, lui demandant avec instance d'avoir recours à lui dans tous ses besoins. De ce moment, son confrère se jeta entre ses bras, et devint, non seulement son partisan le plus zélé, mais son ami intime. La reconnaissance ne lui permit pas de cacher une action aussi honnête, et c'est par lui qu'elle fut connue.

Etant allé se baigner dans le Rhône avec quelques jeunes gens, il aperçut un de ses compagnons qui, entraîné par le courant, allait être précipité sous la roue d'un moulin. Aussitôt, n'écoutant que le cri de l'humanité, sans avoir jamais su nager, il se jeta à corps perdu dans le fleuve, parvint à saisir ce jeune homme, et le rapporta en triomphe sur la rive.

Je n'ai cité ces différents traits entre beaucoup d'autres, que pour prouver que celui qui en était capable ne l'était certainement pas de l'atrocité qu'on lui a imputée, en supposant que, sûr de mourir des suites d'un accident malheureux, et voulant hâter la fin de ses jours, il avait tué sa maîtresse pour qu'elle ne fût pas à d'autres qu'à lui.

Je reviens à présent à cette tragique histoire, dont on a si fort altéré les circonstances.

Faldoni était devenu éperdument amoureux de la fille d'un riche aubergiste de Lyon, et en était aimé avec une égale passion. Les parents de la demoiselle Meunier (c'était le nom de cette jeune personne) avaient consenti à leur mariage, et il devait être célébré dans peu, lorsque l'amant, en faisant des armes, reçut dans la bouche un coup de fleuret, qui pénétra jusqu'au milieu de la gorge, et lui fit rendre une prodigieuse quantité de sang. On trouva le moyen d'arrêter l'hémorragie; mais il survint à la plaie une tumeur très-fatigante, sur laquelle il consulta tous les médecins de la ville, qui s'accordèrent à dire que c'était un anévrisme incurable; qu'il était possible que le malade subsistât quelques mois, peut-être un an ou deux dans cet état; mais qu'au moment où la tumeur éclaterait, il serait étouffé subitement, sans qu'on pût y apporter aucun remède. Les parents de la demoiselle Meunier n'hésitèrent pas, sur cette décision, à rétracter un consentement qu'ils n'avaient donné, disaient-ils, que pour assurer le bonheur de leur fille, et non pour la plonger dans les douleurs du plus cruel veuvage.

Faldoni, espérant trouver plus de lumières, ou du moins quelques ressources pour sa maladie dans la faculté de Montpellier, partit pour ce pays-là, après avoir juré à sa maîtresse de ne lui rien cacher sur l'avis des médecins qu'il consulterait. Les parents profitèrent de ce départ pour presser leur fille d'accepter un mariage avantageux qui se présentait; mais elle répondit constamment qu'elle n'aurait jamais d'autre époux que l'homme de son choix; que si elle avait le malheur de le perdre, elle ne lui survivrait pas, et que si elle ne pouvait l'obtenir, *elle ne balançait pas sur le parti qu'elle avait à prendre.* Les exhortations, les prières et les menaces se succédèrent vainement : sa réponse fut invariable, et elle ne manquait pas d'instruire son amant de tous les tourments qu'on lui faisait éprouver.

Cependant les avis, à Montpellier, s'étant rouvés absolument conformes à celui des médecins de Lyon, Faldoni l'écrivit franchement à mademoiselle Meunier, en lui mandant que sa plus grande consolation serait de passer ses derniers moments auprès d'elle, et qu'il partirait dès qu'il aurait appris qu'elle se sentait la force de supporter la vue de son amant menacé à chaque instant de la mort la plus funeste. Il l'exhortait d'avance à chérir sa mémoire, mais à ne pas troubler sa résignation par un désespoir, dont l'idée seule rendait plus affreux le peu d'instants qui lui restaient à vivre. Celle-ci, qui avait un esprit très-romanesque, exalté encore par la plus ardente passion et par les contrariétés de sa famille, se hâta de répondre qu'elle irait au-devant de lui, et l'attendrait, tel jour qu'elle lui fixa, dans la chapelle d'une maison dont son père était fermier, maison située sur un chemin isolé, près du village d'Irigny, au-dessus du Rhône, et qu'elle avait pour sa guérison le remède le plus sûr, dont elle lui ferait part alors, ne doutant pas qu'il n'y mît autant de confiance qu'elle-même.

Elle sortit en effet de Lyon de grand matin, le jour indiqué, s'étant munie de deux pistolets qu'elle avait pris dans la chambre de son père, se rendit à la chapelle qu'elle avait désignée, et ne tarda pas à y voir paraître son amant.

D'après toutes les précautions qu'elle avait prises, d'après les lettres écrites de part et d'autre, et qu'on a trouvées dans leurs effets, on doit nécessairement présumer que ce fut elle qui exigea le double suicide qu'ils exécutèrent en ce lieu, et qu'elle seule put y mêler les idées religieuses qu'une femme enthousiaste ne perd pas de vue, même dans un moment aussi affreux ; car on trouva devant eux le rituel ouvert à l'article du mariage ; et il paraît que les deux amants, enchaînés avec soin l'un à l'autre par des rubans qui devaient faire partir ensemble les détentes des deux pistolets, avaient cessé de vivre au même instant, et par le même mouvement.

Jean-Jacques Rousseau se trouvant à Lyon à cette époque, et étant informé de toutes les particularités de ce triste événement, fit les quatre vers suivants :

Plaignez ces deux amants : l'un pour l'autre ils vécurent ;
L'un pour l'autre ils sont morts, et les lois en murmurent.
La simple piété ne voit là qu'un forfait.....
Le sentiment admire, et la raison se tait.

Le chapitre des Chanoinesses que la reine a doté, en s'en rendant protectrice, avait pour décoration une médaille sur laquelle on voyait d'un côté l'image de la Sainte-Vierge, et de l'autre, celle de Sa Majesté. Cette princesse demanda à M. le duc de Nivernois une légende, pour mettre sur les deux faces de la médaille. « Rien n'est plus aisé, répondit galamment le « duc : du côté de la mère de Dieu, il faut « mettre, *ave, Maria;* et autour du portrait « de Votre Majesté, *gratiâ plena.* »

Dorat, le versificateur le plus fécond des ruelles de Paris, gâté, à ce titre, par toutes les jolies femmes du jour, devait être, et était en effet bouffi d'amour-propre sur la célébrité qu'il croyait due à ses ouvrages. Il en avait fait faire une très-belle édition, que le luxe typographique, et les gravures multipliées d'Eisen et des plus habiles artistes rendaient fort précieuse. Il était un matin chez son libraire, lorsqu'il y arrive un Anglais qui, avec l'accent caractérisé de sa nation, demande la belle édition des OEuvres de M. Dorat. « La voilà, mon« sieur. — Combien vaut-il? — Six louis. — « Ché paye tout de suite. — Monsieur, je vais « envoyer le paquet chez vous. — Non, non,

« pas nécessaire ; être si léger la collection, « être si charmant ; m'en fier à moi seul pour « l'emporter. » On juge de la jouissance de l'auteur, en voyant que l'enthousiasme de son mérite avait pénétré au delà des mers. Déjà il préparait dans sa tête une épître sublime à cette nation intéressante, qui, dégagée des liens de la servitude, sait mieux que toute autre apprécier les élans du génie, lorsqu'en se retournant, il voit l'acheteur qui, d'un grand sang-froid, prend volume à volume, en détache avec soin toutes les estampes, les ploye précieusement dans un papier, et dit en sortant : « Oh ! pour les vers, ché en feux pas, être « bon pour chetter dans le rue. »

Ce luxe avec lequel Dorat faisait imprimer ses ouvrages, nous rappelle un mot de l'abbé Galiani, qui disait que ce poète se sauvait du naufrage de planche en planche. Ce mot donna lieu à l'épigramme suivante, que Dorat a la bonne foi de rapporter lui-même.

Lorsque j'admire ces estampes,
Ces vignettes, ces culs-de-lampes,
Je crois voir en toi, pauvre auteur,
Pardonne à mon humeur trop franche,
Un malheureux navigateur
Qui se sauve de planche en planche.

Ce poète était, le jour de sa mort, sur une chaise longue; son médecin entre et lui tâte le pouls. — Eh bien! lui dit le malade, comment me trouvez-vous? — Mon ami, votre pouls s'affaiblit sensiblement, et à votre place je.... — Il suffit, je vous entends. Le médecin sort. A peine la porte est-elle fermée, que Dorat, s'adressant au domestique qui le gardait: Voilà, dit-il, un médecin qui a rencontré bien juste, il me dit de songer à mettre ordre à mes affaires, et je ne me suis jamais si bien trouvé qu'en ce moment. Le malade se tait, porte la main à son front, et récite ces deux vers:

Illustres successeurs du divin Hippocrate,
Dont Molière en ses vers......

C'était le commencement d'une satire contre les médecins; il ne put faire entendre le second hémistiche, il rendit le dernier soupir.

Un curé intrus se trouvant avec un de ses paroissiens, bon villageois, très-estimé dans son village, et qu'à ce titre il lui était intéressant, pour l'exemple public, d'entraîner à son église, lui disait: « Pourquoi ne viens-tu pas à

« ma messe ? Je la dis comme tous les autres « prêtres. Je prononce l'*introït* au pied de l'au« tel ; je dis l'épître, l'évangile, le *credo*, je « consacre et fais la communion de même. — « Tout cela peut être, monsieur l'abbé, ré« pondit le bonhomme ; mais, chez nous, « aussi il arrive quelquefois que les filles font « des enfants comme les femmes, et nous ne « regardons pas cela de même. »

M. P. T. T. N., médecin très-aimable et fort instruit, mais que l'on disait être, comme le célèbre Boerhaave, aussi habile en théorie que malheureux en pratique, plaisantait sur ce qu'on venait de le nommer, sans aucune prétention de sa part, membre de la société d'agriculture. « Dans l'agriculture, moi, disait-il, « qui ne suis ni arbre, ni plante ! Oh ! vous « êtes trop modeste, docteur, lui répondit « M. M***, connu par ses ingénieuses répar« ties : n'êtes-vous pas fumeterre ? »

M. DE MONTAZET, archevêque de Lyon,

homme aussi aimable en société, qu'instruit et exact dans les devoirs de son état, mettait beaucoup d'appareil et de dignité dans l'exercice de ses fonctions. Voulant s'informer par lui-même de l'instruction qu'on donnait dans les couvents aux jeunes pensionnaires, il fit prévenir les religieuses de St.-B. du jour et du motif de sa visite. Rendu à ce couvent avec ses vicaires-généraux et une partie de son clergé, il y fut reçu par la prieure et ses assistantes avec la plus grande cérémonie. On le conduisit dans une immense salle, où étaient rassemblées les autres religieuses et les pensionnaires. Là, on le fit asseoir dans un beau fauteuil, sous un dais, et on lui présenta mademoiselle d'Ir...., jeune personne de six à sept ans, qui était l'idole de ces vénérables nones par son esprit, par sa facilité à apprendre, mais en même temps leur fléau par ses espiégleries. Le prélat, qui était fort lié avec la famille de cette enfant, la caressa beaucoup; et, reprenant ensuite sa gravité épiscopale, se prépara à l'interroger sur les devoirs de sa religion. Les religieuses étaient en foule autour d'elle, et le clergé environnant monseigneur, il se fit le plus grand silence. « On m'assure, ma chère petite, que « vous êtes bien appliquée, et j'imagine que

« vous savez parfaitement votre catéchisme.
« (*Révérence modeste de la jeune personne*).
« Voyons, répondez hautement, et sans vous
« troubler, à mes questions. Quelle est la pre-
« mière chose que vous faites en vous levant?
« — Monseigneur, je prends mon vase de nuit,
« et je..... » La gravité de l'archevêque ne put tenir à cette réponse : les éclats de rire partirent de tous les côtés, excepté de celui des religieuses, qui auraient voulu déchirer à coups de fouet la petite espiègle, et dont le prélat eut beaucoup de peine à calmer la colère.

Dans la guerre de 1756, le maréchal de Broglie observait un jour, avec une grande attention, la position des ennemis. Un de ses aides-de-camp, officier très-distingué, vint lui demander en ce moment s'il n'avait pas d'ordre à lui donner. *Allez-vous-en au diable*, dit le maréchal impatienté d'être troublé dans ses observations ; puis se reprenant aussitôt : *Revenez*, dit-il affectueusement à l'officier, *vous êtes si brave que vous seriez capable d'y aller.*

Personne au monde n'était plus curieux que M. De la Condamine; cette excessive curiosité, jointe à sa surdité, le rendait quelquefois insupportable, et lui avait fait donner le surnom de syndic des importuns : il avait beaucoup de sensibilité, et cependant son insatiable curiosité qui se tournait sur toutes sortes d'objets, le porta à assister au supplice de Damiens, il perça jusqu'au bourreau, et là, tablettes et crayons à la main, à chaque tenaillement ou coup de barre, il demandait à grands cris : *Qu'est-ce qu'il dit?* Les satellites de maître Charlot voulurent l'écarter; mais le bourreau leur dit : *Laissez, monsieur est un amateur.*

M. Le Monier, premier président de la Chambre des Comptes de Dôle, homme aussi austère dans ses principes et même dans ses préventions, qu'implacable dans ses ressentimens, avait une fille unique qui paraissait répondre parfaitement à l'excellente éducation qu'il lui avait donnée. Voulant la marier auprès de lui, sa grande fortune le mettait à même de choisir entre les partis les plus distingués de sa province, et il préféra le comte de Froissard de Bersaillin, officier aux Gardes-Françaises, qui réunissait toutes les qualités personnelles aux grands avantages qu'il pouvait désirer dans son gendre. Les arrangements d'intérêt furent bientôt réglés entre les deux familles, et les paroles données de part et d'autre. Mais M. de Bersaillin, trop honnête pour consentir à ne devoir la main de sa future qu'à des convenances extérieures, se procura avec elle une conversation particulière, dans laquelle il lui exposa que leur mariage n'ayant été arrêté qu'entre leurs parents, il était trop délicat pour se prévaloir de leur autorité et de sa soumission, si elle y avait la moindre répugnance, si même elle n'avait pas la certitude absolue qu'il pût faire son bonheur, et il lui offrit dans ce cas de se charger lui-même de tous les moyens et du blâme de la rupture, pour lui éviter les désagréments de la sévérité trop connue de son père. Soit que mademoiselle Le Monier fût touchée de bonne foi d'un procédé aussi estimable, soit plutôt que dès lors elle méditât les grands éclats d'une aventure romanesque, elle répondit avec grâce qu'elle ne doutait pas de sa félicité dans l'union projetée par ses parents, et qu'elle leur obéirait avec plaisir.

Cependant le jour où l'on devait signer le contrat étant fixé, dans la nuit qui le précéda, madame Le Monier, couchée dans la même chambre que sa fille, est réveillée en sursaut par le bruit d'une porte qui se ferme. « Ma « fille, cria-t-elle en la voyant levée, vous « trouvez-vous mal? — Non, ma mère, ré- « pondit celle-ci. Le bruit que vous avez en « tendu vient de M. de Valdaon, qui a passé « la nuit avec moi, et qui s'en va. Il a même « oublié son chapeau, que je vais lui porter. » La mère effrayée pousse des cris, se précipite après sa fille, qu'elle croit dans le délire, et qui court devant elle, appelant hautement son amant, qui ne paraît point. L'arrivée des domestiques, armés de tout ce qu'ils trouvent sous leurs mains, augmente le tumulte, et M. Le Monier, qui s'est levé en hâte, instruit, par la confusion même, du motif qui la cause, en entendant prononcer un nom qu'il déteste, ordonne à ses gens de se répandre dans les appartements, dans les jardins, et d'arrêter celui qui a eu l'audace de venir l'outrager dans sa propre maison.

Il faut savoir que la haine héréditaire la plus acharnée, et fondée originairement sur des rivalités de place, divisait depuis longtemps les deux familles Le Monier et Valdaon, faites d'ailleurs pour être unies sous tous les autres rapports.

Mademoiselle Le Monier, qui était bien loin, comme on le voit, de partager un tel sentiment, resta impassible au milieu de cette scène orageuse qu'elle crut devoir favoriser ses vues, et qu'elle seule avait préméditée, probablement à l'insu même de son amant, puisqu'il fut démontré ensuite que cette nuit il n'avait pas paru dans la maison de M. Le Monier. Mais aimant passionnément M. de Valdaon dont elle était également aimée, elle ne douta pas de forcer le consentement de son père par un moyen aussi violent, dont le projet, conçu depuis long-temps, nécessitait peut être, pour son exécution et sa réussite, la dissimulation peu délicate qu'elle avait employée avec M. de Froissard de Bersaillin, mais n'excusait certainement pas sa conduite irrespectueuse envers ses parents, et la soumettait elle-même dans l'opinion publique à une tache ineffaçable. Dès que le jour parut, M. Le Monier fit transporter sa fille dans un convent, et porta plainte en rapt et séduction contre M. de Valdaon. Ce fut alors que, pour justifier un éclat aussi public, la jeune personne montra autant d'énergie que son père mit d'animosité à poursuivre la condamnation de celui que sa haine aveugle voulait arracher des bras de sa fille pour le traîner à l'échafaud. Elle prit pour avocat un des plus célèbres orateurs du temps, monsieur Loiseau de Mauléon, qui se distingua plus que jamais par des mémoires intéressants en faveur de celle qui, pour disculper son amant, se chargeait seule du crime de la séduction, et ne craignait pas d'avouer hautement les moyens hardis qu'elle avait employés, pour ramener son père aux voies d'une sage réconciliation et aux droits de la nature. L'éloquence la plus adroite, la sensibilité la plus touchante, et en même temps les expressions du plus tendre respect pour un père grièvement offensé, et dont il s'agissait de désarmer la colère, sans sacrifier les intérêts de l'amour, firent de ces mémoires l'objet de la curiosité générale. On se les arrachait; et la cause particulière d'une jeune fille de vingt ans parut être celle de la France entière. Le procès fut porté de tribunaux en tribunaux pendant l'espace de plusieurs années. Ce fut en vain que madame Le Monier saisit toutes les occasions d'adoucir le ressentiment de son époux. Partagée entre les devoirs que lui imposait un titre aussi sacré, et les sentiments que lui dictait la tendresse maternelle, elle succomba après une longue maladie aux différentes secousses qu'elle eut à éprouver ; et une perte aussi douloureuse ne fit qu'aigrir encore plus le caractère impétueux du père, qui en fit un nouveau sujet de reproche à sa fille, et ne craignit pas d'outrepasser dans sa résistance le terme que la loi mettait à son autorité. Enfin, intervint arrêt définitif du parlement de Paris, qui, suppléant au consentement paternel, permit le mariage entre les jeunes gens alors majeurs, et assigna même une partie des biens du père pour la dot de la demoiselle.

M. Le Monier, furieux de l'arrêt qui le condamnait, se remaria aussitôt, dans l'espoir d'avoir d'autres enfants, en faveur desquels il pourrait disposer du reste de sa fortune. Mais ce second mariage, bien loin de lui apporter les consolations qu'il en attendait, ne servit qu'à mettre le comble à ses infortunes. Le comte de Mirabeau trouva le moyen de s'introduire dans sa maison. Abusant de la confiance du mari, dont il avait l'air de partager les anciens ressentiments, il séduisit sans peine une jeune femme, aussi inexpérimentée que romanesque, et l'engagea à fuir avec lui dans les pays étrangers, emportant avec elle ses diamants, ses bijoux, et tout l'or qu'elle put dérober à son époux. Ils se retirèrent ensemble à Genève.

On pense que M. Le Monier n'hésita pas à réclamer la vengeance des lois contre un crime aussi atroce, et qu'il suivit sa plainte avec toute l'ardeur de l'homme le plus cruellement outragé. Mirabeau fut condamné par contumace au supplice le plus infamant : mais, aidé du crédit de sa famille, il trouva le moyen d'intéresser en sa faveur l'autorité royale, en livrant lui-même sa maîtresse, que l'on vint arrêter à Genève, pour ainsi dire entre ses bras, et qu'on conduisit à Paris, pour y être enfermée par lettre de cachet dans un couvent. Il eut encore l'adresse de cacher à sa victime cette horrible trahison, et garda la cassette, qui sans doute était le premier objet de ses vœux. Se rendant ensuite en France, selon qu'il en était convenu avec le ministère, il fut mis au château de Vincennes par ordre du roi, qui voulut bien ainsi le soustraire aux poursuites de la justice. C'est de là que, s'appuyant sur l'insouciance de M. de Maurepas, il établit, sous l'autorisation formelle de ce ministre, avec sa Sophie (madame Le Monier), cette correspondance qu'il a fait imprimer depuis ; ouvrage d'un esprit exalté, et que l'homme honnête ne peut lire sans indignation, en voyant profaner les mots d'honneur et de vertu dans une cause aussi odieuse, et par un organe aussi impur.

Les circonstances et la faveur rendirent bientôt au comte de Mirabeau sa liberté, dont il n'usa que pour se montrer fils dénaturé, époux barbare. Nommé député aux états-généraux par la sénéchaussée d'Aix, on sait comment il justifia tout ce qu'on pouvait attendre d'un pareil choix.

M. de Nedouchel était un anglomane déterminé. Un jour il était à cheval à la portière de la voiture du roi qui allait à Choisy. Il avait fait de la pluie, et M. de Nedouchel, trottant dans la boue, éclaboussait le roi, qui, mettant la tête à la portière, lui dit : *M. de Nedouchel, vous me crottez. — Oui, sire, à l'anglaise*, répondit d'un air très-satisfait de lui-même M. de Nedouchel, qui, au lieu du mot *crottez*, avait entendu *trottez*. Louis XV, sans se douter de la méprise, se contenta de lever les glaces en disant avec bonhomie :

voilà un trait d'anglomanie qui est un peu fort.

En 1771, Monsieur, aujourd'hui Louis XVIII, fit un voyage en Provence : dans son passage à Avignon, il avait choisi pour sa demeure l'hôtel de M. le duc de Crillon. Les officiers de la ville s'étant présentés pour avoir l'honneur de le garder, il les remercia avec beaucoup de grâce de leur empressement, en ajoutant qu'*un fils de France n'avait pas besoin de garde quand il logeait chez un Crillon.*

Le quatrain que nous rapportons ici a été dernièrement cité dans un journal; il n'est point de Lemière, ainsi qu'un autre journal l'a avancé, mais de Monsieur.

Quatrain sur un éventail donné à la Reine.

Au milieu des chaleurs extrêmes,
Heureux d'amuser vos loisirs ;
J'aurai soin, près de vous, d'amener les Zéphirs :
Les Amours y viendront d'eux-mêmes.

Lorsqu'en 1783 Montgolfier fit sa première expérience aérostatique, on fit courir le quatrain suivant, également attribué à Monsieur.

Les Anglais, nation trop fière,
S'arrogent l'empire des mers ;
Les Français, nation légère,
S'emparent de celui des airs.

En 1777, temps où l'on commença le superbe édifice de l'église de Sainte-Geneviève à Paris, il courut une pièce de vers latins, qui semble avoir été la prédiction des horreurs que l'impiété a produites depuis en France, seize ou dix-sept ans après.

Templum augustum, ingens, reginâ assurgit in urbe,
Urbe et patronâ virgine digna domus.
Tarda nimis Pietas! vanos moliris honores :
Non sunt hæc factis tempora digna tuis.
Antè Deo summâ quàm templum extruxeris urbe,
Impietas templis tollet et urbe Deum.

Ces vers ont été traduits ainsi qu'il suit :

Il s'élève à Paris un temple auguste, immense,
Digne de Geneviève et des vœux de la France.
Tardive Piété ! dans ce siècle pervers,
Tu prépares en vain des monuments divers.
Avant qu'il soit fini, ce temple magnifique,
Les Saints et Dieu seront proscrits
Par la secte philosophique,
Et des temples et de Paris.

La comédie des *Philosophes*, par Palissot, fut jouée à Nanci, sous les auspices du roi Stanislas, et imprimée peu après. Cet auteur avait cru pouvoir se permettre sans conséquence de jeter, en excellents vers, un ridicule public sur des littérateurs qui abusaient de leurs talents pour pervertir les premières bases de la morale et de l'ordre social. Mais il n'en fallut pas davantage pour réunir contre l'auteur cette secte philosophique, qui dès lors formait déjà un corps redoutable. M. Palissot lutta courageusement contre une coalition aussi ardente, et parvint, malgré toutes les oppositions, à obtenir, en 1759, que sa pièce fût jouée sur le Théâtre-Français à Paris. Le jour de la première représentation semblait devoir être très-orageux. Deux cabales furieuses se préparaient à combattre, et l'on annonçait hautement le plus violent tumulte; mais la fermeté du maréchal de Biron sut prévenir tous ces excès. En descendant de sa voiture à l'entrée du spectacle, il appela le sergent de garde, et lui demanda publiquement si le doublement de la garde qu'il avait ordonné était arrivé ? Sur la réponse affirmative, il ordonna que les sentinelles du parterre fussent renforcées, qu'on arrêtât indistinctement ceux qui feraient le plus léger bruit, et ceux qui paraîtraient vouloir le favoriser ; il ajouta que, dans le cas où le tumulte augmenterait, une partie du doublement se porterait les armes hautes dans l'orchestre, une autre dans la même attitude sur le premier banc de l'amphithéâtre. « Je serai dans ma loge, et l'on attendra mes « ordres. »

Cette consigne s'étant bientôt répandue dans la salle, la crainte succéda à l'audace, ou plutôt à la fanfaronnade ; et la pièce, écoutée avec tranquillité, ne fut interrompue que par les justes applaudissements qu'elle mérita ; elle eut plusieurs représentations consécutives qui furent entendues avec le même calme, et l'auteur eut la gloire de triompher, momentanément, de tous les efforts de la rage philosophique.

La pièce *des Sabots*, qu'on joue encore aujourd'hui, fut originairement composée par Cazotte, qui, partant pour un assez long voyage, l'avait laissée à Duni pour en faire la musique. Ce compositeur sentit que la pièce ne valait rien, et il chercha à engager Sedaine à la raccommoder. La chose n'était pas aisée.

Sedaine était fort exact en procédés, et il aurait cru faire injure à Monsigny, s'il eût fait des paroles pour un autre que pour lui. Duni eut donc recours à la ruse; il lui dit un jour qu'il avait dans sa maison un escalier qui menaçait ruine, et qu'il voulait rétablir et former d'une manière plus agréable; il le pria de lui donner quelques avis. Sedaine, en sa qualité d'architecte, alla examiner l'escalier : Duni le retint à dîner; après dîner, il se mit à son clavecin, et lui chanta sans affectation le premier air *des Sabots*. Sedaine applaudit, et demande à voir la pièce : c'était précisément ce que voulait Duni. Sedaine trouve la pièce mauvaise, donne quelques avis, promet de diriger les travaux de l'escalier, et revient au bout de quelques jours voir les ouvriers. Duni lui chante le second air *des Sabots*; Sedaine en change les paroles, corrige la première scène, et s'en retourne, croyant n'être venu que pour l'escalier. A mesure que cet escalier se refait, la pièce se reforme; de sorte qu'à l'exception du premier air, il ne reste pas un seul mot de Cazotte. De cette manière, Sedaine se trouva avoir fait une pièce avec Duni, sans s'en être aperçu. Aussi, Duni disait-il que *les Sabots* lui avaient coûté un escalier.

Ce fut un phénomène bien étrange que l'aveuglement des puissances de l'Europe sur les projets de la philosophie moderne. On ne peut le justifier que par la fausse idée qu'elles avaient, sans doute, de l'impossibilité de leur exécution ; car on ne dira pas que ces projets, travaillés dans l'ombre d'un mystère impénétrable, aient été inconnus à ceux qui étaient le plus intéressés à les déjouer. Qu'on lise ce qu'écrivait le roi de Prusse, Frédéric II, à d'Alembert, le 27 octobre 1772, date bien remarquable par son antériorité à tous les forfaits dont cette prétendue philosophie a souillé la fin du dix-huitième siècle. Ce morceau, tracé de la main d'un souverain que les philosophes se flattaient de compter au nombre de leurs disciples, et qui paraît n'en avoir pris le masque que pour mieux approfondir leurs plans, imprimé dans ses Œuvres posthumes (*t.* XI, *p.* 161), mérite trop d'être généralement connu, pour qu'on omette de le citer.

« Que vous dirai-je d'ici, mandait ce prince, « sinon qu'on m'a donné un bout d'anarchie « à morigéner? J'en suis si embarrassé que je « voudrais recourir à quelque législateur en- « cyclopédiste, pour établir dans ce pays des « lois qui rendraient tous les citoyens égaux,

« qui donneraient de l'esprit aux imbéciles, « qui déracineraient l'intérêt et l'ambition du « cœur de tous les citoyens, et qui ne présen- « teraient qu'un fantôme de souverain qu'on « mettrait dehors au premier ordre; où per- « sonne ne connaîtrait de taxe ni d'impôts, et « qui se soutiendrait de lui-même. Quelque « beau que soit ce gouvernement, je désespère « de mon peu d'incapacité pour le maintenir « sur le pied que vos savants législateurs (qui « n'ont jamais gouverné) prescrivent. Enfin, « il en arrivera ce qu'il pourra; et l'on me « tiendra compte de ma bonne volonté, à peu « près comme à un écolier qui veut donner « des leçons en l'absence de ses maîtres, et « qui, ne les ayant pas assez bien comprises, « les rend de travers. »

Ce n'est pas seulement par les armes du ridicule que ce monarque, si profond politique, attaquait des plans aussi funestes, et dont il avait soin d'écarter de lui les horribles conséquences. Il s'expliquait plus ouvertement encore dans le dialogue entre le prince Eugène, milord Marlborough et le prince de Lichtenstein, inséré dans le sixième volume desdites OEuvres.

« Les encyclopédistes, dit un des interlocu-

« teurs, sont une secte de soi-disant philo-
« sophes..... A l'effronterie des cyniques, ils
« joignent la noble impudence de débiter tous
« les paradoxes qui leur tombent dans l'es-
« prit..... Les gouvernements, ils les réforment
« tous; la France doit devenir un état répu-
« blicain..... » Enfin, il ajoute : « Mon avis
« serait de leur donner à gouverner une pro-
« vince qui mériterait d'être châtiée. »

Dans le temps où la discussion la plus vive s'établissait aux Etats-Généraux sur la distinction et les prérogatives des trois ordres, et où toute la France prenait parti sur l'objet qui paraissait alors de la plus grande importance, un masque, dans un bal, à Dijon, voulut en faire une plaisanterie : il se présenta dans la salle avec les cheveux frisés en rond, une calotte bien luisante et un petit collet avec rabat; habit de couleur, brodé et à parements; veste de drap d'or, le chapeau à plumet, et l'épée au côté; des culottes de bure, des bas de grosse laine, et des sabots aux pieds. Cet étrange accoutrement fut généralement remarqué. Le masque s'apercevant que le comte de Mandelot le regardait attentivement : « Explique, si « tu le peux, lui dit-il, mon habillement. — « Oh ! rien n'est si clair, répondit le comte, le « clergé n'a pas perdu la tête ; la noblesse fait « corps, et le tiers-état est sur ses pieds. »

M. Landes, avocat estimé au parlement de Dijon, prévit, dès le principe de la révolution française, une partie des malheurs qui devaient en être la conséquence ; il eut le courage de les exposer dans une petite brochure très-bien faite, intitulée : *Discours aux Velches.* Cet ouvrage, qui, le premier, démontra par le raisonnement le danger des nouveaux systèmes, eut un cours prodigieux, et attira à l'auteur l'animadversion de ceux qui, dans l'Assemblée Nationale, avaient pour but la destruction de ce qu'ils appelaient les anciens préjugés. On lança contre lui un mandat d'arrêt, en vertu duquel il fut emprisonné à Dijon ; et ce qu'il y eut de singulier, c'est que cet ordre fut rédigé par les membres mêmes du comité chargé d'établir et de présenter le décret concernant la liberté absolue de la presse. On ne s'en tint pas là ; il fut enjoint à la maréchaussée d'amener à Paris M. Landes, avec les fers aux pieds et aux mains. On le transporta donc bien garrotté dans une voiture de poste, dans laquelle se placèrent un exempt et deux cavaliers, nombre bien plus que suffisant pour garder un seul homme, d'autant moins propre à s'évader qu'il était d'une complexion faible, et très-infirme. On se mit ainsi en route; mais à une lieue de la ville, au tournant d'un bois, douze hommes à cheval, bien masqués, et le pistolet en main, se présentent tout à coup, arrêtent la voiture, ordonnent aux gardes de descendre sans résistance, de livrer leurs armes, et de délier le prisonnier, qui était d'autant plus étonné qu'il n'avait été prévenu en aucune manière. Trois bons chevaux de relais remplacent ceux de la poste; un des masques se charge de les conduire, un autre se place à côté du ci-devant prisonnier, et se fait reconnaître à lui pour l'un de ses amis. On prend des chemins détournés, de longs circuits, et les voyageurs, munis d'excellents passe-ports, arrivent sans aucun obstacle en Suisse, où M. Landes, également estimé des habitants du pays et de ses compatriotes, a vécu plusieurs années du produit de ses ouvrages, qui lui ont fourni le moyen de faire subsister son intéressante famille, qui ne manqua pas d'aller le rejoindre dès qu'elle le sut en sûreté.

Cependant le postillon, l'exempt et les cavaliers de maréchaussée, après avoir resté environ trois heures sous la garde des gens masqués, eurent la liberté de retourner à la ville.

Là, on dressa un procès-verbal de cet événement, et les autorités locales s'empressèrent d'ordonner des visites domiciliaires chez tous ceux qu'on put soupçonner d'en avoir été les auteurs ou les complices; mais les mesures avaient été si bien prises, qu'on ne put pas découvrir qu'aucun d'eux se fût absenté pendant cette journée.

Les tristes souvenirs de la révolution me ramènent naturellement à celui d'un respectable vieillard dont j'ai déjà parlé, le comte de Mathan, qui a été victime de son amour pour son Roi, et de sa sensibilité sur la défection du régiment des Gardes-Françaises, dont il était lieutenant-colonel.

A peine M. le duc du Châtelet était-il colonel

de ce régiment depuis trois mois, qu'il trouva le moyen de le mécontenter entièrement par des innovations absurdes, et qui faisaient d'autant plus regretter le maréchal de Biron, qui en était l'idole. Les officiers, les sergents, et jusqu'aux simples soldats, venaient journellement adresser leurs plaintes à M. de Mathan, comme au seul chef qui, par le poids de ses représentations, pût leur faire rendre justice. Il les écoutait avec autant de bonté que de sang-froid, mais ne répondait pas un mot, quoiqu'il travaillât en secret pour l'intérêt du corps, qu'il ne perdait jamais de vue. Il avait, en effet, écrit à cet égard au colonel une lettre fort détaillée, et qui paraissait devoir mériter toute son attention. Mais, au bout de huit jours, n'ayant pas reçu de réponse, et les plaintes se renouvelant encore plus grièvement par une vingtaine d'officiers qui étaient chez lui : « Messieurs, leur dit-il, « je n'ai point attendu ce moment pour faire « part à M. le duc du Châtelet de vos justes « réclamations. Tout ce que vous pouvez me « dire, et dont je suis assuré par moi-même, « est amplement détaillé dans une lettre que « j'ai eu l'honneur de lui écrire il y a plusieurs « jours. Il ne m'a pas fait celui de me répon- « dre. Veuillez passer à mon secrétariat, et y

« prendre copie de la mienne, pour la com-
« muniquer à vos camarades. Je serais fâché
« qu'aucun d'eux pût douter du zèle que m'ins-
« pirera toujours mon inviolable attachement
« pour un corps dans lequel j'ai l'honneur de
« servir depuis près de soixante ans, et dont
« je regarde tous les membres comme mes
« enfants. »

La lettre fut bientôt copiée, et courut de suite tout Paris; de manière que le bruit de cette publicité ne put manquer de parvenir au duc du Châtelet. Deux jours après, le major du régiment se présenta chez M. de Mathan, de la part de ce colonel, pour lui demander une entrevue, à l'effet d'entrer en explication sur une lettre que celui-ci assurait n'avoir pas reçue en original, et dont on lui avait montré plusieurs copies. Le lieutenant-colonel se contenta de répondre que l'accès de goutte dont il était attaqué ne lui permettant pas de se rendre chez M. le duc, il l'attendrait chez lui le lendemain à midi, s'il voulait prendre la peine d'y venir : ce que le major promit au nom de son chef, comme y étant autorisé par lui; M. de Mathan exigea la présence de cet officier à cette conférence, et invita deux des plus anciens capitaines à s'y trouver.

Madame de Mathan, qui connaissait l'impétuosité de son mari quand il s'agissait des intérêts du régiment, lui demanda, avec instance, de permettre qu'elle se trouvât, au moment de l'arrivée du colonel, dans le salon qui précédait sa chambre, dont la porte serait ouverte, se proposant d'entamer avec plus de douceur l'objet en discussion, et de lui éviter ainsi le premier choc d'une conversation qui pouvait être trop vive dans le principe. M. de Mathan y consentit, quoique se croyant bien sûr de garder son sang-froid.

Le duc ne manqua pas de se présenter à l'heure convenue. Il fut annoncé à madame, qui tout de suite entama l'affaire dont il s'agissait. On parla de la lettre : le duc en nia hautement la réception, quand tout à coup M. de Mathan, qui, du fauteuil où il était retenu, entendait ce colloque, s'écria : « Sacreb...., « monsieur le duc, vous l'avez reçue, mes « gens ne sont point des menteurs. » Le duc crut ne pouvoir mieux répondre à une apostrophe aussi véhémente qu'en prenant le ton de la plaisanterie; et entrant dans la chambre où étaient le major et les deux capitaines mandés par M. de Mathan : « Quoi, M. le comte, « quand je viens faire ma cour à madame,

« vous êtes assez indiscret pour nous écouter!
« Mais vous avez pu entendre que nous com-
« mencions à parler d'affaires fort graves, et
« qui nous intéressent vous et moi également.
« Peu importe que j'aie reçu, ou non, votre
« lettre, qui ne m'est réellement pas parvenue;
« mais j'en connais le contenu par les copies
« qui s'en sont répandues; et n'ayant pas de
« plus grand désir que celui de satisfaire les
« vœux du corps dont le Roi m'a fait l'honneur
« de me nommer le chef, je viens, avec toute
« la confiance que méritent votre sagesse et
« votre expérience, vous exposer mes vues,
« et les soumettre à vos conseils et à ceux de
« ces messieurs. »

Les esprits s'étant calmés, on débattit assez tranquillement les projets du nouveau chef, qui parut n'y pas tenir avec opiniâtreté. La conférence allait se terminer, lorsque le secrétaire de M. de Mathan entra. « Monsieur, lui
« dit celui-ci, rendez-moi compte de votre
« commission en présence de ces messieurs.
« — M. le comte, répondit le secrétaire, je
« me suis transporté à l'hôtel de M. le duc du
« Châtelet avec votre postillon. Le Suisse l'a
« parfaitement reconnu pour celui qui y a
« porté votre lettre il y a dix jours, et qu'il

« adressa au valet de chambre. J'ai fait venir « ce dernier, qui, sur mon interpellation, n'a « pas hésité à se rappeler que la lettre de votre « part lui avait été remise, qu'il l'avait aussitôt « portée à M. le duc dans son cabinet, qu'il « la lui avait donnée en présence de MM.*** « et ***, et qu'après l'avoir lue, il l'avait « chargé de dire qu'il enverrait la réponse. »

« C'est bon, dit M. de Mathan : M. le duc, « d'après une explication aussi positive, il « me reste à désirer que vous me procuriez « l'occasion de changer d'opinion sur votre « compte. »

Le duc du Châtelet se retira, atterré d'une scène dans laquelle il avait joué un si indigne rôle, et ne se pressa point d'exécuter ses promesses. La première effervescence de la révolution s'annonça sur ces entrefaites, et le comte de Mathan, accablé par la défection de ses soldats, qui les premiers donnèrent le signal de la rébellion, ne put survivre à la douleur de voir son Roi abandonné de ceux qu'il devait croire ses plus fidèles sujets.

Il est à remarquer qu'à cette dernière époque M. le duc du Châtelet s'étant déguisé pour retourner à son hôtel, et ayant passé la Seine en bateau, tomba entre les mains d'un parti de grenadiers aux Gardes-Françaises, qui, le reconnaissant, lui reprochèrent avec amertume d'être la première cause des malheurs et des désordres du régiment, et ajoutèrent : « Nous nous rendrions justice en vous ôtant la « vie; mais nous ne sommes ni des bourreaux, « ni des assassins, et nous respectons encore « en vous la qualité de notre chef : c'est à ce « titre que nous allons vous escorter jusque « chez vous. » Ils l'accompagnèrent en effet, et le rendirent sain et sauf à son hôtel, où ils refusèrent opiniâtrément de recevoir aucune gratification de sa part.

Peu d'années après, son rang et sa fortune lui imprimèrent le sceau de la réprobation, et il périt victime de la fureur révolutionnaire.

Au mois d'août 1789, époque malheureusement trop célèbre par le délire absurde d'un peuple qui frémissait du seul mot de conspiration, et qui croyait voir partout des attentats contre sa liberté, M. d'Andigné de la Charce, ancien évêque de Châlons-sur-Saône, fut près de devenir victime de cette effervescence qui se dirigeait principalement contre les ministres de l'Eglise. Ce digne prélat, âgé d'environ soixante et douze ans, et ne pouvant plus, à cause de la faiblesse de sa santé, soutenir le poids de ses hautes fonctions, dont il s'était démis quelques années auparavant, s'était retiré à Paris dans un appartement assez rapproché des Tuileries, où il allait régulièrement se promener seul, tous les matins, à onze heures, ayant bien soin de fuir les places de rassemblement, et toutes les personnes de sa connaissance qui auraient pu l'entretenir de discussions politiques. Après l'exercice modéré qu'il s'était prescrit comme régime nécessaire, il allait se reposer au fond de ce vaste jardin, sur un banc, dans un endroit fort solitaire. Là, son grand plaisir était de nourrir de petits oiseaux avec du chenevis dont il portait une poche pleine, et qu'il jetait devant lui. Il les avait si bien accoutumés à ce manége journalier, qu'il s'en rendait des nuées sur les arbres des environs, et qu'ils venaient sans s'effaroucher jusqu'à ses pieds, béqueter les grains qu'il leur distribuait en abondance.

Cependant cette manœuvre, répétée si souvent, ne manqua pas d'alarmer certains esprits, qui crurent y voir le plus grand danger pour la sûreté publique, ne doutant pas que ces grains noirs ne fussent de la poudre à canon, que l'ecclésiastique semait ainsi pour être ramassée par des *aristocrates*, avec lesquels il était sûrement de connivence. On tint conseil sur un fait aussi important, et il fut décidé qu'on prendrait toutes les précautions possibles pour surprendre et arrêter cet ennemi redoutable de la patrie. En effet, au coup de midi, sept ou huit gardes nationaux, après avoir bien pris leurs mesures pour arriver ensemble de plusieurs côtés différents, fondent sur lui à l'improviste, et l'entraînent au travers d'une populace furieuse, qui déjà faisait retentir l'air du cri accoutumé : *A la lanterne le calotin!....* On le mène chez un commissaire qui, sur la dénonciation des gardes, interrogea avec une morgue hautaine le malheureux accusé. Celui-ci, qui jusqu'alors avait d'autant moins compris le motif de son arrestation qu'il était fort sourd, se nomma, expliqua très-naturellement le petit divertissement fort innocent qu'il avait coutume de se donner, et dont il n'aurait jamais imaginé qu'on pût lui faire un crime ; et, pour prouver la vérite de sa défense, montra les restes de chenevis qu'il avait encore dans sa poche. Le commissaire, honteux de sa méprise, lui permit de se retirer ; mais ne voulant pas perdre son importance de juge, en présence de tant de témoins, il lui enjoignit d'être plus circonspect à l'avenir. Le bon évêque avouait que cette grave injonction, si plaisante en cette circonstance, l'avait amplement dédommagé des craintes et de l'ennui que lui avaient donnés une telle incartade. Cependant, pour ne plus se trouver assujéti à de pareilles épreuves, il se retira dans une maison de campagne qu'il avait achetée auprès de Chantilly, et y vécut fort tranquille au milieu de son intéressante famille, qu'il avait eu soin d'y rassembler pour la soustraire à des persécutions aussi absurdes.

Un homme qui avait une grande vénération pour J. J. Rousseau, alla un jour lui rendre visite : « Monsieur, lui dit-il en l'abordant, « vous voyez un homme qui a élevé son fils « suivant les principes qu'il a eu le bonheur « de puiser dans votre Emile. — *Eh bien*, « *Monsieur*, lui répondit Rousseau, *tant pis* « *pour vous et pour votre fils ;* » et il lui tourna le dos.

Le comte de Malseigne, officier-général, qui, à la tête des carabiniers, le plus superbe corps de cavalerie qui existât en France, se faisait remarquer particulièrement par une taille de six pieds bien proportionnée, par une figure martiale et imposante, était connu surtout par sa bravoure, et même par sa témérité qui ne lui permettait de croire à aucun danger. Etant dans sa terre en Franche-Comté, à l'époque des insurrections contre les priviléges honorifiques de la noblesse, il apprit que les paysans de son village avaient fait le projet de briser son banc seigneurial après la messe de paroisse. Il se rendit à l'église en grand uniforme, et se vit entouré des plus mutins de l'endroit, dont il ne pouvait manquer d'entendre les murmures et même les menaces. Au moment de l'élévation, où tous les fidèles se prosternent dans le plus grand silence, il se lève, regarde autour de lui, fixant particulièrement les yeux sur ceux dont il avait entendu les propos; et tirant un grand sabre nu, il s'écrie : « O « mon Dieu ! pardonnez-moi tout le sang que « je vais répandre. » A l'instant, tout ce qui était derrière lui et sur les côtés se précipite hors de l'église, et il y resta, pour ainsi dire, seul.

Au moment de la révolte des carabiniers

contre leurs officiers, ne s'en rapportant qu'à lui-même pour aller chercher des troupes fidèles qui l'aidassent à les remettre dans leur devoir, il traversa à cheval devant une haie considérable de mutins qui tirèrent sur lui presqu'à bout portant, et pas une balle ne le toucha : ce qui les étonna tellement qu'ils le regardaient comme invulnérable, et n'osaient plus l'approcher. Cependant, peu après, quelques-uns des plus hardis trouvèrent le moyen de le surprendre sans défense, le saisirent et l'entraînèrent dans un cachot, qui, placé de niveau avec une cour, fermé seulement par une grille de fer, semblait être plutôt la loge d'un fou, ou d'une bête féroce, qu'une prison. Ils placèrent, en avant de cette grille, deux factionnaires que M. de Malseigne accablait de menaces et d'expressions de mépris. « Lâches ! « leur criait-il, vous êtes armés et je suis sans « défense ; osez tirer sur votre général, sur « l'homme d'une toise (c'était ainsi qu'il se plai- « sait à se nommer lui-même) : vous savez que « je suis invulnérable ; les balles retourneront « sur vous. » Pendant qu'il parlait ainsi, l'un des factionnaires, à moitié ivre, s'amusant à faire sauter son fusil en l'air, l'arme mauvaise et mal chargée partit, se brisa, et le repoussa.

si rudement qu'il fut renversé contre la muraille. Son camarade, saisi d'effroi en le voyant tomber, et attribuant sa chute à la menace qui venait de lui être faite, s'enfuit avec la plus grande vitesse. En ce moment, les troupes mandées pour rétablir l'ordre, après avoir repoussé les carabiniers dans leurs casernes, arrivèrent à la prison, et remirent en liberté monsieur de Malseigne, qui, voyant l'impossibilité de rétablir la discipline dans son corps, partit peu de temps après pour les pays étrangers.

Il s'arrêta quelques jours dans sa terre en Franche-Comté, fit publiquement les préparatifs de son voyage, sans que personne osât s'y opposer; et, affectant de prendre pour son départ le soir d'un grand jour de fête, il se présenta à cheval sur la place de l'église, harangua dans le genre militaire les habitants du village pour leur recommander l'ordre et la tranquillité, leur déclara qu'il laissait sous leur garde son château et ses propriétés; que si, par leur faute, il y arrivait quelque détérioration, il les en rendrait tous responsables, et partit en leur présence, accompagné de son fidèle domestique, habillé en hussard, qui ne le quittait jamais.

Le comte de Malseigne, livré à l'état militaire dès sa plus tendre enfance, ne connaissait guère d'autres principes de morale que ceux de l'honneur, et n'imaginait pas qu'ils pussent s'accorder avec ceux de la religion, sur laquelle il était d'une ignorance profonde. Il fut atteint, à Constance en Allemagne, d'une fièvre lente, qui, accompagnée d'étourdissements fréquents, faisait d'autant plus craindre pour ses jours, qu'il était plus que sexagénaire. Le respectable évêque de Lisieux prit un prétexte plausible pour aller le visiter, et le préparer d'avance aux devoirs de piété qu'exigeait le danger de son état. Pour ne pas le trop effrayer, il ne fit que le pressentir dans les premières conversations ; et lui annonçant que ses occupations ne lui permettaient pas de le voir aussi souvent qu'il le désirerait, il lui demanda la permission d'envoyer savoir de ses nouvelles par son grand-vicaire, l'abbé Barbelney, le plus digne, comme le plus éclairé des ecclésiastiques qui se trouvaient en cette ville. L'abbé, bien prévenu par son prélat, ne s'effaroucha point des propos militaires du général, le vit assidûment plusieurs jours de suite, et entama enfin avec ménagement le véritable objet de sa mission. « Ah ! je m'attendais, dit M. de Malseigne,

« que c'était là le but de vos visites et de « celles du prélat. Eh bien! je vais vous par- « ler franchement. Quoique je sache fort peu « de choses sur la religion, je n'ignore pas que « son premier précepte est de pardonner à ses « ennemis, et jamais je ne l'adopterai. Mes en- « nemis, ce sont les Jacobins : je ne demande « à Dieu de vivre que pour en exterminer la « race; je garderai ce sentiment jusqu'à la « mort, et Dieu, qui l'a gravé dans mon « cœur, est trop juste pour m'en punir dans la « vie éternelle. —Vous avez raison, monsieur, « répondit l'abbé; je pense comme vous, et la « religion ne s'oppose pas plus à votre juste « haine qu'à la mienne. » Ce début inattendu étonna d'abord le général, et l'abbé continua: « Mais dans ces mêmes Jacobins, ce ne sont « pas les individus que vous et moi détestons; « nous ne les connaissons pas : ce sont leurs « péchés, ce sont leurs crimes également « odieux au Ciel et à la terre. Conservez pré- « cieusement cette haine, qui est un motif de « plus pour suivre constamment le chemin de « l'honneur et de la vertu. Plaignons ensem- « ble les malheureux qui s'en écartent, et « cherchons tous les moyens de ne nous trou- « ver ni dans cette vie, ni dans l'autre, avec

« de pareils monstres. Or, vous croyez ferme-« ment à l'immortalité de l'âme, à l'existence « du paradis et de l'enfer ; vous êtes persuadé « que le crime ne peut pas être admis dans « l'un, et qu'il sera éternellement puni dans « l'autre. Ne rejetez donc jamais ce juste sen-« timent d'horreur que vous avez pour le « crime : mais aimez les criminels comme « hommes ; priez Dieu de leur accorder un « sincère repentir ; pardonnez-leur vous-même « comme hommes, du fond de votre cœur, « sans quoi votre haine elle-même deviendrait « injuste ; elle mériterait punition, et vous « vous trouveriez en société dans l'enfer avec « ces mêmes scélérats morts dans leur péché, « et dont vous avez bien raison d'abhorrer « l'odieux aspect. »

L'idée de pouvoir se trouver en société avec les Jacobins fit une impression profonde sur l'esprit du général, qui s'écria : « Ah ! d....., « personne ne m'avait fait un argument de « cette force ; je n'ai rien à répondre, et je me « rends. »

Converti une fois sur ce point, qui lui paraissait le capital, il fut aisé de le ramener à toutes les vérités de la religion, et quelques mois après, il termina sa vie par la fin la plus édifiante.

M. DE LA LUZERNE, évêque de Langres, obligé de s'expatrier, pour avoir refusé en 1791 le serment qu'on exigeait des prêtres fonctionnaires publics, en quittant son diocèse, y laissa les deux stances suivantes :

Ou le serment, ou l'indigence,
Mon cœur, pourrais-tu balancer ?
Adieu pour toujours opulence :
De toi je saurai me passer.
La barque, sans être dorée,
N'arrive-t-elle pas au port ?
Par les revers l'âme épurée
Vole au ciel avec moins d'effort.

Autour de moi l'onde écumante
Gronde avec ses flots menaçants :
Calme, je ris de la tourmente
Et de ses efforts impuissants.
O mer ! fonds sur moi toute entière ;
Tu ne pourras pas m'engloutir :
Je suis sur la barque de Pierre ;
Elle ne peut jamais périr.

Au milieu des déchirants souvenirs de la révolution, on se reposera avec quelque plaisir sur des traits qui en adoucissent l'amertume, et qui nous démontrent tous les avantages que de respectables pasteurs peuvent se promettre d'une patience soutenue et de l'activité d'un zèle éclairé par les vrais principes de la religion.

Je ne ferai que rapporter ici le récit qui m'a été fait par des gens dont la véracité ne peut être suspecte, et qui d'ailleurs est confirmé par les témoignages les plus nombreux et les plus authentiques.

Les habitants des montagnes du Lyonnais, presque tous propriétaires aisés, se sont montrés dans tous les temps fidèlement attachés à leurs devoirs civils et religieux. Cependant, longues années avant la révolution, la seule commune de Saint-Martin-en-Haut semblait se distinguer par l'humeur farouche et plus qu'intéressée de sa nombreuse population, dont le commerce, peu sûr, éloignait tous ses voisins, au point que le nom seul d'habitant de ce lieu était, dans l'esprit des autres montagnards, un signe de réprobation.

M. de Castellas, digne parent de celui que la vénération de ses confrères avait placé à la tête du chapitre de Lyon, fut nommé curé de cette paroisse. L'aspérité du sol, le défaut absolu de toute société, et l'immoralité trop connue des habitants, ne furent pas des motifs assez puissants pour lui faire refuser une mission, dont les difficultés lui parurent, au contraire, un aliment de plus à son zèle pour la cause de la religion. Sachant avec adresse écarter les obstacles, sans paraître vouloir les forcer, il étonna d'abord ses paroissiens par une patience que rien ne put altérer; il se rendit l'arbitre de leurs dissensions, le médiateur de leurs querelles domestiques, l'instituteur de leurs enfants, qui, par leur insubordination, avaient fait jusqu'alors le malheur de leurs parents, et parvint enfin en peu d'années à obtenir, non seulement le respect, mais encore la confiance générale par sa douceur, sa piété et ses éminentes vertus. Ses soins assidus, et vraiment aspostoliques, les ramenèrent tous dans la voie du salut; et ce ne fut qu'avec la certitude de n'avoir pas une brebis égarée, et de laisser son troupeau sous la garde d'un digne pasteur, M. Gardès, son neveu, qu'après avoir régi cette paroisse pendant quinze ans, il passa à celle de Notre-Dame de la Platière, à Lyon. M. Gardès marcha sur les traces de son respectable parent; et tel fut le succès de l'un et de l'autre, dans la direction des œuvres de leur sacré ministère, que depuis long-temps l'opinion générale avait totalement changé en faveur des habitants de Saint-Martin-en-Haut, alors aussi justement aimés et respectés pour leur bonne foi que méprisés auparavant, lorsque les principes de la révolution se portèrent jusque dans les villages les plus écartés. Mais les mœurs de celui-ci étaient fondées sur une base trop solide pour que la séduction pût y pénétrer.

A cette même époque (1791), on avait demandé la prestation du serment ordonné par l'Assemblée Législative aux fonctionnaires publics dans le saint ministère, et M. de Castellas, incapable d'hésiter sur le refus que lui dictait sa conscience, crut pouvoir se retirer avec sûreté auprès de son neveu, aussi ferme que lui dans sa soumission à l'autorité de l'Eglise. Lorsque la nouvelle de l'arrivée de ce vénérable pasteur parvint à Saint-Martin-en-Haut, tous les travaux de la campagne furent suspendus : ce fut une fête générale parmi les habitants, qui, avec M. Gardès à leur tête, allèrent l'attendre processionnellement aux confins de la paroisse, le ramenèrent sous le dais jusqu'à son ancienne église paroissiale, où ils chantèrent un *Te Deum*, avec cette effusion de cœur, qui a plus de mérite aux yeux de Dieu que les accents de la musique la plus solennelle. Vieillards, femmes, enfants, accoururent recevoir la bénédiction de leur bon curé : c'est ainsi qu'ils l'appelaient. Eh! quelle épithète pourrait-on préférer à celle qui, attribuée par excellence à la Divinité, annonce la réunion de toutes les vertus?

Cependant l'orage révolutionnaire grondait de plus en plus, et l'on remarquait avec une espèce de fureur les lieux qui cherchaient à s'y soustraire. Bientôt Saint-Martin-en-Haut fut signalé comme n'étant point encore *à la hauteur de la révolution*, quoiqu'on y eût organisé, selon la loi, une garde nationale qui, à la vérité, ne s'occupait que de la tranquillité intérieure, et ne se mêlait point de discussions politiques. On envoya de la ville de Lyon deux gardes nationaux pour prendre des informations positives sur l'esprit de ce canton. Ils se présentèrent un dimanche dans le village; mais ne tardant pas à s'apercevoir de l'émotion qu'y causait leur présence, ils ne multiplièrent pas des questions qui, dès le principe, avaient été fort mal accueillies, et retournèrent à la ville rendre compte de la tranquillité insultante qui régnait parmi ces montagnards. Il n'en fallut pas davantage pour exciter des motions violentes dans les assemblées, qui ne respiraient que le trouble et la discorde. Il fut décidé qu'on enverrait cinquante hommes de la garde notionale, pour mettre, selon l'expression du temps, ce pays-là *au pas*. Le détachement part, plein de ce zèle féroce qui était l'esprit du moment, et qu'on avait encore cherché à échauffer par l'espoir d'un succès aussi facile que glorieux. Les deux ou trois premières lieues se firent avec beaucoup d'activité; mais on rencontra quelques voyageurs, qui, s'informant de la destination de cette troupe, crurent devoir avertir qu'ils avaient vu les paysans bien armés, attendant dans les défilés de leurs montagnes ceux qui viendraient les attaquer. Cette nouvelle commença à ralentir un peu l'ardeur de la marche; mais l'amour-propre l'emporta sur la crainte, et on alla encore en avant. A une lieue plus loin, le rassemblement des montagnards paraissait pleinement confirmé par le rapport unanime des passants; chacun, dès lors, n'écouta plus que sa prudence. Le désordre se mit dans la troupe, et on se hâta de retourner à Lyon.

Cependant les dignes pasteurs de cet excellent troupeau sentirent que leur présence serait un prétexte de plus à la fureur des malveillants, et prirent avec regret la résolution de se retirer; ils assemblèrent leurs paroissiens, firent part de leur détermination et des sages motifs sur lesquels elle était fondée; ils les exhortèrent à persévérer dans la pureté de leurs sentiments, et leur indiquèrent les moyens de se soutenir dans leurs principes de religion et de piété, malgré la privation où ils allaient se trouver de tous secours spirituels. On concevra aisément combien ces adieux durent être touchants, et combien il fut versé de larmes au départ de ces respectables curés, qui quittaient une famille chérie, dont tous les membres se regardaient comme leurs enfants. Mais la semence jetée sur une bonne terre avait fructifié : aucun prêtre intrus, ou assermenté, n'a pu, malgré les forces armées qu'on a employées plusieurs fois pour leur installation, parvenir à exercer son ministère en ce lieu. La crainte des persécutions, les persécutions mêmes, et on ne les a pas épargnées, n'ont pu forcer ces honnêtes habitants à dévier de la voie précieuse et sûre qui leur avait été tracée. La religion seule a su leur inspirer le mépris des plus grands dangers, dès qu'il s'agissait de secourir les malheureuses victimes de l'oppression. Armés d'un aussi puissant motif, on les a vus se rendre individuellement à Lyon, pour porter des aliments et des provisions de toute espèce à ceux avec qui ils pouvaient avoir la moindre relation, dans le temps où les propriétaires les plus fortunés de cette déplorable cité gémissaient dans les fers et dans les horreurs de la famine. Obligés souvent, pour se mettre à même d'exercer cette pieuse bienfaisance, de se mêler parmi les cannibales, qui dévoraient le sang de leurs victimes, ils entendaient leurs exécrables vociférations, leurs complots de pillage, les rapportaient avec douleur à leurs compatriotes, et se rassemblaient pour fléchir en leur faveur la Justice divine, si justement irritée.

Lorsque la tourmente révolutionnaire parut un peu se calmer, leur premier soin fut d'exprimer leur reconnaissance à la Bonté céleste qui les avait protégés, et ils crurent ne pouvoir mieux signaler ce sentiment, qu'en formant à leurs frais dans leur commune et sous les auspices des vicaires généraux administrant le diocèse de Lyon, un petit collége, où nombre de jeunes élèves, destinés à l'état ecclésiastique, recevaient l'éducation la plus pieuse;

mais bientôt le local ne pouvant suffire à l'extension rapide que prit cet établissement, dont les élèves étaient forcés de se disperser chez les différents habitants, il fut réuni aux autres colléges du diocèse, et cette fondation, aussi pieuse par son seul motif, qu'utile par sa nature, a été remplacée par une congrégation de sœurs des petites écoles, entretenues aux frais de la commune.

Les âmes sensibles n'apprendront pas sans intérêt qu'on a nommé, pour desservir cette même paroisse de Saint-Martin-en-Haut, un excellent pasteur, qui, par son zèle, ses vertus et ses talents, se montre bien digne de remplacer MM. de Castellas et Gardès, morts il y a quelques années dans les pays étrangers, et dont la mémoire vivra éternellement dans un lieu qui leur a dû le plus grand des bienfaits, celui d'un sincère retour à la religion.

Ce n'est pas sans raison qu'on a blâmé M. de Malesherbes sur sa prédilection marquée pour la philosophie moderne pendant la courte durée de son ministère ; mais le grand caractère qu'il a montré dans le temps où il était l'un des premiers magistrats du royaume, la fermeté avec laquelle il s'est illustré à la fin de sa carrière, en se chargeant de la défense du malheureux Monarque dont il était devenu l'ami; enfin, la rétractation authentique de ses erreurs, qui ne furent jamais que celles de son esprit, peuvent bien effacer quelques torts, et l'on ne pensera jamais à ses derniers moments sans respecter la mémoire d'un homme dont le nom sera à jamais gravé dans le cœur de tous les vrais Français.

Si l'on ne savait quelle est la différence de la marche du bel esprit et de celle du génie, on serait étonné de la modestie et de la simplicité qui semblaient envelopper tant de rares qualités. Cette existence sans prétention lui assurait l'attachement de tous ceux qui le connaissaient, et lui a procuré quelquefois des scènes assez originales.

Voyageant en Suisse, après avoir renoncé volontairement aux affaires, et se trouvant, sans aucune suite, dans un petit village, au milieu des montagnes, il montra quelque envie de visiter le temple des protestants, et le pasteur du lieu, qui parlait très-bien français, le lui ouvrit aussitôt, et le conduisit obligeamment partout, répondant avec honnêteté à ses remarques et à ses questions. Mais, étonné de trouver dans un voyageur aussi simplement mis, un homme instruit, et qui s'exprimait avec autant de facilité, il lui demanda d'où il était, et quelle était sa profession. « Je suis « Français, répondit M. de Malesherbes, et, « peu de temps avant mon départ, j'étais mi- « nistre en France. » Cette qualification ne laissa pas douter au pasteur qu'il ne fût son collègue ; les ecclésiastiques, dans cette religion, portant le titre de ministres. « Ah! dit-il, « je me félicite de cette heureuse rencontre ; « mais je ne souffrirai pas que mon confrère « dîne à l'auberge : j'espère que vous viendrez « partager mon frugal repas. » M. de Malesherbes, qui ne voulut pas l'humilier en le faisant apercevoir de sa méprise, accepta la proposition avec la même franchise qu'elle lui avait été faite, et se rendit au presbytère. Pendant et après le dîner, la conversation roula entre eux sur la religion, la morale, et même la politique, et le pasteur n'eut pas lieu de se détromper sur la première idée qu'il avait prise de son hôte, dont la bonhomie lui plaisait infiniment. Cependant, lui ayant demandé son nom, il resta d'autant plus étourdi d'apprendre que celui qu'il avait traité si familièrement, était M. de Malesherbes ; qu'ayant voyagé en France pendant son ministère, il avait entendu parler généralement de lui avec tous les éloges et l'enthousiasme qu'il méritait. Il voulut se confondre en excuses; mais M. de Malesherbes, le serrant dans ses bras, l'assura de toute l'amitié qu'il lui avait inspirée, le priant de disposer de lui dans toutes les occasions où il pourrait lui être de quelque utilité; et, pour lui prouver le plaisir que lui avait fait une réception aussi loyale, il accepta, sans se faire presser, un lit dans le presbytère, d'où il partit le lendemain. Il n'a pas manqué depuis d'entretenir une correspondance suivie avec le pasteur, sous prétexte de se procurer différentes plantes de la Suisse, pour cultiver dans un jardin dont il faisait ses délices, en s'y appliquant uniquement à l'étude de la botanique.

Quand on demandait à M. de Malesherbes pourquoi il avait quitté le ministère de la maison du Roi, dont une partie essentielle était la haute police de la capitale, il répondait avec autant de franchise que de gaîté : « Que vou-« lez-vous? J'étais dégoûté de vouloir le bien, « et de ne pouvoir jamais le faire; tous les « mauvais sujets étaient protégés, tous les « honnêtes gens étaient protecteurs : je n'ai « jamais mis la main sur un décrotteur, que « je n'aie trouvé derrière un duc et pair pour « le soutenir. »

On parlait un jour, devant madame Geoffrein, de la simplicité de caractère : *Tant de gens l'affectent*, dit-elle ; *mais M. de Malesherbes, voilà un homme simplement simple.*

M. de Saint-Foix, mousquetaire, auteur des *Essais sur Paris*, et de plusieurs jolies petites pièces de théâtre, avait pour se battre une passion bien malheureuse ; car il était rare qu'il mît l'épée à la main sans être blessé. Il est peu de recueils d'anecdotes qui ne citent différents traits de son étourderie, qu'il serait inutile de répéter ici. Je me contenterai d'en rapporter un que je crois moins connu.

Il prit un jour en guignon un homme qu'il trouva dans une société, et qu'il ne connaissait point, mais dont le sang-froid l'impatienta d'autant plus qu'il le jugea affecté, et le regarda comme une satire amère de sa vivacité. Il se crut offensé, demanda son adresse, et lui annonça tout bas qu'il irait le trouver le lendemain matin, voulant *avoir affaire* avec lui. En effet, il se présente chez lui le lendemain, à la pointe du jour : il est accueilli très-froidement, mais poliment, par celui qu'il regarde comme son adversaire, et qui lui propose une tasse de chocolat. Saint-Foix répond qu'il n'est point venu pour cet objet, mais pour l'engager à sortir avec lui. « Volontiers, monsieur; mais, « avant de sortir, je prends toujours une tasse « de chocolat : c'est ma coutume, et si vous « voulez, nous déjeunerons ensemble. — A la « bonne heure. » Et Saint-Foix se résigne à prendre du chocolat. Ils sortent ensemble, passent devant une église, et le compagnon de Saint-Foix y entre. « Mais, monsieur, à quoi « pensez-vous donc? Allez-vous entendre la « messe? — Oui, monsieur, je ne sors jamais « sans entendre la messe : c'est ma coutume. « — Eh bien, monsieur, entendons la messe, » dit Saint-Foix, qui voulut voir jusqu'à quel point cet homme porterait sa froide goguenarderie. La messe finie, ils sortent, traversent ensemble le jardin des Tuileries, et lorsqu'ils sont au Pont-Tournant, l'homme retourne sur ses pas. « Eh, monsieur, qu'est-« ce que vous faites? Quelle est donc cette « nouvelle fantaisie? — Monsieur, je fais tous « les matins deux tours dans la grande allée : « c'est ma coutume. — Oh! j'espère que vous « voudrez bien en changer aujourd'hui, et « venir avec moi aux Champs-Elysées. —

« Non, monsieur, ce n'est pas ma coutume. « — Comment! vous refusez donc de vous « battre avec moi? — Me battre! monsieur; « je vous assure que je n'en ai point d'envie: « ce n'est pas ma coutume; je suis maître aux « comptes, je ne porte une épée que pendant « les vacances, et ne me sers que de ma plume: « vous m'avez parlé *d'une affaire* avec moi, et « j'attendais qu'il vous plût d'entrer en ma- « tière. » Saint Foix, bien convaincu alors que le sang-froid de l'homme qu'il avait provoqué si mal à propos était très-naturel, et qu'il avait eu tort de lui supposer l'intention de l'offenser, fut obligé de retourner chez lui, fort honteux de n'être pas entré en explication dès le premier moment, et de s'être attiré ainsi la punition plaisante que méritait sa ridicule susceptibilité.

On trouvera sans doute fort extraordinaire que le même homme qui recherchait si étourdiment les occasions de se battre, ait déclamé hautement contre la fureur absurde des duels, dans ses *Essais sur Paris* (*t.* 1, *p.* 248). On peut en conclure qu'on serait souvent trompé en jugeant du caractère d'un auteur par ses écrits.

Mademoiselle Phil....., descendante du célèbre banquier de ce nom, âgée de plus de quarante ans, et ayant renoncé au mariage, avait conservé toute la naïveté de l'enfance : ce qui la rendait souvent le plastron des plaisanteries d'une société aimable où elle allait habituellement.

Deux personnes causant tout bas en sa présence, elle eut la curiosité de s'approcher, et de demander le sujet de la conversation. « Nous « parlions, dit l'un d'eux, de choses qu'une « jeune fille ne doit pas entendre. — Ce que « vous dites-là, monsieur, est fort déplacé, « répondit-elle d'un air piqué ; apprenez que « je ne suis fille que de nom. »

Se trouvant, par la mort de son frère, en possession d'un vignoble considérable, elle voulut, selon qu'on y était obligé par la loi, faire la déclaration de la quantité de vin qu'avait produite sa récolte. Elle demanda à quelqu'un de sa société à qui il fallait s'adresser pour remplir cette formalité ? On lui indiqua malicieusement le recteur des cas fortuits, c'est-à-dire, l'homme chargé de recevoir et enregistrer les aveux de grossesse. C'était un vieillard assez bourru, qui, en la voyant paraître, lui demanda d'un ton brusque : « Que

« voulez-vous? — Monsieur, je viens faire ma « déclaration. — Vous ! à votre âge ! — Eh ! « pourquoi pas à mon âge ? Fallait-il vous en- « voyer à ma place un enfant ? — Point de « sottes plaisanteries ; venons au fait. De qui « tenez-vous cela? — De mon frère. — Com- « ment, malheureuse ! de votre frère ? — Que « veulent dire ces termes-là ? Quoi, vous m'in- « sultez ! » La conversation continua ainsi très-vivement en quiproquo de part et d'autre, et ce ne fut qu'après un peu de modération des deux côtés qu'on parvint à s'entendre, et que mademoiselle Phil..... fut convaincue du tour perfide qu'on lui avait joué.

Madame de B. disait un jour naïvement étant à table : *Mon Dieu, je suis bien heureuse de ne point aimer les épinards, car j'en mangerais et je ne puis pas les souffrir.*

Le maire du petit village de Talans en Bourgogne, avait, à ce titre, droit de séance aux états de la province, et celui de manger à la table du prince, lorsqu'il venait présider aux états. Celui qui possédait cette place était un bon paysan d'assez mince apparence, mais ne manquant pas d'un certain esprit; d'ailleurs, fort content de jouir de sa prérogative. Les jeunes pages qui servaient à table imaginèrent de s'amuser à ses dépens. A mesure qu'on mettait quelques mets sur son assiette, celui qui était derrière lui la lui enlevait avant qu'il eût le temps d'y toucher, et lui en donnait une vide. Ce petit divertissement, qui le faisait rester à jeun au milieu d'une excellente table, commençait à l'ennuyer. On venait de lui servir une aile de faisan, et on allait la faire disparaître, lorsqu'il donna un coup sec du manche de son couteau sur les doigts du petit espiègle qui retira bien vite la main. Le prince qui était jeune, et qui s'était amusé de cette plaisanterie, sans faire semblant de la voir, lui dit : « Qu'est-ce donc que cela, monsieur « le maire ? Vous battez mes pages ! — Oh ! « non, monseigneur, répondit-il; je leur ap- « prends à lire : ils prennent des *L* (ailes) « pour des *O* (os). » Le prince rit beaucoup du calembourg, et fit cesser le badinage.

M. Vidaut de la Tour, conseiller d'Etat, renommé par ses talents, par son intégrité, et jouissant d'une grande fortune, ne pouvait à tant de titres échapper à la faux révolutionnaire. Il fut arrêté avec sa mère âgée de quatre-vingt-quinze ans, aveugle, sourde, infirme, et conduits ensemble à l'échafaud. « Où me « mènes-tu, mon ami, lui disait cette respec« table femme? — En Paradis, ma mère! » lui criait ce malheureux fils, qui perdit la vie immédiatement après elle.

Les protestations du parlement de Paris contre les horreurs qui se commettaient à cette époque furent un crime irrémissible aux yeux de ce tribunal de sang, qui avait juré la destruction de tout ce qui portait le caractère de l'honneur et de la vertu. Les magistrats qui avaient signé cet acte, et qui ne purent échapper aux recherches que l'on fit d'eux dans toute la capitale, furent immolés à la vengeance des factieux. M. Sallier, conseiller au parlement, et l'un des signataires, eut le bonheur d'être averti d'avance qu'on devait l'arrêter, et n'eut que le temps de se sauver dans les pays étrangers, sans pouvoir prévenir personne de son départ. Mais, sur la ressemblance de nom, et sans prendre de plus amples informations, on alla saisir son respectable père, président à la cour des aides, vieillard septuagénaire, et on le traduisit devant ces juges qui ne cherchaient que des victimes. Là, on lui montre les protestations au bas desquelles était son nom, et on lui demande s'il reconnaît cette signature. (C'était celle de son fils dont il ignorait la fuite.) Le président n'hésite pas à se sacrifier dans l'espoir de lui sauver la vie, et répond affirmativement. Interrogé quel a été son motif, il dit qu'il n'a rien à se reprocher en suivant l'impulsion de sa conscience. Une telle réponse fut l'arrêt de sa condamnation. Il fut traîné à l'échafaud, et périt courageusement avec la satisfaction de donner le plus grand exemple de l'amour paternel.

Le sang-froid avec lequel tant d'innocentes victimes allaient à la mort, la piété qui a caractérisé les derniers moments d'une foule d'autres, adoucissent en quelque sorte le souvenir ineffaçable d'une époque aussi funeste. Mais il est peu d'exemples d'une tranquillité pareille à celle de M. de Montjourdain qui, apprenant qu'il était condamné par le tribunal révolutionnaire à périr le lendemain, composa et adressa dans le jour, à sa femme, les vers suivants, bien connus dans le temps, mais que je ne me rappelle pas avoir vus dans aucun recueil.

L'heure avance où je vais mourir ;
L'heure sonne, et la mort m'appelle :
Je n'ai point de lâches désirs ;
Je ne fuirai point devant elle.
Je meurs plein de foi, plein d'honneur ;
Mais je laisse ma douce amie
Dans le veuvage et la douleur.....
Ah ! je dois regretter la vie.

Demain mes yeux inanimés
Ne s'ouvriront plus sur tes charmes;
Tes beaux yeux, à l'amour fermés,
Demain seront remplis de larmes ;
Le froid glacera cette main
Qui m'unit à ma douce amie :
Je ne vivrai plus sur ton sein.....
Ah ! je dois regretter la vie.

Si j'ai dix ans fait ton bonheur,
Garde de briser mon ouvrage :
Donne un moment à la douleur,
Donne à la raison ton bel âge ;
Qu'anciens souvenirs à leur tour
Viennent rendre à ma douce amie
Des jours de paix, des nuits d'amour.....
Je ne regrette plus la vie.

Si le coup qui m'attend demain
N'écrase pas mon triste père ;
Si l'âge, l'ennui, le chagrin,
N'enlèvent pas ma tendre mère ;
Ne les fuis pas dans leur douleur :
Sois à leur sort toujours unie.
Qu'ils me retrouvent dans ton cœur :
Ils aimeront encor la vie.

On a peine à concevoir que le plus tendre sentiment ait pu dicter de pareils vers en un moment aussi cruel. Mais n'est-il pas plus inconcevable encore que ce même homme ait adressé ce jour-là à ses amis les stances suivantes d'un genre bien différent, et dont la gaîté présente un contraste si frappant avec la situation de celui qui les composa ?

A MES AMIS.

Je vous quitte donc pour toujours :
Il faut renoncer à la vie.
Adieu plaisirs, adieu beaux jours,
Qu'avec quelque peine j'oublie.
Mais j'ai mon passe-port : demain
Je prends la voiture publique ;
Je vais porter mon front serein
Sous la faux de la république.

Mes tristes et chers compagnons,
Ne plaignez pas mon infortune :
C'est dans le temps où nous vivons
Une misère trop commune.

Dans nos gaîtés, dans nos ébats,
Toujours chantant, toujours en fête,
Mes amis, ne m'avez-vous pas
Fait quelquefois perdre la tête?

Quand au milieu de tout Paris,
Par un ordre de la patrie,
On me roule à travers les cris
D'une multitude étourdie,
Qui croit que de sa liberté
Ma mort assure la conquête.....
Qu'est-ce autre chose, en vérité,
Qu'une foule qui perd la tête?

M. Roucher, auteur du joli poëme des Mois, ne montra pas moins de tranquillité que M. de Montjourdain dans la même circonstance. Conduit au tribunal révolutionnaire, condamné à périr le lendemain, et ramené dans la maison d'arrêt, il pria un de ses amis, prisonnier comme lui, qui avait beaucoup de talent pour la peinture et la ressemblance, de faire son portrait. L'ouvrage achevé, il l'envoya à sa femme et à sa fille avec les quatre vers suivants :

Ne vous étonnez pas, objets chéris et doux,
Si quelqu'air de tristesse obscurcit mon visage :
Lorsqu'un savant crayon dessinait cette image,
J'attendais l'échafaud, et je pensais à vous.

M. Fenouillot, magistrat également distingué et estimé à Besançon, livré entièrement aux devoirs de son état, et ne se mêlant point de discussions politiques, n'avait pas cru que la proscription révolutionnaire pût l'atteindre dans la tranquillité dont il jouissait. Cependant, quoiqu'il n'eût pas quitté cette ville, quoiqu'il s'y montrât publiquement, il y fut inscrit sur la liste des émigrés. En vain protesta-t-il contre un faux aussi matériel; en vain, pour constater sa présence, passa-t-il plusieurs actes par-devant notaire : il ne put parvenir à faire effacer cette inscription. Obligé enfin de se soumettre au bannissement qu'on lui imposait sous des formes aussi extraordinaires, il fallut qu'il abandonnât son intéressante famille dans laquelle il mettait son bonheur, et qu'il se transportât dans les pays étrangers, où il vécut plusieurs années du produit de ses travaux littéraires. Mais, pendant son absence, les malheurs domestiques les plus cruels pour une âme honnête et sensible se réunirent pour lui enlever la plus grande partie des objets qui avaient été jusqu'alors ceux de son estime et de ses affections. Il les ignora long-temps, et n'en fut instruit qu'au moment où le retour de la tranquillité publique lui permit de revenir en France. Dès lors il n'hésita pas à renoncer à la patrie qu'il avait quittée auparavant avec tant de regrets, et qui ne pouvait remettre à présent sous ses yeux que le spectacle et les souvenirs les plus déchirants. Il vint s'établir à Lyon, où il se voua à la profession d'avocat, avec des talents qui lui attirèrent bientôt une célébrité digne de la noblesse avec laquelle il exerçait l'état le plus honorable pour celui qui sait en apprécier les devoirs.

L'un de ses premiers débuts dans cette carrière, dont il connaissait parfaitement la théorie (ayant exercé long-temps les fonctions d'avocat du roi dans le tribunal où il avait siégé), en lui conciliant l'estime des juges et l'enthousiasme du public, ne laissa pas douter du succès avec lequel il soutiendrait la réputation que ce moment lui assura. Chargé de défendre la cause d'un mari qui réclamait contre le divorce qu'avait obtenu sa femme, en son absence, il s'y porta avec d'autant plus d'intérêt, qu'il trouva dans la situation de son client une grande conformité avec la sienne propre. Le public, toujours avide de ces sortes d'affaires, et de la malignité qui, dans ces occasions, ne manque pas d'alimenter les plaidoyers des deux parties, s'était rendu en foule à l'audience. Mais on fut très-étonné de voir prendre à M. Fenouillot une marche absolument opposée à celle des sarcasmes et des injures par lesquels les avocats ordinaires semblent mendier avec bassesse les applaudissements que l'esprit satirique n'accorde que trop souvent à la méchanceté, et qui répugnent toujours à la délicatesse. Après avoir établi avec clarté et précision les moyens de droit qui devaient assurer le succès de sa demande, il démontra que le malheur des circonstances avait seul produit et prolongé l'erreur d'une femme trop honnête pour ne pas respecter, dès qu'elle serait éclairée, l'indissolubilité des liens religieux et sociaux qu'elle avait volontairement contractés; trop attachée à ses devoirs pour se dévouer au soupçon d'avoir eu seulement la pensée de les enfreindre; trop sensible, enfin, pour ne pas partager intérieurement la tendresse d'un époux qui ne réclamait le secours des lois, que pour avoir le droit de s'occuper uniquement du bonheur d'une épouse adorée, et si digne de l'être par ses vertus, ses grâces et la conduite la plus exemplaire. En terminant son discours, dicté d'abondance par l'effusion du plus vif sentiment, il s'exprima avec tant de chaleur sur la félicité d'une union sanctifiée par la religion, les lois et l'honneur, que plusieurs fois ses sanglots étouffèrent sa voix, et qu'il arracha des larmes aux juges et à tout son auditoire. Il gagna pleinement son procès; mais il obtint encore un triomphe bien plus flatteur, lorsque la jeune femme, qui avait assisté à la séance, vint se jeter publiquement, tout en larmes, entre ses bras, et le remercier de l'avoir rendue à ses devoirs et au bonheur en plaidant contre elle. Dès le lendemain, il reçut la visite des deux époux réunis, qui ne se disputaient plus que sur les moyens de mieux lui exprimer leur reconnaissance.

Dans le temps où toutes les personnes qui possedaient des richesses et des places éminentes crurent devoir se soustraire par la fuite à la persécution révolutionnaire, M. d'A....., qui, en raison de son immense fortune et des fonctions importantes qu'il avait exercées, pouvait être, plus que tout autre, en butte à l'animadversion populaire, passa à Londres avec environ trois millions d'argent effectif, qu'il plaça bien solidement, et qu'il ménageait avec autant de parcimonie que s'il eût été dans la détresse.

Un de ses malheureux compatriotes, avec lequel il avait été particulièrement lié à Paris, et qui ne pouvait pas ignorer son opulence, se trouvant dans un besoin pressant d'argent, crut ne pouvoir mieux s'adresser qu'à lui pour emprunter une somme de cinquante louis. M. d'A..... le fait entrer dans son cabinet, de l'air le plus affable, ouvre son secrétaire, en tire un grand registre; et lui disant qu'il est juste de mettre toujours ses affaires en ordre, il écrit en sa présence, en se dictant lui-même tout haut : « Le.... du mois de.... « M.*** m'a demandé à emprunter la somme « de cinquante louis, ci.... 1200 liv. » Le demandeur, d'après ce préambule, dont il supporta aisément l'ennui, ne doutait pas que l'argent ne fût compté à l'instant; mais monsieur d'A....., lui montrant plusieurs feuilles de son registre, remplies de différents noms et de différentes sommes plus ou moins fortes, ajouta : « Vous voyez, mon cher ami, quelle « confiance j'ai en vous : tenez, voila les noms « de tous ceux qui ont voulu m'emprunter de « l'argent. Voyez où j'en serais réduit, si je

« n'avais pris le parti de les refuser tous.
« J'espère que vous ne me saurez pas mauvais
« gré de vous traiter comme MM.*** et ***, qui
« m'assuraient être dans le même cas que vous,
« et qui ont cependant pu se passer de moi. »
En disant cela, il referma son registre, son secrétaire, et accabla de politesses le demandeur, qui ne lui témoigna pas moins son mécontentement sur un pareil procédé, et le publia hautement.

M. d'A..... se présenta, un matin, dans cette même ville, avec une vieille perruque, enveloppé de la plus mauvaise redingote, chez un célèbre dentiste, auquel il demanda de lui faire un râtelier postiche, le sien étant usé de manière à craindre de ne pouvoir bientôt plus s'en servir, et s'informa du prix qu'il mettait à cette opération. « Vingt-cinq guinées, répondit le dentiste. » A ce mot, M. d'A..... se met à gémir. « Et
« où voulez-vous qu'un malheureux émigré
« français trouve cette somme? — Ah! mon-
« sieur, vous êtes émigré et malheureux, reprit
« le dentiste ; alors c'est bien différent. Je sais
« ménager l'infortune, et dans ce cas-là je ne
« demande que mes déboursés, qui sont de
« trois guinées. Si cela vous convient, revenez
« dans huit jours, et ce que vous demandez

« sera fait. » M. d'A..... accepte bien vite, et se retire très-content. Il est rencontré sur l'escalier par un homme qui montait chez le dentiste, et qui, en arrivant, dit à ce dernier : « Vous venez de recevoir la visite d'un Fran-« çais bien riche, M. le comte d'A.....— Quoi ! « c'est le comte d'A....., celui qui est sorti de « France avec trois millions ? Il m'a bien « trompé : il s'est donné ici pour un malheu-« reux émigré ; mais je n'en serai pas la dupe. « Il doit revenir dans huit jours, à cette même « heure ; trouvez-vous chez moi, et vous se-« rez témoin d'une scène assez singulière. » M. d'A..... ne manqua pas en effet d'arriver au jour marqué. Le dentiste le reçoit fort poliment, lui fait voir son ouvrage qui était parfait, déchausse son ancien râtelier, le brise sur une table d'un coup de marteau, pour montrer combien il était mauvais, et avant de replacer l'autre, lui dit : « Vous vous rappelez sans « doute nos conventions ; je me fais toujours « payer d'avance. Avez-vous apporté les vingt-« cinq guinées ? — Mais nous ne sommes con-« venus que de trois. — Oui, quand je croyais « avoir à obliger un malheureux émigré ; mais « sachant que je parle à M. le comte d'A....., « qui est très-opulent, j'espère qu'il ne sera

« pas moins juste, et je le crois incapable « d'abuser de ma bonne foi. Au surplus, M. le « comte, si cela ne vous convient pas, vous « êtes le maître de reprendre votre ancien « râtelier, et de vous adresser à quelque autre « artiste. »

En 1794, un émigré français se trouvant obligé, pour ne pas épuiser ses ressources en voyage, de séjourner, pendant l'hiver le plus rigoureux, dans un petit village au milieu des sables de la Westphalie, et manquant absolument de bois, vit passer une voiture qui en était chargée. Il appela le conducteur, et demanda quel prix il en voulait. Celui-ci s'apercevant, à la mauvaise prononciation de la langue allemande, qu'il avait affaire à un étranger, exigea trois louis, et ne voulut jamais céder sa charge à moins. L'émigré, ne pouvant obtenir une diminution, paya et fit décharger la voiture en sa présence. Le voiturier, bien content du marché qu'il avait fait, entre dans un cabaret, demande à déjeuner, et se vante devant tout le monde d'avoir complétement leurré un Français, auquel il avait vendu trois louis une voiture de bois qui valait tout au plus huit francs. L'aubergiste, homme honnête, se montra indigné de ce procédé, et lui en fit des reproches, qui auraient dû l'humilier ; mais celui-ci ne fit qu'en rire ; et comme il avait de grands principes philosophiques, il étala toute sa doctrine sur le droit naturel : d'où il conclut que son bois étant son bien, sa denrée, il était le maître d'y mettre le prix qu'il voulait, sans que personne y pût trouver à redire.

Le déjeuner fini, le voiturier demande combien il doit. « Trois louis, répond l'aubergiste « d'un grand sang-froid. — Comment ! trois « louis pour un morceau de pain, un morceau « de fromage et deux verres de bière ? — Oui ; « c'est mon bien, c'est ma denrée : je suis le « maître d'y mettre le prix que je veux. J'en « demande trois louis, et votre cheval restera « en fourrière chez moi jusqu'à ce que vous « ayez payé. Si vous n'êtes pas content, allons « chez le bourgmestre. » Ce dernier parti est accepté. Le voiturier porte sa plainte, et le juge paraît aussi indigné que surpris de l'exaction horrible de l'aubergiste, dont jusque-là il n'avait jamais soupçonné la probité. Mais ce dernier, prenant à son tour la parole, raconta le procédé de sa partie adverse à l'égard d'un étranger malheureux, les reproches qu'il lui en avait faits, la manière dont il avait répondu, et finit par invoquer pour lui-même l'exercice du droit naturel dont cet homme s'était si cruellement prévalu. Le bourgmestre se rendit à d'aussi bonnes raisons, et jugea en sa faveur. L'aubergiste reçut les trois louis, en remit huit francs au voiturier, et alla tout de suite porter le surplus au Français, duquel il ne voulut accepter autre chose que quelque monnaie qui lui était due pour le déjeuner du conducteur.

La nouvelle de ce petit événement ne tarda pas à être répandue dans les environs, et attira autant de louanges à l'aubergiste que de huées à son inique adversaire, qui cependant s'en consolait en songeant qu'il avait au moins le prix de sa marchandise, et qu'on ne lui avait pas retenu les frais de son déjeuner. Mais la Providence ne permit pas qu'une avarice aussi sordide et des intentions aussi basses restassent impunies : car les gardes-forêts du village où demeurait cet homme, ayant été instruits de ce qui s'était passé, et sachant qu'il n'avait aucun bois en propriété, imaginèrent que la charge qui avait formé l'objet de la discussion pourrait bien avoir été coupée dans les possessions du seigneur ; ils firent des perquisitions, et ne manquèrent pas de témoins qui constatèrent le vol ; ils dressèrent aussitôt leur procès-verbal ; et, à peine était-il revenu à son domicile, qu'il fut arrêté et conduit en prison, jusqu'à ce qu'il eût payé une très-forte amende.

J'ai parlé précédemment du digne évêque de Lisieux avec l'intérêt du plus tendre attachement ; mais ce qui tient à sa respectable famille a des droits si sacrés sur tout ce qui porte un cœur honnête et sensible, que je me reprocherais de passer sous silence la noble conduite du comte Eugène de la Féronays, son frère, à l'égard d'une illustre étrangère, dont il eut la satisfaction d'adoucir le malheur, et qui, longues années après, eut elle-même celle de pouvoir lui prouver sa reconnaissance avec toute la générosité que lui dictaient le souvenir de sa propre infortune, le tableau de celle où était réduit l'homme dont elle avait éprouvé la bienfaisance, et le contraste qui existait alors entre leur situation respective.

La princesse Sapieha, distinguée en Pologne par sa haute naissance et son immense fortune, ayant été obligée de quitter précipitamment sa patrie, à l'époque des premiers troubles de ce royaume, se rendait à Paris, sans autre suite que celle d'un valet et d'une femme de chambre, quand elle tomba malade auprès de Melun, et fut forcée de s'arrêter plusieurs jours dans une fort médiocre auberge, où elle eut soin de cacher son nom et son état. Mais le comte Eugène de la Féronays, dont le château était très-rapproché de cette hôtellerie, ayant appris qu'une dame étrangère, et qu'on croyait Polonaise, s'y trouvait dans une triste situation, se transporta aussitôt auprès d'elle pour lui offrir tous les secours qui pouvaient dépendre de lui. Il lui prodigua ses soins avec le plus grand zèle, et montra avec franchise un vif intérêt, non seulement sur la révolution de la Pologne, mais sur le malheur des gens honnêtes qui, en raison de ces troubles, venaient chercher un asile dans les pays étrangers, et devaient y trouver toutes les consolations dues à leur cruelle position. Enfin, après beaucoup de sollicitations, il la détermina à se rendre dans son château, où il continua de lui donner, sans la connaître, tous les secours, qui l'amenèrent bientôt à une heureuse convalescence. La sensibilité de la princesse lui fit alors un devoir de déclarer ce qu'elle était ; et le comte Eugène, qui ne pouvait redoubler de zèle, voulut au moins, dès ce moment, le rendre plus respectueux ; mais la reconnaissance et l'attachement de la princesse ne lui permirent d'autres démonstrations que celles de l'amitié. Elle lui fit part du dessein où elle était de se retirer dans quelque campagne, sa situation et ses principes devant également l'éloigner de la cour, quoiqu'elle fût alliée de fort près à la maison de France par sa parenté avec la reine Marie Leckzinska. Le comte lui offrit tout de suite la disposition absolue de son château pendant tout le temps qu'elle resterait en France, sans vouloir, malgré les instances de la princesse, y mettre aucun prix. Sachant même qu'une partie de sa suite, qui était venue la rejoindre, la mettait dans un pressant besoin d'argent, il la força d'accepter également, sans intérêts, une somme de vingt mille livres, qui, peu après, lui fut exactement rendue. De tels procedés les lièrent ensemble de la plus étroite amitié.

Cependant le partage de la Pologne ayant

été terminé, et les possessions de la princesse Sapieha se trouvant sous la domination de la Russie, elle retourna dans sa patrie, conservant autant d'attachement que de reconnaissance pour le comte de la Féronays, avec lequel elle entretint plusieurs années une correspondance habituelle, que l'éloignement et différentes circonstances rendirent cependant peu à peu moins fréquente. Elle était même interrompue depuis quelque temps, lorsque la révolution française força M. de la Féronays à s'expatrier, et le conduisit, après beaucoup de traverses, à prendre du service sous les ordres de la Russie. Placé à environ quarante lieues de la demeure de la princesse Sapieha, mais ne pouvant quitter son corps, il crut devoir lui écrire pour se rappeler à son souvenir; mais il ne reçut point de réponse. Une seconde lettre, confiée à une occasion sûre, ne fut pas plus heureuse. Quoique sensiblement affecté d'un oubli aussi extraordinaire, il chercha à éloigner cette idée. Peut-être même l'avait-il totalement écartée de son esprit, quand un jour il vit entrer, dans l'espèce de cahute de paysan qui lui servait de logement, un grand homme bien armé, accompagné de deux autres à longues moustaches et à grands sabres, avec des mousquetons. Sa première pensée fut de se croire destiné à être transporté en Sibérie ; mais il fut bientôt rassuré lorsqu'on lui présenta une lettre de la princesse Sapieha qui, lui écrivant avec la plus tendre amitié, lui mandait qu'elle n'avait reçu les deux siennes qu'en ce moment, à l'issue d'une grave maladie qu'elle venait d'éprouver ; que son plus grand bonheur serait de le recevoir chez elle dès qu'il pourrait s'y rendre ; qu'en attendant elle lui envoyait un de ses gentilhommes, fermier d'une de ses terres voisines du lieu qu'il habitait, avec ordre de rester trois jours auprès de lui, et de lui envoyer un état de tout ce dont il manquerait. Le gentilhomme fut fort bien accueilli ; il manda que le comte de la Féronays manquait de tout : ce qui était à peu près vrai, et reçut aussitôt ordre de lui fournir chaque semaine toutes les provisions nécessaires pour le plus grand ménage le mieux monté, et de lui laisser deux soldats *deuchecs* ou domestiques, pour le servir. Elle voulut en même temps qu'on ajoutât promptement à son logement toutes les aisances qui pourraient le rendre plus agréable et plus commode, et qu'on récompensât généreusement les bons paysans qui jusque-là lui avaient donné tous leurs soins. Ces ordres furent exécutés ponctuellement, et quatre mois après, le comte ayant obtenu un congé, s'empressa de se rendre avec son fils chez la princesse, qui le reçut avec toute la sensibilité du plus véritable attachement, le conduisit dans un appartement superbe qu'elle avait fait arranger pour lui à la manière française, et ordonna que, dans sa maison, tout lui fût soumis comme à elle-même. En effet, on venait tous les matins prendre les ordres du comte et de son fils; et, s'ils voulaient se promener, ou faire une partie de chasse, des carrosses à six chevaux, des écuyers, des piqueurs étaient aussitôt commandés et prêts.

La guerre s'étant rallumée, M. de la Féronays voulut aller rejoindre son corps. La princesse, ne pouvant le retenir dans une occasion où il croyait son honneur intéressé, lui donna deux excellentes voitures, remplies de tout ce qui pouvait lui être nécessaire ou agréable, lui fit présent de magnifiques fourrures et de sept chevaux de main ou d'attelage. Elle voulait garder auprès d'elle son fils, qui, trop jeune encore pour être placé en pied, n'avait pas les mêmes obligations à remplir.

Elle promettait de lui procurer l'établissement le plus honorable, et une fortune bien au-dessus de celle qu'il pourrait espérer en France : mais le jeune homme voulut absolument suivre son père, et elle le combla de présents et de rouleaux d'or pour suppléer à tout ce qui lui manquerait.

Après une campagne malheureuse, le comte de la Féronays, laissant son fils avantageusement placé au service, retourna auprès de la princesse Sapieha, où il retrouva la même amitié, les mêmes attentions, qui malheureusement ne purent prolonger ses jours, dont une goutte remontée termina le cours quelques mois après.

La princesse, voulant que ses sentiments traversassent la nuit du tombeau, lui a fait élever un très-beau mausolée dans la chapelle de son château. Au-dessus d'une épitaphe relative au sujet, on voit en relief les statues de la Reconnaissance et de l'Amitié, présentant au Ciel, entr'ouvert pour le recevoir, l'urne cinéraire, sur laquelle ressortent les armoiries du comte de la Féronays, et les attributs de son grade d'officier-général au service de France.

La réputation du comte Suworow, feld-maréchal général des troupes russes, a eu tant d'éclat, que les moindres particularités de sa vie ne peuvent que produire le plus grand intérêt. On ne lira donc pas sans plaisir quelques détails sur le caractère et la conduite privée de cet homme célèbre, rapportés par un officier supérieur au service de France, M. le comte de Pommartin, qui était à même de le bien apprécier, le voyant journellement à Tulchyn, en Pologne, où l'armée russe était cantonnée en 1796. La lettre qu'il écrivit à ce sujet est en date du 5 novembre de cette même année. Après avoir parlé de l'organisation des différents corps, au centre desquels le feld-maréchal se place toujours, il ajoute :

« Les troupes russes sont superbes, l'in-« fanterie surtout ; je n'en connais pas de plus « belle. La cavalerie est très-belle en hom-« mes; mais les chevaux sont médiocres. Je « les ai vus manœuvrer tout l'été ; ils ne sont « pas forts dans ce genre. Le feld-maréchal, « quoique fort instruit dans la théorie de la « tactique militaire, ne connaît dans la pra-« tique que d'aller en avant, soit en colonne,

« soit en carré, et peu en ligne. Les soldats « russes tirent peu, et chargent toujours « en faisant des cris affreux. Le mot de re- « traite et l'action sont défendus. Pour les en- « tretenir dans l'habitude de toujours atta- « quer, et de ne jamais se laisser prévenir, « l'on ne fait d'autre manœuvre que le *hura*, « ou la charge, soit aux camps, soit aux can- « tonnements, jusqu'aux gardes montantes. « La cavalerie et l'infanterie se chargent, pas- « sent l'une dans l'autre, le sabre haut et la « baïonnette en avant. Il n'y a pas de jour « qu'il n'arrive quelque accident; mais cela « les accoutume aux dangers et aux mouve- « ments rapides, les seuls que le feld-maré- « chal aime, et par le moyen desquels il a tou- « jours vaincu, soit Turcs, soit Polonais, soit « Persans.

« ... C'est un homme bien extraordinaire « que ce comte Suworow! Sensible, bon, gé- « néreux, il est, à soixante-et-dix ans, aussi « vif et aussi bouillant qu'un Français de dix- « huit. Sobre à l'excès, dur à lui-même, il « ne couche que sur du foin, et n'a pas d'au- « tre lit. Il dîne à six, sept, ou huit heures « du matin, selon la saison, dort de dix à

« deux heures, travaille jusqu'à la retraite, « qui est au soleil couchant. Cette retraite ou « prière du soir, à laquelle il assiste exacte- « ment, dure de vingt à vingt-cinq minutes. « Ensuite il rentre dans sa chambre ou dans « sa tente, fait une demi-heure ou une heure « de conversation, et se couche. Il se lève à « minuit ou une heure, travaille jusqu'à qua- « tre, va à la messe ou à l'office jusqu'à six, « et à la garde montante avant son dîner. Il « est toujours en gilet et en culottes blanches « hiver et été. Quelque temps qu'il fasse, on » lui jette une douzaine de seaux d'eau sur « la tête et sur le corps, après quoi il s'essuie « et se chauffe nu près d'un grand feu. Il court « et saute continuellement : toujours gai, et « ne respirant que son métier..... Sa conver- « sation roule principalement sur la guerre. Il « pleure sur notre révolution, et surtout sur la « fin déplorable de notre malheureux maître. « Il n'y a pas de jour qu'il ne parle de tout ce « qui a fait nos malheurs, et pas un détail « n'échappe à sa sensibilité.

« Il est dans l'usage de prêcher tous les sa- « medis à ses troupes une heure, et quelque- « fois plus. On l'écoute dans le plus grand si-

« lence. Tout son discours roule sur le res-« pect et l'amour dus à Dieu et au Souverain, « sur la sobriété, le travail, et l'avantage que « les troupes endurcies à la fatigue ont tou-« jours sur les autres. Un soldat russe vit en « effet quarante-huit heures avec une livre de « pain et un quarteron de gruau, de sarrasin « ou de millet, ne mangeant de la viande que « rarement, ne buvant que de l'eau et un peu « d'eau-de-vie. De tels hommes, tant qu'ils se-« ront conduits par un tel chef, qui, en con-« servant la plus austère discipline, sait se faire « adorer, doivent toujours vaincre, ou se faire « hacher. Leurs idées religieuses exaltent en-« core leur bravoure et leur énergie. Mourir « dans les combats est pour eux un bonheur; « se retirer, c'est un crime et une honte qu'ils « ne connaissent pas. »

En 1799, le comte de Suworow traversa les monts avec la plus grande précipitation pour se réunir à la division de vingt mille Russes qui étaient en Suisse sous les ordres du prince Korsakow, et avec laquelle, selon les plans combinés entre les cours de Vienne et de Pétersbourg, il devait pénétrer en France par la Franche-Comté. Mais, à son arrivée aux frontières, il eut la douleur d'apprendre que cette division, extrêmement affaiblie par le déplacement inattendu de l'armée autrichienne, n'avait pu soutenir l'effort impétueux des Français, et venait d'être complétement défaite à la bataille de Zurich.

Au moment où il était le plus accablé de ce cruel événement, le général, prince Korsakow entre chez lui. Suworow, en le voyant, recule deux pas, fait un cri d'effroi et d'indignation : « Brrrr, vous êtes bien hardi, lui dit-il, « de vous présenter devant moi, après avoir « imprimé sur mes drapeaux une tache incon- « nue jusqu'à vous. Sortez, et que votre pré- « sence ne souille jamais mes yeux. »

Le prince se retirait confondu : toutes les personnes présentes à une correction aussi sévère restaient dans le plus morne silence, lorsque Suworow rappelle le malheureux général : « Ecoutez ; je vous ai parlé en chef ir- « rité, je vais maintenant vous parler en père « et en ami. Je sais tout : ceux qui vous ont « livré à l'ennemi sont plus coupables que « vous : votre seul tort est de survivre encore « à l'affront que vous avez reçu, et que votre « respectable famille partagera avec vous. Je

« vous donne un bon conseil : allez-vous con-
« finer dans le désert le plus ignoré de la
« Russie, et tâchez d'échapper même à vos
« souvenirs. Adieu. »

Quelque irrité que fût le général russe contre Korsakow, qui n'avait en effet d'autre tort que celui de s'être trouvé dans l'impossibilité de vaincre, il l'était bien davantage contre l'archiduc d'Autriche qui, en évacuant inopinément la Suisse, et portant son armée dans le Brisgaw, avait obéi, bien malgré lui, aux ordres positifs et réitérés qu'il avait reçus à cet égard. Ce fut en vain que les cours de Vienne et de Londres firent solliciter Suworow de se concerter de nouveau avec ce prince; il répondit par écrit : « J'ai quitté l'Italie plus tôt
« que je ne l'aurais dû ; mais je me conformais
« à un plan général que j'avais adopté de con-
« fiance, plutôt que de conviction. Je combine
« ma marche en Suisse, j'en envoie l'itinéraire ;
« je passe le Saint-Gothard, et je franchis tous
« les obstacles qui s'opposent à mon passage.
« J'arrive au jour indiqué à l'endroit où l'on
« devait se réunir à moi, et tout me manque
« à la fois. Au lieu de trouver une armée en
« bon ordre, et dans une situation avantageuse,

« je ne trouve plus d'armée. La position « de Zurich, qui devait être défendue par « soixante mille Autrichiens, avait été aban- « donnée à vingt mille Russes. On laisse cette « armée manquer de vivres. Hotz se laisse sur- « prendre; Korsakow se fait battre; les Fran- « çais restent maîtres de la Suisse : je me vois « seul avec mon corps de troupes, sans artille- « rie, sans vivres, ni munitions, obligé de me « retirer chez les Grisons, pour rejoindre des « troupes en déroute. On n'a rien fait de ce « qu'on avait promis.

« Un vieux soldat comme moi peut être « joué une fois; mais il y aurait trop de sottise « à l'être deux fois. Je ne puis plus entrer dans « un plan d'opérations dont je ne vois sortir « aucun avantage. J'ai envoyé un courrier à « Pétersbourg : je laisserai reposer mon armée, « et ne ferai rien avant les ordres de mon « Souverain. »

Suworow, comme il l'avait annoncé, ne prit plus de part au reste de la campagne. Il réunit ses troupes et les débris de celles de Korsakow auprès de Lindaw. C'est là que l'archiduc lui envoya un de ses officiers pour l'inviter à conférer avec lui sur un plan de défense. Suworow le reçut en pleine audience, et lui répondit hautement : « Dites à monsei-« gneur l'archiduc, que je ne connais pas la « défensive : je ne sais qu'attaquer. J'irai en « avant quand bon me semblera, et alors je ne « m'arrêterai pas en Suisse, je marcherai, selon « mes ordres, directement en Franche-Comté. « Dites-lui qu'à Vienne je serai à ses pieds, « mais qu'ici je suis au moins son égal ; il est « feld-maréchal, je le suis aussi ; il est au ser-« vice d'un grand Empereur, et moi aussi : il « est jeune, et moi je suis vieux ; je n'ai jamais « été vaincu ; j'ai acquis mon expérience à « force de victoires, et je n'ai ni conseils, ni « avis à recevoir de qui que ce soit ; je n'en « prends que de Dieu et de mon épée. »

Peu de temps après, Paul I.er, instruit de tout ce qui s'était passé, ne dissimula plus son ressentiment contre la cour de Vienne, et même contre Suworow, qu'il accusait d'avoir gardé trop long-temps le silence sur ces perfides manœuvres. Il rappela ses armées, abandonna cette coalition qui l'avait si cruellement trompé, fit sa paix avec la France, et dissémina ses troupes en Russie ; de manière qu'il ne resta plus de commandement au comte Suworow, qui, se trouvant ainsi exclus du service, se regarda comme disgracié par son souverain, qu'il avait servi avec tant de zèle et de fidélité, et qui lui fit éprouver, à son arrivée en Russie, le refus humiliant des honneurs militaires dus à son titre de généralissime. Sa sensibilité ne put résister à ce dernier trait. Il arriva malade à Pétersbourg, où le chagrin, la suite de ses blessures et de ses fatigues, peut-être même la perspective d'une inactivité si éloignée de ses habitudes, terminèrent bientôt une carrière qu'il avait remplie avec tant de gloire. L'empereur de Russie sentit cependant vivement la perte qu'il faisait, et ordonna de rendre à ses mânes tous les honneurs que le rang et les services de cet illustre général devaient mériter.

Sous le régime révolutionnaire, un officier municipal d'une grande ville de province, chargé de la police du spectacle, manda un musicien, et lui fit des reproches sur sa négligence. Le pauvre diable, qui connaissait toute l'étendue du pouvoir municipal, ne le contraria qu'avec tout le respect possible, et lui demanda très-timidement quels étaient les griefs qu'il avait contre lui, et si on lui avait porté des plaintes. « Oh! je n'ai besoin de personne, « monsieur : j'ai des yeux, et je vois bien que « vous vous reposez la moitié du temps que « les autres violons jouent. — Mais je ne joue « pas du violon, monsieur. — Vous mentez, « je vous en ai vu un. — Je vous demande « pardon, je joue de la quinte. — De la quinte! « de la quinte! Ne faites pas l'insolent, croyez-« moi, et qu'il ne vous arrive plus de rester « les bras croisés quand les autres jouent, « comme vous avez fait hier dans l'opéra. — « Ah! monsieur, je comptais mes pauses. — « Qu'est-ce que c'est, monsieur, compter des « pauses? conter des gaudrioles? — Mais non, « monsieur, il y avait un *taen allegro*, et.... « — Comment? comment? *taen allegro.* Je « crois que vous tenez des propos; en prison. « — Mais, monsieur. — En prison, vous dis-je. « Ah! je vous apprendrai à vous moquer d'un « homme en place. »

FIN DU SECOND VOLUME.

TABLE

DES ARTICLES

CONTENUS DANS LE TOME SECOND.

FIN DE LA TABLE DU TOME SECOND.

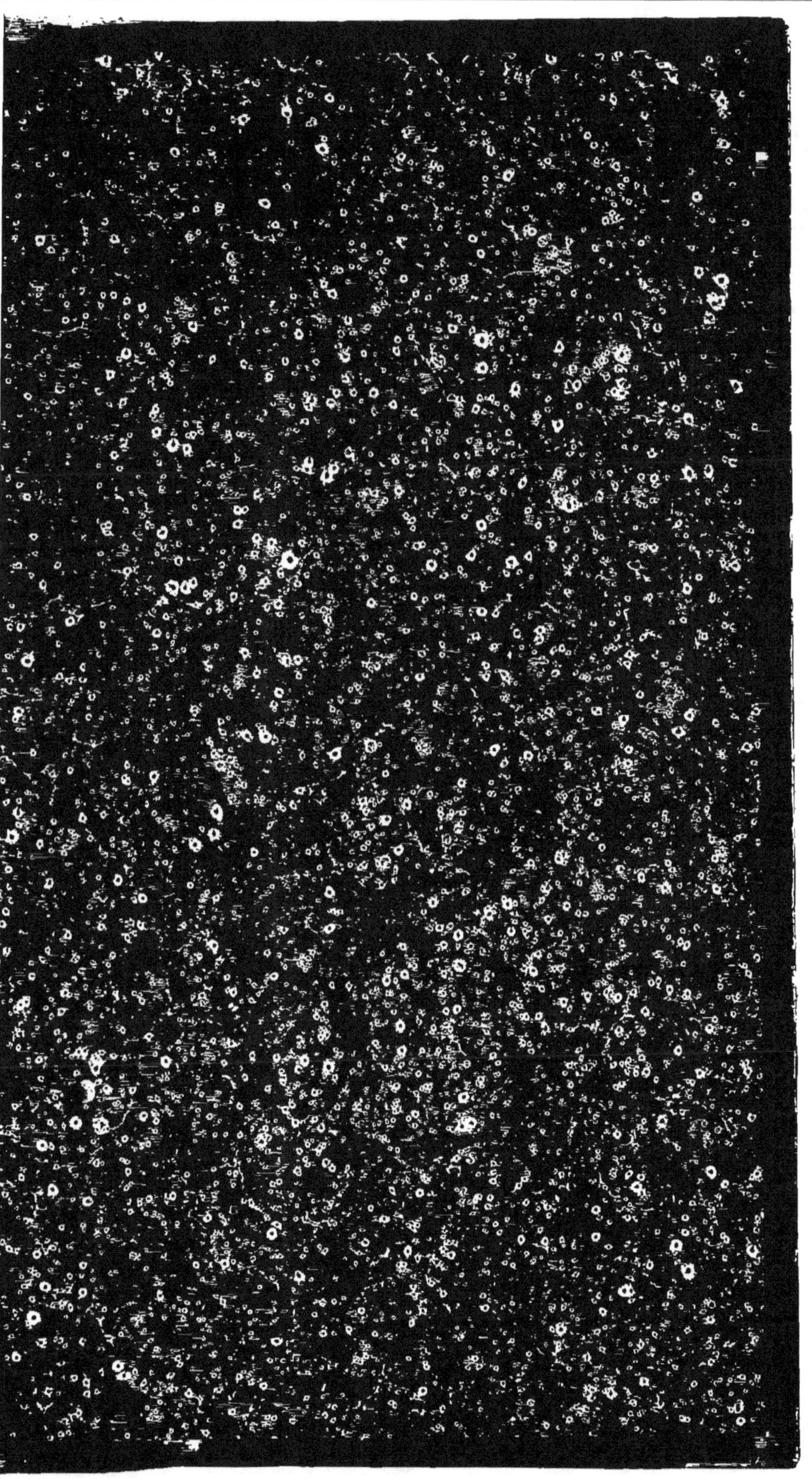

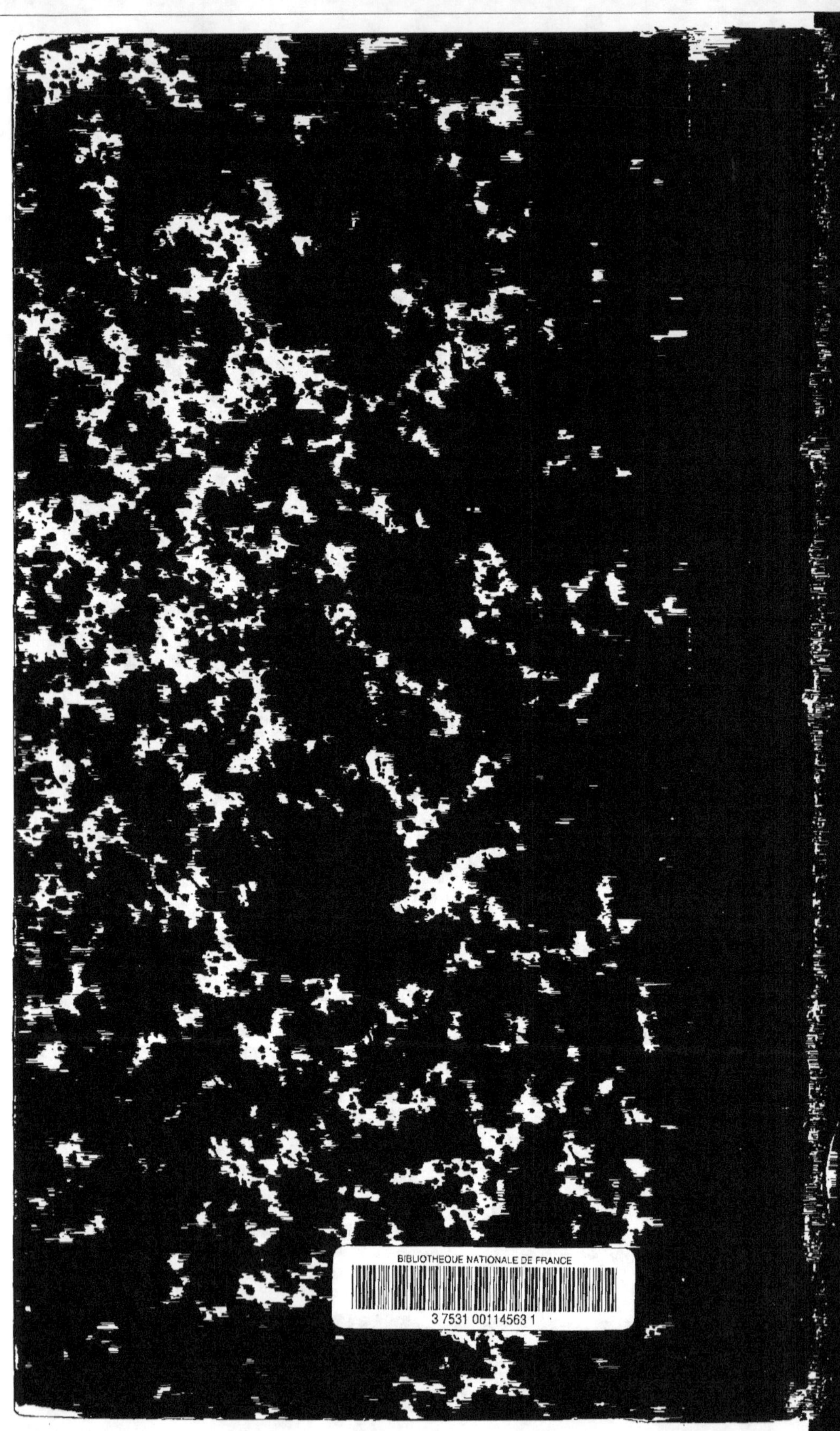

www.ingramcontent.com/pod-product-compliance
Lightning Source LLC
Chambersburg PA
CBHW050308030726
47505CB00003B/617

* 9 7 8 2 0 1 9 6 0 8 4 7 7 *